『现代文学』的歧路

——白先勇、陈若曦小说创作比较研究

"XIANDAI WENXUE" DE QILU
——BAI XIANYONG CHEN RUOXI XIAOSHUO
CHUANGZUO BIJIAO YANJIU

尤作勇◎著

本书为贵州省2013年『专业综合改革试点』项目（汉语言文学专业）成果、贵州省2014年省级重点支持学科（中国语言文学）建设成果

知识产权出版社
全国百佳图书出版单位

图书在版编目（CIP）数据

"现代文学"的歧路：白先勇、陈若曦小说创作比较研究／
尤作勇著. —北京：知识产权出版社，2014. 11

ISBN 978 – 7 – 5130 – 3114 – 1

Ⅰ. ①现… Ⅱ. ①尤… Ⅲ. ①小说创作－对比研究－中国－
当代 Ⅳ. ①I207. 42

中国版本图书馆 CIP 数据核字（2014）第 250692 号

责任编辑：罗　慧　　　　　　责任校对：董志英
封面设计：张　冀　　　　　　责任出版：刘译文

"现代文学"的歧路
——白先勇、陈若曦小说创作比较研究
"Xiandai Wenxue" de Qilu

尤作勇　著

出版发行：知识产权出版社 有限责任公司	网　　址：http：//www. ipph. cn
社　　址：北京市海淀区马甸南村 1 号	邮　　编：100088
责编电话：010 – 82000860 转 8345	责编邮箱：luohui@ cnipr. com
发行电话：010 – 82000860 转 8101/8102	发行传真：010 – 82000893/82005070/82000270
印　　刷：北京富生印刷厂	经　　销：各大网上书店、新华书店及相关专业书店
开　　本：880mm×1230mm　1/32	印　　张：9. 25
版　　次：2014 年 11 月第一版	印　　次：2014 年 11 月第一次印刷
字　　数：205 千字	定　　价：32. 00 元

ISBN 978 – 7 – 5130 – 3114 – 1

摘　　要

　　白先勇与陈若曦是当代汉语小说写作的两位重要作家。作为台湾大学外文系的同班同学，他们一起参与创办了在当代台湾文坛乃至整个中国现代文学史上具有重要地位的"现代文学"社。与"现代文学"社的另外两位基本成员王文兴、欧阳子相比，白先勇与陈若曦的小说创作展现了极为丰富的社会历史场景与日常生活画面，他们作品中的人与事亦与整个中国现代史的许多重大事件休戚相关。白先勇自不必说，他的《台北人》向来有"民国史"之称。《台北人》的故事背景从"辛亥""五四"，一直迄于抗战、内战。陈若曦的《尹县长》虽号称"文革"文学作品，其中许多作品的故事时间却都延伸到了新中国成立之前。其实，无论是白先勇，还是陈若曦，共产党开始主政大陆、国民党迁往台湾地区的1949年，在其小说叙述中都是一个重要时刻。只不过，在白先勇的叙述中，1949年以后，依然是民国风月，而在陈若曦的小说中，已不免换了人间，对于同一历史时期不同的叙述法可谓构成白先勇与陈若曦小说对照中最为明显的一道景观，两位小说家也以此建构了各自"最后的贵族"与"最后的左派"的文学史形象。白先勇与陈若曦小说创作之间复杂的离合关系并不仅仅关乎两人，也是对于西方现代主义文学传统、中国现代文学谱系以及中国现代思想文化史和20世纪世界思想文化思潮的呼应与见证。"最后的贵族"与"最后的左派"，以他们坚实有力、富有个性的小说创作刻画了 20 世纪中国思想文化运行的轨迹，亦为正处在转型期的中国思想文化界提供了丰富的启示。

本书共分四个部分：第一章——台大岁月，论述白先勇、陈若曦早期的小说创作。白先勇与陈若曦的小说创作都起步于在台大外文系读书期间，在此期间一起创办"现代文学"社更是两人整个小说创作生涯中至关重要的步骤。台大时期的小说创作构成白先勇、陈若曦小说创作的早期阶段，可以称之为两位小说家小说创作的"发生期"。本章分为两个部分：白先勇、陈若曦早期小说创作的前"现代文学"阶段与白先勇、陈若曦早期小说创作的"现代文学"阶段。白先勇与陈若曦在入读台大外文系以后、创建"现代文学"社之前，已经各自发表了具有习作性质的小说作品，这些作品虽然在主题立意与创作技法上都远未达到成熟的程度，却仍为两人一生的小说创作奠定了某种基调。白先勇在这个阶段发表的《金大奶奶》《我们看菊花去》与《闷雷》三篇小说所展示出的中国传统文学的气质格调以及主人公甚少直接出场或者根本就不出场，而是被裹挟在非主人公的各种讲述之中，在他者的讲述中得以将其命运轨迹呈现出来的叙述之法在其以后的小说创作中被一再呈现，成为认取白先勇小说创作的重要标识。这个时期的陈若曦则以弥漫着维多利亚之风的《钦之舅舅》与闪现着启蒙主题的《灰眼黑猫》等小说创作第一次表明了其与中国现代小说写作，特别是"左翼"文学传统的血脉关联。白先勇与陈若曦在他们小说创作的前"现代文学"阶段不约而同地在征引传统文学经验（白先勇征引的是中国文学传统，陈若曦征引的是西方近现代文学传统）、启用童年与少年生活经验（白先勇启用的是贵族生活经验，陈若曦启用的是乡村生活经验）与重写原型故事（白先勇重写的是中国小说经典故事，陈若曦重写的是乡村民间传说故事）之间来回奔走，也最终铸造了两人各自独特的小说创作格局。1960 年创办"现代文学"社是白先勇、陈若曦早期小说创作的分界点，两人的小说创作也由"自发"阶段进入"自觉"阶段。"现代文学"社倡导西方现代文学的创作理念与创作技法，白先勇与陈若曦也由此被归入台湾当代现代主义小说创作最具代表性的作家行列。白先勇、陈若曦的小说创作与"现代主义"的遇合是两位小说家小说创作生涯中的关键性环节，两人早期"现代文学"阶段的小说创作正是在融会了其前"现代文学"阶段的既有创作经验与西方现代文学的创作传统之后的产品。

第二章——"最后的贵族"与"最后的左派"，论述白先勇、陈若曦各自最具代表性的小说创作《台北人》与"文革小说"。两位小说家这部分的小说创作都展示了至为丰富的社会历史质素，20 世纪中国的许多重大事件如"辛亥"、北伐、抗战、内战、新中国成立、"反右"与"文革"成为小说进行文本叙述的历史背景或被叙述事件。也正是在对"二十世纪中国"这样一个时空体截然不同的叙述中，白先勇、陈若曦建立了各自独特的小说叙述美学。在白先勇《台北人》的叙述中，中国传统社会的生存方式与人格情怀仍在绵延，"二十世纪中国"仍然被视为传统中国的有机组成部分。其实，《台北人》既无法给我们提供大陆经验，也无法给我们提供台湾经验。《台北人》写时空变迁、物是人非，着力表现的是一种超越时空的生命意识，一种流贯于中国千年文学史的存在感慨，大陆与台湾、昔日与现在之间的落差所造成的势能成为《台北人》进行文本叙述的最大动力。
1949年，作为一个时间之点，犹如一个巨大的水坝，蓄积了
《台北人》文本叙述的所有能量。本书对于《台北人》的论
述正是从叙述学的角度展开，共分三个部分：（1）风尘女性
系列；（2）英雄、史诗与叙述分层；（3）"凡人系列"与
"展开叙述"。在"风尘女性系列"中，小说家不断去追述嫁
入豪门的风尘女子的前尘往事，立体式地展示了乱世风尘女
性的生活画像。"英雄、史诗与叙述分层"一节解析《台北
人》中以民国英雄为主角的系列作品的文本叙述理路。"'凡
人系列'与'展开叙述'"则是对《台北人》中另外三篇作
品独有的叙述理路与主题意旨的解析。陈若曦的"文革小
说"显露了步入现代阶段的20世纪中国跌宕起伏、不断追
寻与幻灭的运行轨迹，这在小说家最为杰出的两篇"文革小
说"《尹县长》与《耿尔在北京》中得到最为鲜明的呈现。
本书对于陈若曦"文革小说"的论述同样分为三个部分：
（1）陈若曦"文革小说"综论；（2）《尹县长》读解；
（3）《耿尔在北京》读解。第一部分对陈若曦"文革小说"
独特的叙述模式与文本景观进行了整体性的论述，后面两个
部分则对《尹县长》与《耿尔在北京》作了重点解析。

　　第三章——台北人的"纽约客"故事，论述白先勇、陈
若曦海外华人生活题材的小说创作。白先勇在《台北人》之
前、陈若曦在"文革小说"之后分别创作了一系列海外华人
生活题材的小说。正是对这同一题材的写作，两位小说家殊
为不同的文化视野与叙述理念又一次得到了鲜明的呈现。本
书对于白先勇海外华人生活题材小说创作的论述主要从三个
方面展开：（1）"二度成长"；（2）华人中产阶级生活写真；

（3）《台北人》的家族叙述。白先勇的海外华人生活题材小说细致地呈现了海外华人的身份焦虑与文化失重状态，并表现出与"台北人"故事的血脉关联。本书对陈若曦海外华人生活题材小说的论述也主要分成三个部分：（1）"文革"与陈若曦海外华人生活题材小说创作；（2）陈若曦海外华人生活题材小说创作中的中国大陆、中国台湾与美国；（3）陈若曦海外华人生活题材小说创作的叙述模式。陈若曦的海外华人生活题材小说创作大都拥有一个婚姻情感的故事框架，但文本叙述肌理却弥漫了浓重的政治气息，情感与政治的纠结以及情感最后被政治规训构筑了陈若曦海外华人生活题材小说创作最为主要的叙述模式。

第四章——白先勇《孽子》与陈若曦《纸婚》比较研究，论述白先勇、陈若曦以同性恋为题材的长篇小说创作。《孽子》是白先勇唯一的长篇小说作品，也是其最后的小说创作；《纸婚》则是陈若曦海外华人生活题材长篇小说创作的封笔之作。两部小说对于同性恋题材的共同涉猎以及殊为不同的叙述理路与主题意旨构筑，是两位小说家相映成趣的在小说叙述美学上的又一次精彩呈现。其实，这两部小说都并非标准意义上的同性恋作品：《孽子》通过对一个男妓群落的生存样态叙述，达到对一种另类生存的复杂体认与人性悲悯；《纸婚》则借助于一个同性恋男子，进入一种对人类文明与人类精神的思考当中，最终构筑其批判与救赎的双向主题意旨。

ABSTRACT

Bai Xianyong and Chen Ruoxi are the important writers of contemporary Chinese novel writing. As the classmates of the foreign languages college of "National" Taiwan University, They founded the "Modern Literature" Associations occupying important position on the contemporary Taiwan literary even throughout the history of modern Chinese literature. Compared with Wang Wenxing and Ouyang zi, the other two basic members of the "Modern Literature" Associations, novel writings of Bai Xianyong and Chen Ruoxi demonstrate extremely rich scenes of society and history and the screen of the daily life. The people and things of their works are also solidarity with many major events of modern history of china. Needless to say Bai Xianyong, his *Taipei People* always owns the title of "Republic history", story background of *Taipei People* is from Xinhai Revolution、May 4th Movement and Sino-Japanese War、Civil War. Although *Mayor Yin* of Chen Ruoxi owns the title of "Cultural Revolution Literature", story time of many works extends before the liberation. In fact, although Bai Xianyong and Chen Ruoxi, in their works, 1949 when Communist Party of china began to charge mainland and Kuomintang finally moved Taiwan Distriction is the important moment. However, in the Bai Xianyong's narrative, after 1949 the time still belong to "Republic", in the Chen Ruoxi's works the world of men has undergone great changes. Different narrative. law with regard to the same history time composes a conspicuous landscape, two novelists each construct the literary history image of "final nobleman" and "final leftist". Beyond doubt complicated relation between Bai Xianyong and Chen Ruoxi is not only related to two people, but also echo and witness with regard to west modernism literature tradition, Chinese modern literature ancestry, modern Chinese thought history of culture and worlds thought culture trend of 20th century. Depending on their solid and individual works, "final nobleman" and "final leftist" depict the working trajectory of Chinese thought culture of 20th century, also provide rich enlightenments for Chinese thought culture in transforming.

Thesis text is divided into four parts: the first chapter, "years of Taida", discusses earlytime works of Bai Xianyong and Chen Ruoxi. Novel writings of Bai Xianyong and Chen Ruoxi both started when they studied in the foreign languages college of "National" Taiwan University, it was very important step that they founded the "Modern Literature" Associations during the period. The novel writings of Bai Xianyong and Chen Ruoxi who studied in "National" Taiwan University constitute the early stages of the novel writings of Bai Xianyong and Chen Ruoxi, which is called "emergence period" of two novelists' novel writings. This chaper is divided into two parts: former "Modern Literature" stages of Bai Xianyong and Chen Ruoxi's novel writings and "Modern Literature" stages of Bai Xianyong and Chen Ruoxi's novel writings. Between entering the foreign language college of "National"

Taiwan University and founding the "Modern Literature" Associations, Bai Xianyong and Chen Ruoxi had published some fiction projects, which is not reached the level of conscious in both subjects conception and creation techniques, but contracted certain tone for their novel writings. Traditional literary style of temperament and certain narrative techniques demonstrated in Bai Xianyong' novels in this stage which will be repeatedly presented in his later writings, and become important identity of Bai Xianyong's novels. Chen Ruoxi's novel writings of this period mark the close relation with china's modern novel writing in particular with "left-wing" literary tradition. Bai Xianyong and Chen Ruoxi coincidentally ran among drawing the traditional literary experience (Bai Xianyong is adopot of Chinese literary tradition, and Chen Ruoxi is adopot of western modern literary tradition), opening the juvenile and childhood experience (Bai Xianyong has aristocratic life experience, Chen Ruoxi has rural life experience) and rewriting prototype story (Bai Xianyong wrote Chinese fiction classic story, Chen Ruoxi wrote village folk legends story), also cast a nice contrst pattern of their novel writings. In 1960, founding the "Modern Literature" Associations is the demarcation point of Bai Xianyong and Chen Ruoxi's earlytime novel writings, their novel writings ran from spontaneous stages to conscious stages. The "Modern Literature" Associations initiated creative ideas and creative techniques of western modern literature, Bai Xianyong and Chen Ruoxi is classified into the most representative modernism writers of contemporary Taiwan. The meeting of Bai Xianyong and

Chen Ruoxi's novel writings is the key aspect of their writing career, their novels in the "Modern Literature" phase is the product in a combination of the existing experience of their former "Modern Literature" phase with the western modern literature tradition.

The second chapter, "final nobleman" and "final leftist", discusses two novelists' most representative novel writings, *Taipei People* and "Cultural Revolution Novel". These writings demonstrate extremely rich scenes of socity and history, many important affairs in 20th century china such as Xinhai Revolution、May 4th Movement and Sino-Japanese War、Civil War、the founding of the PRC, the Anti-Rightist Campaign become history background and described events of these novels. It passes through the defferent narrative to such a body of time and space as "20th century china", Bai Xianyong and Chen Ruoxi establish their own novel narrative aesthetic. In the narrative of Bai Xianyong's *Taipei People*, lifestyle and personality feelings of traditional Chinese society are still on indefinitely, "20th century china" is still regarded as an integral part of traditional china. In fact, *Taipei People* can neither provide mainland experience, nor Taiwan experience. In *Taipei People*, 1949, as a time point, like a huge dam, accumulates all the energy of *Taipei People* text narrative. The discussion about *Taipei People* expands from the perspective of narratology, which is divided into three parts: (1) eolian women series; (2) hero, epic poetry, narrative layering; (3) mortals series and launched narrative. In "eolian women series", Bai Xianyong continuously traces back eolian women's story, presents eolian women's life portrait to three-dimensional manner. "Hero, epic poetry, narrative layering" analyzes the text narrative logic of works series which regard hero as the protagonist. "Mortals series and launched narrative" is the analysis of the unique narrative logic and theme of intention of three other works. Chen Ruoxi's "Cultural Revolution Novel" shows the running track of 20th century china running into modern stages, which is presented unequivocally in the *Mayor Yin* and *Geng Seoul in Beijing* which are her most outstanding "Cultural Revolution Novels". The discussion about Chen Ruoxi's "Cultural Revolution Novel" is divided into three parts: (1) Chen Ruoxi's "Cultural Revolution Novel" review; (2) *Mayor Yin* interpretation; (3) *Geng Seoul in Beijing* interpretation. The first part is the comprehensive exposition about the unique narrative model and text landscape of Chen Ruoxi's "Cultural Revolution Novel", two other parts focus on analyzing *Mayor Yin* and *Geng Seoul in Beijing*.

The third chapter, Taipei people's "The New Yorker" story, discusses Bai Xianyong and Chen Ruoxi's overseas Chinese life subjects novel writings. They both wrote a series overseas Chinese life subjects novels. Through the same subjects writing, their different cultural vision and narrative logic are presented unequivocally. The discussion about Bai Xianyong's overseas Chinese life subjects novel writings expands from three aspects: (1) "second growth"; (2) overseas Chinese middle-class life photo; (3) "Taipei People" s family narrative. Bai Xianyong's overseas Chinese life subjects novel writings present the state of overseas Chinese's identity anxiety and cultural weightlessness, and show the close relation to

"Taipei People" story. The discussion about Chen Ruoxi's overseas Chinese life subjects novel writings is also divided into three parts : (1) "Cultural Revolution" and Chen Ruoxi's overseas Chinese life subjects novel writings; (2) Mainland, Taiwan and America in Chen Ruoxi's overseas Chinese life subjects novel writings ; (3) the narrative model of Chen Ruoxi's overseas Chinese life subjects novel writings. Chen Ruoxi's overseas Chinese life subjects novel writings almost own a marital emotion story framework, but text narrative texture diffuse strong political flavor, and collaboration with emotions and politics build the most important narrative model of Chen Ruoxi's overseas Chinese life subjects novel writings.

The forth chapter, a comparative study on Bai Xianyong's *Crystal Boys* and Chen Ruoxi's *Paper Marriage*, discusses Bai Xianyong and Chen Ruoxi's homosexual subjects full-length novels. *Crystal Boys* is the only full-length novel of Bai Xianyong, and is also his last novel writing. *Paper Marriage* is Chen Ruoxi's last overseas Chinese life subjects full-length novel writings. Through these two full-length novels, Bai Xianyong and Chen Ruoxi's different novel narrative aesthetic is showed wonderfully once again. In fact, these two works are not homosexual subjects works of standard sense, *Crystal Boys* comes through the narrative to survival-like state of a prostitutes community in order to recognize the complexity of alternative groups. *Paper Marriage* runs into the thought of human civilization and the human spirit with the help of a homosexual man, and ultimately build two-way theme wishes of critical and salvation.

目　　录

导　论

　　《现代文学》杂志于 1963 年 3 月在台北创刊，1973 年出刊至第 51 期时，因为在经济上无力支撑而暂时停刊。1977 年复刊后，出版至第 73 期，于 1984 年最终停刊。"现代文学"社的文学创作活动对于台湾当代文学乃至整个中国现代文学的重要性是不言而喻的，这自然不仅仅是因为其领袖白先勇已是公认的当代短篇小说家中少见的奇才，白先勇的《台北人》已成为中国现代小说中的经典之作，更为重要的原因在于，"现代文学"社于 20 世纪 60 年代初在台湾文坛出现之时，"反观大陆，则是一连串文人的悲剧，老舍自沉于湖、傅雷煤气自杀、巴金被迫跪碎玻璃、丁玲充军黑龙江、沈从文消磨在故宫博物院，噤若寒蝉，大陆文学一篇空白。因此，台湾这一线文学香火，便更具有兴灭继绝的时代意义了"。❶ 白先勇在这里所谓的在 20 世纪 60 年代大陆文坛行将灭绝的"文学香火"无疑正是肇始于"五四"的新文学传统。"五四"新文学以 1917 年为起点，至 1949 年中国共产党开始主政大陆，这一个时段的中国文学创作在文学史的写作中被称为"中国现代文学三十年"。1949 年以后，大陆的文学创作进入所谓的"中国当代文学"时期。"中国当代文学"概念的提出本身内含了对 1949 年以后大陆文学创作全新诉求的体认与从此中国现代文学创作进入一个更高发展阶段的自命。这种 1949 年以后大陆文学是"中国现代文学三十年"的一种断裂的观点无疑在白先勇那里得到了呼应。只是在白先勇看来，"五四"新文学的"香火"也因为这种断裂而在大陆灭绝了。其实，1949 年以后，台湾地区文坛也

---

❶　白先勇：《第六只手指》，文汇出版社 1999 年版，第 163 页。

同样进入一个与"五四"新文学挥手告别的时期。在 20 世纪 60 年代初，以白先勇为领袖的"现代文学"社成立的时候，由国民党政府倡导扶持的"反共文学"与"战斗文学"正余音未歇。"反共文学"与"战斗文学"以"反共复国"为己任，过于彰明的政治命题肆意侵吞文学本意，所以最后也就只能剩下声嘶力竭的叫嚷。20 世纪 50 年代的大陆文坛，"红色经典"的写作一片汪洋，此时的台湾文坛，"反赤文学"的号角响彻全岛，最后却殊途同归，无一不做了政权合法化论证的器具，其间的吊诡之处，自可让人玩味。"现代文学"社在这样的喧嚣声中崛起，以书写国人的现代生存感受为追求，并自觉师法西方现代主义的文学传统，与"现代诗""蓝星""创世纪"等诗社一起为中国现代文学贡献了既具有现代主义品格又富含民族主体性的独具一格的文学创作。

"现代文学"社作为一个同人性的文学社团，其实并无固定的人员组成。"在六十年代崛起的台湾名小说家，跟《现代文学》，或深或浅，都有关系"。❶ 但其公认的创办人及基本成员是四位小说家：白先勇、王文兴、欧阳子与陈若曦。白先勇在其回忆"现代文学"的一系列文章中，曾经多次将四人并提："除掉《现代文学》的基本作者如王文兴、欧阳子、陈若曦，及我本人外……"❷"我觉得很好玩，我们四个人为人作风、文字风格和遭遇各各不同，我们在写作上互相不影响，但不自觉地四个人之间有一种鼓励。每个人看

---

❶ 白先勇：《第六只手指》，文汇出版社 1999 年版，第 157 页。
❷ 白先勇：《第六只手指》，文汇出版社 1999 年版，第 157 页。

到另外的人写出东西都很高兴，我们四个人对《现代文学》的感情是很近的，因此也奇妙的成了好朋友。"❶ 在白先勇的眼中，王文兴的小说"很冷静，很理性，毫不留情的深入人心"。❷ 欧阳子也同样"是非常理性与冷静的作家……"❸ 王文兴与欧阳子的小说皆擅长心理分析与生存探讨，审美风格趋于内敛，社会历史质素亦未免因之过于缺乏。比之于欧阳子的情爱心理素描与王文兴的生存困境探讨，白先勇与陈若曦的小说创作展现了至为丰富的社会历史场景与日常生活画面，他们作品中的人与事亦与整个中国现代史的许多重大事件休戚相关。白先勇自不必说，他的《台北人》向来有"民国史"之称，《台北人》的故事背景起于辛亥、"五四"，一直迄于抗战、内战。陈若曦的《尹县长》虽号称"文革"文学，其中很多作品的故事时间却延伸到新中国成立之前。其实，无论是白先勇，还是陈若曦，共产党开始主政大陆与国民党最后迁往台湾的 1949 年，在其小说叙述中都是一个重要时刻。只不过，在白先勇的叙述中，1949 年以后，依然是民国风月，而在陈若曦的小说中，已不免换了人间，对于同一历史时期不同的叙述法可谓构成白先勇与陈若曦小说对照中最为明显的一道景观，其中包含的丰富意蕴亦足堪玩味。

在"现代文学"社全体同仁中，白先勇与陈若曦其实正处在两个极端的位置。白先勇，1937 年出生于广西南宁，其父是国民党高级将领白崇禧。1957 年入台湾大学外文系。

❶ 夏祖丽：《第六只手指·附录》，文汇出版社 1999 年版，第 331 页。

❷ 夏祖丽：《第六只手指·附录》，文汇出版社 1999 年版，第 331 页。

❸ 夏祖丽：《第六只手指·附录》，文汇出版社 1999 年版，第 331 页。

1958 年在《文学杂志》发表短篇《金大奶奶》。1960 年与同班同学王文兴、欧阳子、陈若曦等一起创办《现代文学》杂志。1963 年赴美，入爱荷华大学"作家工作室"攻读硕士学位。1965 年获得硕士学位，入加州大学圣·芭拉拉分校教授中国语文，同年发表《台北人》首篇《永远的尹雪艳》及《纽约客》首篇《谪仙记》。1977 年，长篇小说《孽子》开始在《现代文学》复刊号第一期连载。近年来，白先勇致力于昆曲的宣传推广工作，其任总制作人兼艺术总监的青春版《牡丹亭》在中国及美国西部巡演后，引起极大轰动。白先勇作为大陆赴台的贵族子弟，其早期的文学操练虽自觉融合西方的现代主义文学技法，但其骨子里的雍容气质仍无法泯灭。与经常被人放在一起进行评论的张爱玲相比，两人虽同属贵族出身，都是中西文学修为俱佳，并同样痴迷《红楼梦》终生，但白先勇的气质却远比张爱玲更为保守。他的《台北人》其实是中国现代小说史上绝无仅有的具有魅惑性古典文学品格的作品。陈若曦，1938 年出生于台北农村，祖辈三代木匠。在台大读书期间发表《钦之舅舅》等短篇小说作品。1962 年赴美，先入圣像山女子学院，后改入霍普金斯大学。1966 年回归大陆。1973 年中经香港赴加拿大，并在香港写出轰动一时的《尹县长》。20 世纪 80 年代移居美国，小说创作也改为以长篇为主，代表作有《二胡》等。陈若曦早期作品虽富乡土气息，却更暗含社会主义情结。其以后毅然中断文学创作，亲身投奔大陆的社会主义革命，正是其生命逻辑演化的结果。因为在"现代文学"社具有重要地位，很多时候白先勇与陈若曦皆背负现代主义作家之名，但其实际的创作情形偏离正宗的现代主义已十分遥远。两人各以自己的出身、经历与修养去参悟和领会现代主义，结果是，一个还在用着古老的文学格调叹惋古老中国继续老去的样子，一个已腾身而出，将自己的青春与热血都献祭给了一种乌托邦化的社会实践。

性别上的男与女、籍贯上的外省与本土、家世上的贵族与贫民、气质上的保守与激进，"现代文学"社的这两位"主将"似乎命中注定要为中国现代文学史贡献出主题意义与审美风格皆迥异的作品，也为本来就游走于前卫与保守两端的西方现代主义文学传统提供中国化的绝佳例证。

1977 年，白先勇唯一的长篇小说《孽子》开始连载于《现代文学》复刊号第一期，1983 年出版单行本。三年后的 1986 年，陈若曦出版同样是以同性恋为题材的长篇小说《纸婚》。

1979 年，白先勇发表"文革"题材的小说《夜曲》，这也是其绝无仅有的两篇"文革小说"之一。

在"文革小说"之后，陈若曦大部分时间都致力于创作以留美华人生活为题材的小说作品。《纸婚》亦属此列，其中的长篇小说作品还有《突围》《远见》《二胡》等，此外尚有大量的中短篇小说。如此的高产似乎志在弥补其 20 世纪 60 年代在美国生活数年却无作品留下的缺憾。白先勇则在《台北人》稍前已写出了以展示旅美华人生活情状为主题的"纽约客"系列。

在写出风格、主题皆处在两个极端的代表作之后，两位小说家纷纷重写对方写过的题材，似乎在历经各种磨难之后，又重温了早年一起历练现代主义的美好时光。

白先勇与陈若曦之间复杂的离合关系无疑不仅关乎两

人，而且是对于西方现代主义文学传统、中国现代文学谱系以及中国现代思想文化史和20世纪世界思想文化思潮的呼应与见证。"最后的贵族"与"最后的左派"，以他们坚实有力、富有个性的创作刻画了20世纪整个世界思想文化运行的轨迹，亦为正处在转型期的中国思想文化界提供了足够丰富的启示。这也是本书的目的与意义所在。

第一节　作家研究现状

一、白先勇研究现状

作为中国当代文坛的巨擘，白先勇小说研究自然不会冷寂。早在1962年，王镇国就在《联合报》副刊发表《寂寞的十七岁——评价一篇触及少年问题的小说》，论文题目只用"一篇小说"的字样，且不提作家之名，正显示出白先勇当时文名尚未凸显，但这篇文章却在白先勇研究中占得先机，可称为白氏研究的发轫之作。况且，文章评析《寂寞的十七岁》，也成为为数甚少的白先勇早期作品研究文字之一。1965年以后，《台北人》系列小说陆续发表，白先勇就开始走向一条不断被"台北人"化的征途。早期的《台北人》评论文字的作者多与白先勇有师友关系，在这里可以列出一个长长的名单：尉天骢、隐地、林怀民、姚一苇、叶维廉、颜元叔、夏志清、刘绍铭等。其中，颜元叔在《白先勇的语言》中对于白先勇精雕细刻式语言风格的分析，为后来的白先勇研究提供了丰富的启示，已成为白先勇研究文字中的经典。尉天骢的《最后的贵族》则为白先勇及他笔下众多的人物形象赋予了最恰当的身份，"最后的贵族"也由此成为处在转型期的20世纪中国文化现象的经典修辞之一。夏志清于1969年在《现代文学》第39期发表的《白先勇论》是早期白先勇研究的扛鼎之作。在这篇文章里，夏志清以专业批评家的眼光对白先勇小说的艺术特色作了精致入微的解析，并将白先勇推为"当代短篇小说家中少见的奇才"。这样的论断在今天已无疑不再仅仅属于夏志清的一家之言，而是成为中国现代文学史的有机组成部分。夏志清1974年又发表《白先勇早期的短篇小说》一文，其中对于《金大奶奶》中金大奶奶之死与《红楼梦》中林黛玉之死的类比及《闷雷》与《金瓶梅》的类比，都显示出其极为敏锐的审美眼光。欧阳子1975年以后陆续发表了一系列专论《台北人》的文章，后来结集为《王谢堂前的燕子》一书。《王谢堂前的燕子》出版，夏志清"读后大为激赏，觉得我那下篇未写，也就毫无遗憾了"。❶白先勇本人"亦不仅庆幸，《台北人》终于有了解人，觅得知音"。❷《王谢堂前的燕子》虽只专论《台北人》，仍是白先勇研究的第一本专著。"在这本论著中，她采用了当时西方学术界影响至巨的'新批评'方法，扣紧文本，由微观入手，从字里行间，解读出小说背后历史文化的宏观意义"。❸白先勇唯一的长篇小说《孽子》发表后，曾引

---

❶　夏志清：《第六只手指·附录》，文汇出版社1999年版，第202页。

❷　白先勇：《白先勇文集·自序》，花城出版社2000年版，第3页。

❸　白先勇：《白先勇文集·自序》，花城出版社2000年版，第3页。

发了一个《孽子》评论热潮。《孽子》被从同性恋情、父子冲突、少年问题、救赎之道等多个层面加以评论解析，恰与《台北人》高度一体化的评论秩序形成鲜明对比。

1991 年，由台北尔雅出版社出版的袁良骏的《白先勇论》是大陆学者研究白先勇的第一本专著。这本书从白先勇的创作道路、白先勇小说的悲剧倾向、白先勇小说的现代与传统特色、白先勇小说的人物形象塑造、白先勇的语言风格以及白先勇与《红楼梦》和鲁迅的关系等诸多方面对白先勇的小说创作作了分析，亦可算做白先勇研究的集大成之作。刘俊于 1995 年出版的《悲悯情怀——白先勇评传》，被小说家本人认为是一部"用力甚深，立论精辟，而态度又是出奇的包容"❶ 的论著。这本著作既是评传体例，所以带有浓厚的中国传统"知人论世"与西方传记式批评的色彩。如果说欧阳子的《王谢堂前的燕子》从字里行间发现微言大义，《悲悯情怀——白先勇评传》则让题外意义几乎吞没了文本肌理，但大陆学者与台湾地区及海外华人学者"同中有异"的视野也因此得以体现。总的说来，台湾地区与海外学者更为注重文本读解与艺术分析，有浓厚的新批评之风，大陆学者则操持着从"五四"启蒙到文化批评的多种话语与批评方式，更为关注小说作品的外围意义。

二、陈若曦研究现状

陈若曦是为数甚少的建立了国际声誉的华人女作家之一。1976 年，《尹县长》出版，陈若曦一跃而为国际知名小说家。在短短的三四年时间里，《尹县长》就有七八种外文

---

❶ 白先勇：《白先勇文集·自序》，花城出版社 2000 年版，第 3 页。

译本出现，关于《尹县长》的评论亦是集一时之盛。陈若曦的声名鹊起，是拜时代风尚所赐，《尹县长》及其以后陆续出版的小说创作也就不得不接受时代理念的不断塑造，《尹县长》也因此沦为"左派"与"右派"之间论争时不断被借用的工具。真正开始对陈若曦的创作作出切实有效研究的是白先勇、叶维廉、刘绍铭、欧阳子、夏志清等人的文章。他们与陈若曦都有师友关系，白先勇、叶维廉、刘绍铭、欧阳子四人更是与陈若曦一起创办《现代文学》的同事。白先勇在《乌托邦的追寻与幻灭》里将《尹县长》比做中国"古拉格群岛"中的一座，视野仍然放在一种专制政权对正常人性的摧残上。但白先勇本人是极杰出的小说家，所以对陈若曦艺术特色的分析亦极为精彩。白先勇对陈若曦客观冷静的叙述风格的分析与评价，也已成为陈若曦研究中的经典性文字。叶维廉的《陈若曦的旅程》与夏志清的《陈若曦的小说》都是较早出现的论述陈若曦创作道路的文字。陈若曦在台湾文坛出道甚早，1962年赴美前已有13篇小说发表。只是其后她中断了创作，十余年后才重新提笔，写出获得国际声誉的《尹县长》。因为持续性影响的缺乏，陈若曦的早年创作在《尹县长》出版以前一直处于无人问津的境况。叶、夏两位在他们的研究文章里接通了陈若曦早年创作与《尹县长》之间所具有的血脉关联，堪称陈若曦研究里程碑式的成果。叶维廉在《陈若曦的旅程》里认为从陈若曦最早的小说作品《钦之舅舅》到《尹县长》，陈若曦的小说创作发生的是脱胎换骨的变化。陈若曦早年创作"情绪激溢，语言夸张，着重讥刺，小说的进展被强烈的未受节制的主观意义及偶发而具爆炸性的潜意识活动所左右……"❶《尹县长》却"凝定与节制，干净朴实，只说经验或事件需要她说的，有时只点到为止，让人去感到背后的战栗"。❷夏志清则追溯了陈若曦早年小说创作所具有的社会主义情结，"'现代文学'标榜现代，但陈秀美不论题材、写作技巧，一点也不现代，倒同五四、三十年代的传统拉得上关系。"❸在陈若曦的前后期创作之间建立起一种逻辑关联。朱传誉的《陈若曦传记资料》为陈若曦研究提供了丰富的第一手资料。这样的资料辑成对于像陈若曦这样其小说创作的重要影响不唯是因为艺术成就杰出，更重要的是因为她为整个20世纪下半期的世界思想文化与思潮史提供了丰富启示的作家，无疑是至关重要的。

殷国明的《情致：穿越在双重文化氛围中》是大陆陈若曦研究中较早的文字，显示了与台湾地区及海外学者极为不同的视野眼光。这篇文章从思想文化的角度读解陈若曦留美华人题材的小说创作，在宏观的思想文化框架内探寻小说作品的社会历史意义维度，正是20世纪80年代大陆学界的典型路数。陈剑晖的《陈若曦小说论》虽是单篇文章，却对陈若曦的整个创作历程进行了总结，其中关于陈若曦创作的三阶段论现在已成为陈若曦研究的常识。梁若梅的《陈若曦创作论》是大陆第一本研究陈若曦的专著，虽然研究者的知识结构与学术视野都未免有陈旧之嫌，仍为后来的研究者提供

---

❶ 叶维廉：《尹县长·序》，远景事业出版公司1976年版，第2页。
❷ 叶维廉：《尹县长·序》，远景事业出版公司1976年版，第15页。
❸ 夏志清：《陈若曦自选集·序》，联经出版公司1976年版，第11页。

了可资借鉴的研究经验。梁若梅擅长小说家的传记资料搜集，所谓的创作论在相当程度上写成了小说家评传。《陈若曦创作论》内容庞杂，结构庞大，论述判断又不断征引前人各路观点，在陈若曦研究史上仍是不可不提的研究成果。

第二节　本书思路与操作方法

比较研究真正有效地实施有赖于研究者让比较双方去相互激发和共同成长，而切忌写成简单的合论形式。白先勇、陈若曦比较研究自然也不仅仅是白先勇研究与陈若曦研究的"拼盘"。虽然本研究的意向仍然来自对两位小说家的阅读经验，但两位小说家之间相映成趣的格局仍然要在更为宽广的观照视域中才能够取得。白先勇与陈若曦同出"现代文学"社，却不约而同地都被认为在小说创作上现代主义意味过于缺乏，这无疑只是表面现象。在两位作家极为古典、极为正统的审美表象下其实仍有现代主义的血脉绵延。揭示白先勇与陈若曦的小说创作对现代主义的保守与激进两维在中国化的路途中所具有的典型意义，将是本书的预期目标之一。在政治、经济、文化诸方面皆处在转型期的20世纪中国，是白先勇与陈若曦展开他们独具一格的写作所处的背景，同时也是他们写之不已的对象。白、陈两位的小说创作所具有的丰富的社会历史质素和思想文化内涵使他们的创作超越了个体意义，成为寻求20世纪中国乃至全世界思潮演化的路标式存在。白先勇向来被称为

"最后的贵族"，在他的小说叙述之下，中国传统社会的生存方式与人格情怀仍在无限期地绵延，中国的古代史似乎也因此大大加长了。陈若曦在身份上由"无产阶级的女儿"沦为"最后的左派"，似乎在显露20世纪跌宕起伏、不断追寻与幻灭的运行轨迹。对于同一时间不同的叙述之法是白、陈小说对照中最为显目的一道景观，其中蕴含的丰富意味亦最堪玩味。本书主要以两位小说家的两部代表性作品《台北人》与《尹县长》为例，探求两人对于中国20世纪历史截然不同的叙述之道。白先勇的《孽子》与陈若曦的《纸婚》、"纽约客"系列与《二胡》等长篇小说在题材方面的近似性显示了两位小说家异中有同的嗜好，但这些作品迥乎不同的立意与叙述再一次显示了他们的同中有异。本书将分两章论述两位小说家对于"同性恋"题材与"旅美华人生活"题材不同的叙述之法与主题策略。

在操作方法上，本书将遵循从文本的叙述分析逐步行进到文化内涵揭示的论述策略，并强调两位小说家的创作所具有的思想史意义与社会学意义。白先勇与陈若曦作为负有盛名的小说家，对他们小说创作的许多观点自然早已经深入人心，这无疑为将他们进行真正有效的比较设置了障碍。而叙述学洞烛幽微的解析之道正是将关于他们近乎板结化的观念打破，成为他们重塑形象的极佳策略，而文化及思想史与社会学的透析却是将他们引向至为宽广的历史与思想场域的必要手段。

第一章

台大岁月——白先勇、陈若曦早期小说创作比较研究

　　白先勇与陈若曦的小说创作都起步于他们在台湾大学读书期间。白先勇于1958年在夏济安主编的《文学杂志》第五卷第一期发表短篇小说《金大奶奶》，是其小说创作的第一篇作品，至1962年在《现代文学》第12期发表短篇小说《毕业》（后更名为《那晚的月光》），一共11篇小说。虽然陈若曦后来被公认其小说创作的第一篇作品是发表在1958年《文学杂志》第四卷第一期的《钦之舅舅》，但其实她已于1957年在《文学杂志》第三卷第三期发表了短篇小说《周末》，只是其后来出版的各类小说选集皆未将《周末》收入其中，《周末》在其小说创作中发轫之作的地位才渐由紧随其后发表的《钦之舅舅》所取代。陈若曦于1962年在《现代文学》第14期发表《妇人桃花》，完成了其小说创作的第一个阶段。可以看出，白先勇与陈若曦早期小说创作在起止时间上几乎是重合的。他们于1957年同时进入台湾大学外文系学习的经历无疑已为这样的文学机缘奠定了基础。出于对于文学的共同爱好，白先勇、陈若曦与欧阳子等人一起于1958年成立了可视为"现代文学"社前身的"南北社"，这也是其文学创作意识走向自觉的开始，其以后创办《现代文学》杂志则使得这样的自觉性得到进一步落实。

　　创办《现代文学》杂志在白先勇与陈若曦的文学创作生涯中无疑是一个重要步骤。在这之前，他们都曾经历了一个前"现代文学"阶段。白先勇小说创作生涯的前两篇作品《金大奶奶》与《我们看菊花去》都是在《文学杂志》上发表的，随后的《闷雷》发表于《笔汇》革新号第一卷第六期。陈若曦小说创作生涯的前三篇作品则全部发表于《文学杂志》。《现代文学》杂志倡导现代主义的创作方法，在其诸位创办者的创作中很快得以体现。白先勇在《现代文学》第一期发表的《月梦》就植入了相当浓烈的唯美气息，不管是在主题立意还是在创作技巧上，都与前面的作品有了很大的不同。陈若曦在《现代文学》第三期发表的第四篇小说《巴里的旅程》，则成为其创作生涯中最富现代主义气息的作品。其实，不管是白先勇还是陈若曦，其最为自觉的现代主义技法操练都是发生在其早期小说创作的"现代文学"阶段。以后，两人的小说创作逐步走向成熟，各自建立了即使在整个中国现代小说史上都堪称独具一格的小说创作风格，现代主义的质素进入了其小说文本的潜流。白先勇与陈若曦早期小说创作与现代主义的遇合关系是其小说研究中至关重要的问题。如果说，白先勇、陈若曦早期小说研究构成了其整体研究中的发生学，关于此遇合关系的研究则是关键所在。

第一节　白先勇早期小说创作的前"现代文学"阶段

白先勇早期更确切的身份还只是个文学青年，他后来在文章中谈及其初闯文坛时的忐忑不安：

那一刻，我的心直在跳，好像在等待法官判刑似的。如果夏先生当时宣判我的文章"死刑"，恐怕我的写作生涯要多许多波折，因为那时我对夏先生十分敬仰，而且自己又毫无信心，他的话，对于一个初学写作的人，一褒一贬，天壤之别。夏先生却抬起头对我笑道："你的文字很老辣，这篇小说我们要用，登到《文学杂志》上去。"那便是《金大奶奶》，我第一篇正式发表的小说。❶

一、世情之作——《金大奶奶》

实际上，从《金大奶奶》开始，白先勇便确立了其小说创作的某些特质。在进入"现代文学"时期以后，这些特质虽然曾一度在现代主义的旋涡中趋于淡化，但在其小说创作的代表性作品"台北人"系列中顽强地得以再现，成为其小说创作整体风格特征的标志性存在。

《金大奶奶》在故事类型上是典型的中国传统小说中的"世情小说"路数：金大奶奶在还不是金大奶奶的时候，是一个青年守寡的富家奶奶。因为夫家有钱，所以得到了很多的财产房田。后来认识了从上海读书回乡的金大先生，在金大先生的花言巧语下改嫁给了他。金大先生在骗得金大奶奶的田契首饰后，便对金大奶奶大打出手，横加虐待。后来为了迎娶新妇入门，便要把金大奶奶赶出家门。在遭到金大奶奶拒绝后，金大先生与金二奶奶联手将金大奶奶一顿暴打，但金大奶奶也终于没能被赶出家门。在金家张灯结彩迎娶新妇的晚上，金大奶奶悲惨地死去。白先勇以一个如此中国化的故事为自己的小说创作开篇并不是偶然的，其时的白先勇尚无一个现代小说家的身份自觉，所以在写作中调用的还是其最为深切本真的童年与少年记忆。自己与中国民间故事与

---

❶　白先勇：《蓦然回首》，文汇出版社1999年，第29页。

传统小说的渊源关系是白先勇后来的回忆性文字中的重要主题：

> 讲到我的小说启蒙老师，第一个恐怕要算我们从前家里的厨子老央了。老央是我们桂林人，有桂林人能说惯道的口才，鼓儿词奇多。
>
> 正在跟我讲《薛仁贵征东》。那是我开宗明义第一本小说，而那银牙大耳，身高一丈，手执方天画戟，身着银盔白袍，替唐太宗征高丽的薛仁贵，便成为了我心中牢不可破的英雄形象，甚至亚历山大、拿破仑，都不能跟我们这位大唐壮士相比拟的。
>
> 那段期间，火头军老央的《说唐》，便成为我生活中最大的安慰。我向往瓦岗寨的英雄世界，秦叔宝的英武，程咬金的诙谐，尉迟敬德的鲁莽，对于我都是刻骨铭心的。❶

在获得阅读的能力以后，白先勇又广泛涉猎了大量现代通俗小说家的作品："还珠楼主五十多本《蜀山剑侠传》，从头到尾，我看过数遍。……当然，我也看张恨水的《啼笑因缘》、《斯人记》、徐訏的《风萧萧》不忍释手……"❷ 而作为中国古典小说扛鼎之作的《红楼梦》，对于白先勇更是具有非同一般的意义："……小学五年级便开始看《红楼梦》，以至于今，床头摆的仍是这部书。"❸

---

❶ 白先勇：《蓦然回首》，文汇出版社 1999 年版，第 24 ~ 26 页。
❷ 白先勇：《蓦然回首》，文汇出版社 1999 年版，第 26 页。
❸ 白先勇：《蓦然回首》，文汇出版社 1999 年版，第 27 页。

《金大奶奶》讲述了一个"被侮辱被损害"的故事，但小说家的立场只止于世道人心的描画，"五四"新文学中流行的启蒙主义的观念与批判主义的方法在其中都无丝毫显露，这也是白先勇在创作伊始便确立的与"五四"新文学传统的创作分歧之一。虽然白先勇在后来的文章中一再声明与"五四"新文学传统的承继关系，但对于"五四"新文学与中国现代小说的批评性看法在其以后的文章中同样一再出现。在《社会意识与小说艺术》一文中，白先勇特别提到中国现代小说与中国传统文化的关系问题："'五四'运动，狂热反传统，使得中国现代小说与我们的传统文化脱节，缺少中国传统文学中一向具有的深厚的历史感，情感与思想往往流于浅薄。"❶ 这无疑是对从《金大奶奶》开始就展现出的其小说创作某种审美特质的进一步确认。虽然《金大奶奶》还很难说拥有多么深厚的历史感受和深邃的情感与思想质地，但与浸满时代气息的启蒙主义思想主题的疏离行为本身已可算做一种有力的开拓，小说家在以后"台北人"系列小说中将这样的风格特征发挥至极致，他也正是以此建立了中国现代小说史上堪称独绝的"白氏小说美学"。

由叙述者与非主角人物共同讲述主角人物的故事构成《金大奶奶》最为醒目的叙述景观。小说的叙述者是一个叫"容哥儿"的公子哥儿，未谙世事，由其叙述出来的世情故事也因此让人更加触目惊心。两个非主角人物顺嫂与小虎子对主人公其人其事的讲述截然不同，叙述者的态度则游移其间，这种叙述的暧昧性也使得整篇小说叙述获得了更多张

---

❶ 白先勇：《第六只手指》，花城出版社 2000 年版，第 261 页。

力。主人公甚少直接出场或者根本就不出场，而是被裹挟在非主人公的讲述之中，在他者的讲述中将其命运轨迹呈现出来，其实是白先勇从《金大奶奶》开始建立起来，并在以后用之不已的叙述之法。在其最成熟的小说作品"台北人"系列中，从具有序言地位的《永远的尹雪艳》，中经《梁父吟》，到最后的《冬夜》与《国殇》，都是此种叙述之法的作品。这种不是去消隐叙述痕迹，而是刻意将其凸显出来的叙述之道无疑构成了白先勇小说创作中值得深思的叙述现象。

白先勇曾在《蓦然回首》中谈到小说对话与戏剧化的问题：

所谓戏剧化，就是制造场景，运用对话。……我又发觉中国小说家大多擅长戏剧法，《红楼》、《水浒》、《金瓶》、《儒林》，莫不以场景对话取胜，连篇累牍的描述及分析，并不多见。❶

《金大奶奶》虽然场景式叙述极度缺乏，只有主人公金大奶奶直接出场时候的两处，对话却充斥于整篇小说之中，似乎从对话这一环节忠实地实践了中国传统小说"擅长戏剧法，以场景对话取胜"的叙述传统，也可为白先勇创作伊始不但在故事类型（世情小说）上，而且也在叙述机制上启用中国传统小说经验提供证明。其实不然，不管是《金大奶奶》，还是以后的《梁父吟》《思旧赋》与《国殇》，充斥于

---

❶ 白先勇：《蓦然回首》，文汇出版社1999年版，第34页。

整篇小说的对话都是在非主人公之间或者由叙述者与非主人公共同完成的，这种对话构成了小说文本中相对于主人公故事的纯叙述层面，与作为被叙述对象的主人公故事之间具有清晰的界限。白先勇所称道的中国传统小说对话式的戏剧之法却是以人物对话展示对话主体自身的命运情状，叙述者被推向隐性的层面，叙述者与被叙述者之间的裂痕也便在文本表层自动消弭了，小说的戏剧性也便由此产生。而白先勇在小说叙述中设置庞大的显性叙述层面，将主人公的命运情状严密包裹在各式理性评述之中的叙述方法则恰恰使得小说的戏剧性张力遭到了损伤。白先勇在其第一篇向中国传统小说致敬的作品中就显示了对于中国传统小说既有承继又有疏离的创作路数，这其实也是其作为一个现代小说家最难能可贵的一种品质，而其间的成败得失已经显得不是那么重要了。

二、经典重叙——《闷雷》

《闷雷》是白先勇小说创作生涯中的第三篇作品，也是其前"现代文学"时期的最后一篇作品。在故事框架上，《闷雷》显然是潘金莲、武大、武松故事的重写。重写一个早已成为一个民族深层记忆的经典故事，无疑再一次显示了小说家与中国传统小说写作的深度关联。《闷雷》的主人公是一个叫福生嫂的女人，虽然小说采用的是第三人称叙述方式，但在绝大多数时候却是以福生嫂的视角进行叙述的。这种叙述视角的重新设置无疑是重写至为重要的一步，也是《闷雷》这样一个脱胎于古典故事的小说叙述获取现代小说品格的关键所在，因为：

真正造成现代小说大变化的所谓"视角小说"，实际上指的是第三人称叙述与人物（主要人物或次要人物）视角结合的特殊叙述方位。自从亨利·詹姆士在他的一连串小说中坚持并且异常成功地使用这种叙述角度后，这种叙述角度也常被称为"詹姆士方式"，直至今日，小说经过近一个世纪的巨大变革，现代文论家如托多洛夫，依然称之为"本世纪诗学取得最大成果的课题"。❶

因为视角人物享有更多的主动权引领读者去倾听他（她）的故事，所以视角人物的身世命运往往更易引起读者的同情，视角人物的意识观念也就往往成为读者的意识观念。《闷雷》采用福生嫂的视角讲述故事，也就使得《水浒》中那个被局限在中国传统道德规范下的三角情感故事原型得以成功转型，成为一种女性主体叙述。

不过，虽然《闷雷》在其文本叙述中成功地建构了一个女性主体的形象，但并不归属于所谓的"女性主义文学"的范畴。"女性主义文学"张扬高亢的女性主体意识，是一种处在男权中心主义文化系统中的"反文化"形态，《闷雷》则是一个典型的欲望书写文本，讲述了一个作为欲望主体的女性对于一个男性客体不断欲望化的故事：福生嫂年轻的时候是一个精明俊俏的桂林姑娘，迫于父命嫁给了在桂林军训部作随从副官的马福生。马福生不但年纪比福生嫂大了一大截，而且身体孱弱，缺乏必要的男子气概，在性生活上更是无能为力。福生嫂无奈之下只好从桂林乡下偷偷领养了一个

---

❶ 赵毅衡：《当说者被说的时候》，中国人民大学出版社1998年版，第134页。

男孩。来到台北后，生活更见困窘，福生嫂的心情也如台北的天气一样时常处在郁闷燥热之中。改变这一状况的是马福生的结拜兄弟刘英的到来。刘英长得魁梧豪壮，很有点北方汉子的气概，又年轻有为，比马福生小十来岁就升到了中校。刘英极为男子汉的气质与作风唤醒了福生嫂潜藏多年的女性欲望。在刘英面前，福生嫂收敛了平日的泼辣作风，展现了一个小女人的全部温柔。在福生嫂生日的晚上，她终于有了和刘英单独对饮的机会。喝得微醺的福生嫂胸中的欲望高涨到了极点，但就在情难自控的一刹那，她却突然奔向房间，将自己反锁在了里面。刘英在外面敲门呼唤，福生嫂却由于过于激动而终于没有将门打开。第二天刘英搬离马家，福生嫂又变成了一个脾气乖戾的泼辣女人。

不论是潘金莲还是福生嫂，其行为的乖张都起因于一个男权中心社会的男人的去势。正是由于男人无法建构起本应属于自己的男性权威，女人才有了所谓不合伦理道德的行为。在《闷雷》中，武大郎式的男人马福生在福生嫂面前克尽忍让，展现的几乎是一个传统女性才会有的驯良："马福生向来就是一个'天塌下来当被窝盖'的人，脾气如同一盆温水一般，好得不能再好了，任凭福生嫂揉来搓去，他都能捏住鼻子不出气。"❶ 这种在一个男尊女卑的社会过于不像男人的品格与行为引起的直接后果就是女人也不再像女人："自从嫁给马福生后，福生嫂愈来愈觉得自己不像个女人了，娇羞、害臊、体贴、温柔——这些对她来说竟生疏得很，她

---

❶　白先勇：《寂寞的十七岁》，花城出版社2000年版，第34页。

简直温柔不起来。"❶ 温柔这种被福生嫂认为本应该属于自己的性情却被自己的丈夫强占而去，其作为"福生嫂"的缺憾自是无以复加。《闷雷》刻意以"福生嫂"来称谓一个潘金莲式的女人无疑用意深远。在《水浒》中，潘金莲作为一个欲望主体的身份被刻意压制了，其行为乖戾只是因为她是天生的红颜祸水，而不是她不幸成为武大的老婆，所以她也就一直只是"潘金莲"，而没有成长为"武大嫂"。《闷雷》却用一个"福生嫂"的称谓在显露，所有故事的发生都源于福生嫂无法成为名副其实的"福生嫂"。

富有男子气概的刘英入住马家后，福生嫂性情大变："可是福生嫂跟刘英在一块儿时，她的脾气就变得温和得多。坐在刘英对面，她好像不再像是一个三十出头的女人了。玉姑娘的娇羞又回到了福生嫂的脸上来。"❷ 当福生嫂还是玉姑娘的时候，她在幻想中坚信男女有分的文化秩序。可是在玉姑娘成为福生嫂以后，其生存的现实却打破了这种秩序。现在，玉姑娘重新回来，是刘英使得这种秩序重新得以回复。"福生嫂也不知道为了什么，总而言之，打扮得头光脸净——就如同她以前做玉姑娘时一样……"❸ 福生嫂对自己形象的着意修饰自然是为了刘英，却无疑并不属于传统典型的"女为悦己者容"的行为。"女为悦己者容"中的女人将自己视为一个纯欲望客体，是对传统文化秩序中女性地位最大程度的确认与强调。福生嫂却是"女为己悦者容"，她已

---

❶ 白先勇：《寂寞的十七岁》，花城出版社2000年版，第35页。
❷ 白先勇：《寂寞的十七岁》，花城出版社2000年版，第35页。
❸ 白先勇：《寂寞的十七岁》，花城出版社2000年版，第33页。

经成长为一个欲望的主体。虽然福生嫂最终的目标仍然是做一个温柔的传统式女人，但其间主体性质素的渗入使她最终仍然区别于一个温柔的传统式女人。其实，这也应该是潘金莲、福生嫂们在中国小说女性形象书写史上所具有的最大意义。以一个欲望主体的身份出发，最终目标却是趋向做一个欲望客体，中国传统女性生存境况的全部狰狞与悲苦在其中可谓表露无遗。

潘金莲欲望式的追求在中国传统伦理道德的宣判下被非法化，所以最终无法实现。福生嫂却是以一种对伦理道德的自律终止了自己的追求："一阵昏眩，福生嫂觉得房屋顶好像要压到她头上来了一样，她喃喃的叫了一声：'英叔——我不能了——'连忙跟跟跄跄站起来跑进房间里去。一进房，福生嫂就顺手把房门上了锁，将钥匙紧紧的握在手中，她怕——怕得全身发抖。"❶ 其实，小说在一开始就已经预示了福生嫂欲望追求的不可能实现。《闷雷》以福生嫂与似乎在小说中可有可无的马仔的母子冲突开场，首先表明的正是福生嫂的母性身份，而非她的女性身份。虽然由于马福生的性无能，福生嫂不可能生育，但小说仍然安排福生嫂以"装肚子"的方式拥有了一个儿子，"而且她的心又分了一半到儿子身上，所以她对马福生更是无可无不可了"。❷ 在小说中福生嫂母性身份与母亲意识的这种不断显露无疑成为福生嫂实现其女性欲望的最大障碍，"在色情想象与色情表现中，（例如'黄色小说'中），与生殖有关的性特征都消失了，

---

❶ 白先勇：《寂寞的十七岁》，花城出版社 2000 年版，第 45 页。

❷ 白先勇：《寂寞的十七岁》，花城出版社 2000 年版，第 37 页。

没有月经,没有怀孕,没有生育,没有子嗣。这是非生殖的'纯性',色情正是高级文明从生物性基础上剥离下来的纯粹性意识"。❶福生嫂因为拥有了自己的子嗣,所以也就无法将自己的纯粹女性性意识发挥至圆满。

福生嫂在小说最后戛然而止的欲望追求使得其成为白先勇小说创作中为数不多的"不彻底"的女性形象之一,拿她与小说家不久以后写出的"玉卿嫂"相比较,即可见一斑。非常有意味的是,张爱玲在其同样是重写了"潘金莲、武大、武松的故事"的小说《金锁记》中却塑造了其小说创作中唯一"彻底"的女性形象曹七巧。白先勇与张爱玲的关联是文学研究界经常讨论的话题,但这种对于同一故事原型不同的重写之道却显示了两位小说家在小说创作理路上的巨大分野。白先勇与张爱玲的纠缠在其以后的小说创作中无疑得到了延续,并在《台北人》中达至高潮。

虽然《闷雷》中的人物从来都没有获得过"台北人"的称谓,但他们的生活经历与品格性情却已能依稀显露出几分"台北人"的相貌,比如女主人公,年轻时候在桂林是精明俏丽的玉姑娘,在经历生活中的种种磨难、奔赴台湾以后变成了心情时常处在郁闷燥热之中的福生嫂,所以福生嫂经常回忆其在大陆有过的好日子。在经历前面两篇具有试探意味的创作以后,白先勇终于借着对一个经典故事的重写偷偷触摸了一下自己最得心应手的人物和题材——"台北人"和他们的故事。"潘金莲、武大、武松故事"与"台北人"故事的互相套用也正标示了小说家的创作所处在的特殊时刻。虽

---

❶ 赵毅衡:《礼教下延之后》,上海文艺出版社2001年版,第3页。

然此时小说家尚无力将其笔下的"台北人"形象描绘得足够
丰满鲜活和个性独异，《闷雷》却无疑仍是其小说创作历程
中具有里程碑式的作品。

第二节　陈若曦小说早期创作的
前"现代文学"阶段

一、浪漫与宗教——《钦之舅舅》

《钦之舅舅》一直被视为陈若曦小说创作的发轫之作，
也正是这篇小说，将小说家当时文学青年的身份表露无遗。
但与白先勇的初登文坛之作《金大奶奶》直接征引中国传统
小说写作经验不同，《钦之舅舅》弥漫了正宗的 19 世纪英国
文学的维多利亚之风，这种与"五四"新文学的同源性也是
陈若曦一生小说创作脉络式的存在。以后，陈若曦则更多地
转向从"五四"新文学的经典小说家的小说创作中直接汲取
写作的经验，成为"现代文学"社全体同仁中最具"五四"
新文学谱系气质的小说家。

《钦之舅舅》讲述了一个充满神秘主义气息的故事：
"我"的舅舅钦之是外祖父早年在孤儿院收养的孤儿，外祖
父对他十分疼爱，视若己出，就连他的姐姐——"我"的母
亲也是对他关心备至。但钦之舅舅天生性格忧郁孤僻，行事
喜欢独来独往。读中学时就喜欢登山旅行，在印度读医期间
经常到处去探险。回国后则一直赋闲在家，住在外祖父留给

他的葡萄庄园里。钦之舅舅虽然所学专业是医学，却具有极高的文学修养。他虽然平日不喜欢与人交往，却与大自然有着神秘的感应。钦之舅舅依靠一种神秘的体验爱上了一个已经不在人世的姑娘，最后因为无法忍受相思之苦而跳湖自杀。

依据小说中"我"母亲之口可依稀判断出小说中的人物生活在 20 世纪上半期的中国大陆。对于本是台湾本省子弟其时尚未曾回归大陆的陈若曦来说，这样的安排可谓是其一生坚定不移的"中国情结"的第一次不期然流露。不过这样的时代背景对于《钦之舅舅》来说却几乎是可有可无的，这样的叙述在整体上根本无法与人们对于那个时代的普遍中国记忆相吻合。钦之舅舅组织医疗队的行为可谓是其一生中唯一的集体式行为，但也终于被淹没在其极端个人化的行为之流中。钦之舅舅早年旅游探险，浪迹天涯，从印度归国后则隐居平湖，遗世独立，一动一静，却无一不是亲近自然，远避人间的行径，20 世纪上半期中国大陆这样一个大的背景也就因此愈退愈远，终于成为整篇小说可有可无的点缀，只满足了小说家心结的一次释放，却无法构成叙述者进行文本叙述的有机质素。

《钦之舅舅》是典型的浪漫主义的小说作品，所以刻意磨灭人物故事的时代印痕正是其题中应有之意。钦之舅舅的人生从孤儿院出发，在浪迹天涯以后，最后回到了葡萄园。小说关于其葡萄园生活的叙述采用了现在时态，孤儿院的人生启程与天涯路上的奔波流徙则以"我"母亲追述的方式展现。其实，小说的主体即是叙述现在时态的钦之舅舅的葡萄园生活，这也是小说获得浪漫主义品格的关键所在，而孤儿院的出身与天涯路的流徙则似乎只使得这种品格的纯正性受到了某种程度的损伤。追述钦之舅舅的前尘往事无疑是小说叙述的结构性需要。小说以"钦之舅舅"命名，就势必要对钦之舅舅的一生作全面的交代。关键问题在于，钦之舅舅的出身和早年流徙生涯与作为叙述主体的葡萄园生活究竟构成了一种什么关系？

葡萄园是西方浪漫主义文学中经常出现的意象，其恬静优美的氛围几可与中国文学里的桃花源相佐读。《钦之舅舅》里的葡萄园种植在 20 世纪上半期中国大陆一个叫平湖的地方，当是中西文学之间的一次联姻行动：

"在平湖，你爷爷的葡萄园最吸引人。成熟的时候，葡萄像一串串的紫色珍珠，堆在架上，或大串大串地垂挂着，美极了……"❶

晚上我最喜欢坐在舅舅的书房里同他谈天，在这方面我实在是一个最忠实的听众。钦之舅舅的文学和艺术修养非常好，他可以从他的那把口琴谈到管弦乐队、标题音乐及古典音乐，从萧邦到乔治桑，详论法国写实主义与浪漫主义的变迁，再从文学到美术，由文艺复兴的雕刻谈到后期印象派的作品……❷

西方文学作品与中国日常人生的交集与浑融在这里可谓得到淋漓尽致的表现。小说家直接征引西方文学意象与常识

---

❶　陈若曦：《贵州女人》，时事出版社 1996 年版，第 86 页。
❷　陈若曦：《贵州女人》，时事出版社 1996 年版，第 90 页。

进入小说叙述，一方面，自可解释为其时其小说创作的修为尚不够老练，叶维廉就在《陈若曦的旅程》一文中表达了这种观点。但另一方面，也可为其时尚处于小说创作探索阶段的陈若曦与西方文学的渊源关系再次提供明证。

钦之舅舅将葡萄园视为最后的栖身之所，似乎其在经历幼儿时的孤苦无依与青年时的漂泊流徙后终于到达圆满，这样的人生格式使得钦之舅舅的一生就像一次"天路历程"。浪漫主义的"洞天福地"必须在经历基督教式的磨难以后才能够到达，这无疑是小说家对于基督命意与浪漫主义文学的一种嫁接行为。小说中"我"爷爷与"我"母亲的言行同样带有浓重的基督教教徒意味：

"这样我们收养了钦之，你爷爷爱他真是无微不至，临终时，最放心不下的还是钦之，他频频嘱咐我一定要照顾钦之……"❶

"可不是，我这生有大半的岁月在忧虑中过去了，年轻时候我为父亲的健康时时操心，中年了，钦之使我牵肠挂肚，现在我老了，女儿不在家里，上帝为我安排多么劳苦的一生——但是让我们感谢他吧。我现在是多么满足，丈夫女儿围绕着我，弟弟也安然无恙。"❷

从孤儿院到葡萄园看似不可跨越的距离也正是在基督爱意的普照下才得以弥合。

---

❶ 陈若曦：《贵州女人》，时事出版社1996年版，第104页。
❷ 陈若曦：《贵州女人》，时事出版社1996年版，第85页。

中国背景的若隐若现、基督命意的悄然蔓延与浪漫主义的明目张胆构成了《钦之舅舅》奇特的文本景观。以如此斑驳的风格为自己的小说创作开场，这对于后来以冷静客观的写实主义来书写刻骨铭心的"文革"经验从而在国际上建立了相当声誉的小说家陈若曦来说，其间经历的漫长的文学行旅与崭新蜕变亦无异于一次"天路历程"。

二、神秘与启蒙——《灰眼黑猫》

《灰眼黑猫》是陈若曦在前"现代文学"阶段的最后一篇作品，也被夏志清认为是小说家显露才华的第一篇作品。在《灰眼黑猫》中，陈若曦一改《钦之舅舅》的浪漫奇情，第一次在其作品中注入了浓烈的现实主义气息，这无疑是其创作生涯当中极其重要的一步，也为其最终走向冷静客观的写实主义奠定了坚实的基础。

《灰眼黑猫》以"灰眼黑猫"命名，亦以一个有关灰眼黑猫的传说作为小说的题记："在我们乡下有一个古老传说：灰眼的黑猫是厄运的化身，常与死亡同时降临。"❶ 在小说叙述中，灰眼黑猫更是与小说主人公文姐如影相随：文姐出生的时候，文姐的母亲、"我"大妈就看到一只灰眼黑猫，似乎一开始就预示了某种不祥。少年时的文姐在一次田野放风筝中突发奇想，将一只灰眼黑猫绑在风筝线的末端，结果灰眼黑猫跌落而死。灰眼黑猫的主人、一位像幽灵一样的老太婆恶狠狠地发出了咒语，文姐出嫁那天，嫁妆橱柜里竟然卧着一只灰眼黑猫。从此，这只灰眼黑猫就如幽灵一样跟随着文姐，在其生活中不时出现。最后文姐为了驱赶灰眼黑猫，

---

❶ 陈若曦：《陈若曦自选集》，联经出版公司1976年版，第47页。

不幸跌落危岩而死。这无疑是一个相当完整的故事，并且对于文姐的命运叙述也相当忠实地践履了题记中所说的乡间传说理念。在这意义上，文姐的故事就是灰眼黑猫故事原型的重写。

如果说这已是《灰眼黑猫》文本叙述的全部，那么《灰眼黑猫》也就只讲述了一个充满神秘主义气息的故事，正可与《钦之舅舅》中的神秘主义相佐读。但实际上，这不过是《灰眼黑猫》文本叙述的一个层面，在灰眼黑猫故事原型的下面还内含了这样一个故事：文姐与儿时的玩伴大生青梅竹马，两情相悦。但由于大伯的专制，文姐硬是被许配给了有钱有势的朱家。在嫁到朱家以后，文姐备受朱家虐待，最后终于精神失常，凄惨而死。小说的叙述者在小说的最后发出了对于旧事物与旧制度的咒语："让那年老的随着腐朽的旧制度——带着它所制造成的罪恶——在地的一角沉沦下去吧！"❶ 自由恋爱中的青年男女在封建家长的专制下最后走向死亡的故事是"五四"新文学中最为常见的原型叙述之一，也是对"五四"新文化运动中的启蒙理念最为忠实的文学表达之一。启蒙主义作为一种发源于西方国家、在"五四"时期传入中国的思想文化运动，将去神秘化视为自己的首要任务，从而开启了人类文明史上的近现代阶段。"五四"新文学忠实地实践启蒙主义的精神理念，其大部分创作也因此带有浓重的理性主义气息。出生于台北近郊农村的陈若曦在《灰眼黑猫》中第一次启用其乡村经验，却在对同一个故事的叙述中显示了立场的两歧性。神秘主义与启蒙主义作为具

---

❶ 陈若曦：《陈若曦自选集》，联经出版公司1976年版，第70页。

有对立意义的两种思想文化类型能在同一个小说文本中同时得到极为鲜明的表达，正显示了初试写实主义的陈若曦左右失措的写作状态。

虽然《灰眼黑猫》的故事同时套用了两个故事原型，但并不等于说小说对这两个故事原型的叙述始终处在同一个层面上。小说用"灰眼黑猫"来命名，用"灰眼黑猫"的原型故事作为题记，并在正文中不断用灰眼黑猫的出现来提示主人公的命运走向，正是对"灰眼黑猫"故事原型最为忠实的写法，小说无疑也以此传达了小说隐指作者的真实意旨：灰眼的黑猫的确是厄运的化身，常与死亡同时降临。但叙述者"我"对此的看法却一直显得暧昧不明。小说出现了两处人物对于灰眼黑猫是不吉祥物的谈论，一处在包括"我"在内的一群小伙伴在秋后田野放风筝的时候，阿蒂发现了一只黑色的小猫，便抱过来玩耍，在有人发现它的灰眼睛以后，小说便有了关于灰眼黑猫的第一次谈论。在这场谈论中，"我"始终未发一言，而且过后也没有发表任何意见。小说第二次出现关于灰眼黑猫的谈论出现在文姐出嫁那天，有人在嫁妆的橱柜里发现了一只灰眼黑猫。如果说那些未谙世事的孩子们对于灰眼黑猫的出现可能带来的后果还将信将疑的话，这些大人们则对此下了明确的判语。随后朱老头横死，更使这种判断得到了印证，文姐也因此坠入了生命的深渊。作为叙述者的"我"接着对此评论道："乡里的人把朱老头的暴死全推到黑猫身上，他们渲染得那么恐怖，连三岁的小孩听到黑猫也吓都不敢哭了。当然朱家的人把一切的不幸全归之于文姐，所以文姐是一进朱家大门便受尽磨难。""当然"式的推理自然遵照了乡人对此事的普遍逻辑，但叙述者自己的态度却仍然被悬置了起来。也就是说，在《灰眼黑猫》中隐指作者与作品一般人物对于文姐命运与灰眼黑猫出现之间所具有的关联性观点一致，都是深信不疑的，叙述者却对此刻意保持了沉默。

叙述者的这种故意失声自然不是无缘无故。《灰眼黑猫》正文开始的信表明叙述者为了逃避封建婚姻而离家出走，这正是"五四"新文学中的经典情节。作为一个时代新女性，"我"自然不会像自己的乡亲们那样相信一个充满迷信色彩的乡间传说，"我"只深信文姐死于封建家庭的专制，所以在小说的最后"我"才向所有的旧事物与整个旧制度发出咒语。几乎可以说，文姐的命运悲剧所显示出的启蒙意义正是依靠叙述者"我"的言行才不断被激发出来，而在情节叙述上自由恋爱被封建专制所扼杀的故事则根本无法取得逻辑上的完整性。大生与文姐的恋情在小说中根本没有被正面提及，大伯将文姐许配给朱家也是在酒后糊里糊涂所为，使得专制的意味大大降低了。在文姐嫁入朱家以后，这个层面的叙述更是被灰眼黑猫的故事线索给收服了。文姐在朱家遭受虐待和冷落一个很直接的原因就在于，朱家深信朱老头的横死和文姐嫁妆里的灰眼黑猫有必然的关联。

陈若曦在稍后的小说创作中仍然会不断出现写实主义与神秘主义相交织的局面，但像这样在情节叙述与主题立意皆存在逻辑混乱的状况却大大减少了。在某种意义上，陈若曦的创作历程正是一个写实因素不断增长，并最终铸就其写实风格上的独特性的过程。

白先勇与陈若曦在他们小说创作的前"现代文学"阶段不约而同地在征引传统文学经验（白先勇征引的是中国文学

传统，陈若曦征引的是西方近现代文学传统），启用童年与少年生活经验（白先勇启用的是贵族生活经验，陈若曦启用的是乡村生活经验）与重写原型故事（白先勇重写的是中国小说经典故事，陈若曦重写的是乡村民间传说故事）之间来回奔走，正显示了他们在小说创作的"发生期"所具有的同与不同，两位小说家这种异体同构的文学机缘在他们进入成熟期的小说创作中无疑会得到更为鲜明的表现。

1960 年 3 月，白先勇、陈若曦与王文兴、欧阳子等一起创办了在台湾地区当代文学史及中国现代文学史上具有重要地位的《现代文学》杂志。关于《现代文学》的创办背景、缘起、历程及成就，《现代文学》的许多同仁都有回忆性的文字。白先勇更是写作了多篇文章来记叙这一重要的文学事件，后来结集为《现代文学》一书出版。

在《〈现代文学〉的回顾和前瞻》一文中，白先勇就《现代文学》对中国文坛的贡献归纳了三点：

首先，是西洋文学的介绍。因为我们学识有限，只能做译介工作，但是这项粗浅的入门介绍，对于台湾当时文坛，非常重要，有启发作用。因为那时西洋现代文学在台湾相当陌生，像卡夫卡、乔伊斯、托马斯·曼、福克纳等这些西方文豪的译作，都绝无仅有……

当然，《现文》最大的成就还是在于创作。小说一共登了两百零六篇，作家七十人。在六十年代崛起的台湾名小说家，跟《现代文学》，或深或浅，都有关系。❶

---

❶ 白先勇：《蓦然回首》，文汇出版社 1999 年版，第 157～158 页。

白先勇对《现代文学》这些贡献与实绩的确认与论断无疑已经蕴含了一种文学史的视界与眼光在其中。对于《现代文学》杂志在中国现代文学史上所具有的重要地位与意义，白先勇同样有极为自觉的体认：

> 六〇年代，反观大陆，则是一连串文人的悲剧，老舍自沉于湖、傅雷自戕、巴金被迫跪碎玻璃、丁玲充军黑龙江、沈从文消磨在故宫博物馆，噤若寒蝉，大陆文学一片空白。因此，台湾这一线文学香火，便更具有兴灭继绝的时代意义了。❶

白先勇在上面提到的一系列文人，无疑都堪称"五四"新文学写作的重要代表性作家，他们的创作本身已经构成中国现代文学写作传统的重要组成部分。《现代文学》杂志对于这种文学写作传统的承继与坚持由于在20世纪60年代这个特殊时刻出现，因此显得更加弥足珍贵。白先勇称之为"兴灭继绝"，正是恰如其分。与白先勇将《现代文学》杂志的创作写入中国现代文学写作传统的思路不同，夏志清则刻意强调了《现代文学》杂志创作的"现代特质"：

> 《现文》同仁，他们天赋有别，遭遇不同，十三年间所表现的创作、治学成绩也就各有高低，但他们集体的努力即是在台湾的土地上建立了一个真正与欧美先进国家看齐的现代文学传统，这是一个了不起的成就。当然早在三〇年代初

---

❶ 白先勇：《蓦然回首》，文汇出版社1999年版，第163页。

期，至今还健在的施蛰存老先生曾创办过一份《现代》月刊，欧美留学生梁宗岱、叶公超也曾介绍过梵乐希、艾略特的诗。到了四〇年代，诗人卞之琳也曾习写过亨利·詹姆斯风格的小说。❶

　　夏志清在这里所说的"现代文学传统"在中国文学研究界更通行的称谓是"现代主义文学传统"。由于"五四"新文学承继了西方近代以来的各种文学思潮与流派，因此把包括西方现代文学在内的所有西方近现代文学创作都统称为"现代文学"，而把更确切意义上的"现代文学"称为"现代主义文学"。比之于中国的"现代文学"，西方的"现代文学"无疑更加"现代"。夏志清对于《现代文学》杂志创作所具有的西方现代文学品质的强调，凸显了《现代文学》杂志在整个中国现代文学写作传统中更为个性化的一面，而不仅仅像白先勇一样只将其视为整个中国现代文学写作传统链条上的一环。其实，现代主义的创作方法与白先勇、陈若曦小说创作的遇合是他们创作生涯中极为重要的步骤，大陆的许多台湾文学史版本更是将他们作为台湾当代文学界现代主义文学思潮的代表性人物看待。实际上，他们的小说创作所表现出的与现代主义的关系则要复杂得多。

---

❶　夏志清：《蓦然回首》，文汇出版社 1999 年版，第 212 页。

第三节　白先勇早期小说创作的
"现代文学"阶段

白先勇早年在《现代文学》杂志一共发表了八篇小说。前两篇作品《月梦》与《玉卿嫂》一起发表在1960年3月《现代文学》第1期上，在1962年1月《现代文学》第12期发表了《毕业》（后改名为《那晚的月光》）以后，白先勇很快赴美，结束了其第一阶段的小说创作。白先勇在这一时段的小说创作中由于自觉融入了现代主义小说创作的理念，因此在整体风格上与前"现代文学"阶段有了很大不同。这种变化在这个时期的第一篇作品《月梦》中就得到了极为鲜明的表现。《月梦》完全消隐了中国传统文学与作家日常生活的经验痕迹，写一个男性医生对一个青春美少年的肉体超乎寻常的爱恋与痴迷，全篇小说弥漫着水一般的月光气息，散发出极为唯美的情调。类似的题材与处理方式在其后的《青春》与《小阳春》中得到了延续。和《月梦》同时发表在《现代文学》第1期的《玉卿嫂》则更多地表现出与前一阶段创作的关联性，是小说家对于世情小说题材的又一次尝试，同时也是最后一次尝试，其后小说家的创作全面转向了更具个性化的题材。值得一提的是，《玉卿嫂》也是白先勇被改编成影视作品的小说作品中写作时间最早的一篇，这对于从《金大奶奶》开始，中经《闷雷》，在世情小说题材写作的路途中走了一遭的小说家来说可算是一个圆满的收场。《黑虹》与《藏在裤袋里的手》是白先勇初试都市题材的作品，分别写了一个离家出走的女人与一个被驱赶出家的男人的故事。虽然前者更多地表现了女主人公离家以后在都市街头的奔徙游走，后者则主要放在了对男主人公在家庭中局促不安与无所适从的表现上，但两篇小说在对都市生存失魂落魄的精神内核的传达上仍然有异曲同工之处。《寂寞的十七岁》与《那晚的月光》是白先勇这个时期创作的八篇作品中发表时间最晚的两篇，属于典型的"成长小说"类型。其实，小说家早在其前"现代文学"阶段的三篇作品中就已经开始对"成长故事"的书写。除了由于过于直接书写日常生活经验而显得散文化的《我们看菊花去》以外，其他小说中的成长故事都只是小说中心叙述的附带性产品。《寂寞的十七岁》与《那晚的月光》则是正面叙述青少年的成长经历，因此成为白先勇早期小说创作中仅有的两篇"成长小说"。以两篇"成长小说"为自己早期的小说创作作结，也暗示了小说家即将步出小说创作的成长期，走向更为成熟的小说创作阶段。

一、"职业病症"与欲望主体

《月梦》《青春》与《小阳春》这三篇小说，将其放在整个中国现代小说史中来看待，是显得极为独特的作品。小说将青春、理想、肉体和欲望等种种叙述质素调和在一起，使得小说在整体上拥有一种人类青春期的气质，散发出幻梦般的气息。

1. 意识流与水

三篇小说都采取了中心人物视角与全知视角不断交替的

41

叙述策略。视角人物的叙述以一种意识流的方式展现人物对于青春、理想、肉体和欲望的沉迷状态，与小说中不断涌现的水的气息有机地融合在一起。这种意识流手法的大面积使用使得这三篇小说成为白先勇小说创作中现代主义小说技巧特征显露得最为鲜明的作品。在《现代文学》杂志倡导介绍的西方现代主义文学创作方法中，意识流是受到特别青睐的。白先勇在后来回忆《现代文学》杂志的文章中，曾经多次开列《现代文学》重点译介的西方作家名单，意识流小说写作最为经典的几位小说家的名字如亨利·詹姆斯、乔伊斯、福克纳与伍尔夫出现的频率是最高的，他也以这样三篇意识流色彩鲜明的小说创作向西方的文学前辈表达了敬意。

不管是《月梦》《青春》，还是《小阳春》，都无一例外地表现了营造水的氛围的嗜好。《月梦》更中心的意象虽然是月光，但月光总是与水相伴：

昨晚有月亮，吴医生家里小院子的草地上滚满了银浆，露珠子一闪一闪的发着冷光。

昨晚的月光是淡蓝色的，蓝得有点发冷。水池中吐出一蓬一蓬的银丝来，映在月光下，晶亮的。

此时那两个人从湖心中钻了出来，把湖水又搅乱了，月影子给拉得老长老长。

月光照在那白皙的皮肤上，微微的泛起一层稀薄的清辉，闪着光的水滴不住的从他颈上慢慢的滚下来……❶

---

❶ 白先勇：《寂寞的十七岁》，花城出版社2000年版，第52～54页。

而且《月梦》写与水相伴的月光，也是刻意将其水质化的：

吴医生对于月光好像患了过敏症似的，一沾上那片清辉，说不出一股什么味儿就从心底里沁出来了——那股味儿有点凉、有点冷，直往骨头里浸进去似的，浸得他全身都有些发酸发麻。❶

这种水质化的月光、水与主人公迷恋的少年青涩的身体在小说文本中达到了浑然一体的程度：

当这两个少年游回岩滨时，月亮已经升到正中了，把一湖清水浸得闪闪发光。年轻一点的那个少年，跑着上岩，滚在一堆松针上，仰卧着不住的喘息。一片亮白的月光泻在他敞露着的身上，他的脸微侧着，两条腿很细很白，互相交叉起来，头发濡湿了，弯弯的覆在额上，精美的鼻梁滑得发光，在一边腮上投了一抹阴影，一双秀逸的眸子，经过湖水的洗涤，亮得闪光，焕发得很，一圈红晕，从他苍白的面腮里，渐渐渗了出来。❷

这种情形俨然是古希腊神话中的美少年 Adonis 形象的再现，同时也对《红楼梦》中贾宝玉的那句"女儿是水做的骨肉，男人是泥做的骨肉"的名言作了彻底的颠覆。

---

❶ 白先勇：《寂寞的十七岁》，花城出版社 2000 年版，第 52 页。
❷ 白先勇：《寂寞的十七岁》，花城出版社 2000 年版，第 53 页。

欧阳子在其研究《台北人》的专著《王谢堂前的燕子》中认为《台北人》具有三大主题命意，其中之一是"灵肉之争"：

灵肉之争，其实也就是今昔之争，因为在《台北人》世界中，"灵"与"肉"互相印证，"肉"与"今"互相认同。灵是爱情，理想，精神。肉是性欲，现实，肉体。而在白先勇的小说世界中，灵与肉之间的张力与扯力，极度强烈，两方彼此撕斗，全然没有妥协的余地。❶

而在《月梦》中，爱情与性欲肉体却是如此相谐共生，不可分离：

吴钟英记得，就在那一个晚上，就在那一刹那，他那股少年的热情，突地爆发了。当他走到那个纤细的少年身边，慢慢蹲下去的时候，一股爱意，猛然间从他心底喷了上来，一下子流遍全身，使得他的肌肉都不禁起了一阵均匀的波动。他的胸口窝了一团柔得发溶的温暖，对于躺在地上的那个少年他竟起了一阵说不出的怜爱。❷

这种灵肉观的变化显示了白先勇前后期小说创作在主题命意上的巨大分野，但很难说这是一种进步。《台北人》里的灵肉观是极为典型的儒家伦理思想展现，所谓"存天理，

---

❶ 欧阳子：《台北人（附录）》，花城出版社 2000 年版，第 202 页。
❷ 白先勇：《寂寞的十七岁》，花城出版社 2000 年版，第 54 页。

灭人欲"式的教导，从来都是将精神性灵与肉体欲望对立起来，并且扬前抑后。《月梦》与接下来的《青春》在整体上却洋溢着古希腊文学的精神气息，将人类青春期天真无邪的气质显露无遗。古希腊文化崇尚一种肉体的美感，与中国传统文化可谓大异其趣。从《月梦》与《青春》的灵肉观到《台北人》的灵肉观的变迁也正呈现了白先勇小说创作在某些层面上一步步中国化的运行轨迹。

而离开了少年身体的陪衬，月光似乎也就空灵不再：

窗外正悬着一个又扁又大的月亮，肉红色的月光，懒洋洋的爬进窗子里来，照在那个女人的身上。

肉红色的月光像几根软手指，不住的按抚着他那滚烫的身体。❶

这是写吴医生在印度做随军医生时，一次喝醉了酒，在一家下等妓院嫖娼后的情形。月光的肉质化因于妓女无法性灵化的肉体，这也凸显了《月梦》所具有的同性恋内容。

《月梦》中不管是将月光水质化还是肉质化，都将可视的月光嗅觉与触觉化了，这是典型的通感手法。《小阳春》也是不断地以一种通感的方式制造水流的效果：

高楼上的钟声，一声一声的荡漾着，如同一滩寒涩的泉水，幽幽的泻了下来，穿过校园中重重叠叠的树林，向四周慢慢流开。

---

❶ 白先勇：《寂寞的十七岁》，花城出版社 2000 年版，第 55～56 页。

当——古钟又鸣了一下，冷涩的泉水快要流尽了，树林子里一直响着颤抖的音丝。❶

这种水质化的声音与小说中不断出现的喷泉的形象共同酿造了小说整体上水的氛围：

喷泉的水量很小，只有几线水柱冒出来，忽高忽低，发出冷冷的水声。

水池的喷泉突然高冒，无数的水柱吐外四泻，叮叮咚咚，把池面的影子通通敲碎，白的、蓝的，融成了一大片乱影。❷

写喷泉的律动正是为了呼应人意识流动的潮汐，樊教授渐渐激动起来的情绪首先在喷泉那里得到显露。

《青春》的故事发生在大海边，与《月梦》一样，《青春》的文本也不断出现水、光与少年肉体的交集，只是湖水、池水与露水被置换成了海水，月光被置换成了日光，在日光海水情景下的少年肉体因此也不再像《月梦》中那样拥有雕刻般静谧的美感，而是变得富有挑逗性：

海水向岸边缓缓涌来，慢慢升起。一大片白色的水光在海面急湍的浮耀着。丝——丝——丝——哗啦啦啦——海水拍到了岩石上，白光四处飞溅，像一块巨大无比的水晶，骤

---

❶ 白先勇：《寂寞的十七岁》，花城出版社 2000 年版，第 128 页。
❷ 白先勇：《寂寞的十七岁》，花城出版社 2000 年版，第 130~132 页。

然粉碎，每一粒碎屑，在强烈的日光下，都变成了一团团晶亮夺目的水花。少年赤裸的身子，被这些水花映成了一具亮白的形体。

日光从头顶上直照下来，少年浅褐色的皮肤晒得起了一层微红的油光，扁细的腰及圆滑的臀部却白得溶化了一般。小腹上的青毛又细又柔，曲卷的伏着，向肚脐伸延上去，在阳关之下闪着亮光。❶

在烈日下翻腾不息的海水与老画家因急于抓住已经不再的青春而变得狂躁不安的意识之流在文本中处于一种合流的状态。小说最后老画家倒在海滩的岩石上，"水花跟着浪头打到他的脸上，打到他的胸上。他感到身体像海浪一般慢慢飘起，再慢慢往下沉去"。❷

2. "职业病症"与欲望主体

职业身份的取得无疑是一个人成为社会中人的一个极其基本的要素。正是因为如此，在一个含有相当社会质素的小说文本中对于一个人职业的叙述就往往是习惯性的，并无特别含意的。作为例外而构成一种文学现象的是 20 世纪五六十年代的大陆文坛，那时的大陆文坛热衷于以小说中人物所从事的职业来划分小说的题材类型，出现了大量所谓的"农村小说""工业小说"和"知识分子小说"。这种对于人物职业的特别强调一方面应和了其时的政治气候，另一方面也彰显了全社会生产力极度匮乏的生存现实。白先勇在其前

---

❶　白先勇：《寂寞的十七岁》，花城出版社 2000 年版，第 140～141 页。
❷　白先勇：《寂寞的十七岁》，花城出版社 2000 年版，第 142 页。

"现代文学"阶段的小说创作似乎刻意回避了小说人物的职业性问题，《金大奶奶》中的金大奶奶、《我们看菊花去》中的姐姐和《闷雷》中的福生嫂都是以家庭成员的身份被叙述的。这种对于人物职业身份的敏感在《月梦》《小阳春》与《青春》中得到了延续。不同的是，这次小说家则刻意强调了小说人物的职业身份。《月梦》的主人公是一个叫吴钟英的肺病疗养院医生，《小阳春》的主人公是一个大学的数学教授樊教授，《青春》的主人公是一个老画家。并且在这三篇小说中，主人公的职业身份在整个小说叙述中成为至关重要的叙述动力，引领了小说故事由发生到进展直至结束的运行路向。在《月梦》中，对于主人公吴医生现在时刻的叙述被严格控制在了其职业范围之内，他的所有行为都是在一个医生的名义下进行的。小说现在时态唯一的故事发生在小说的最后，正是吴医生的一次出诊。在《小阳春》中，贯穿于主人公樊教授意识流动始末的是他的大数学家之梦以及各式各样的数学定理公式。《青春》关于主人公职业的叙述则充塞了整个文本之中，因为它的故事本身就是讲述一个老画家在海边以一个少年为模特作画的情景。

但是，被裹挟在职业名义下的人物叙述并没有最终指向人物的职业理性与职业规范，那些在其间不断旁逸斜出的欲望才是小说叙述的中心所在。在职业叙述的名义下建构一个欲望的主体成为《月梦》《小阳春》与《青春》最为基本的叙述逻辑。《月梦》的主人公吴医生医术精湛，德高望重，他在小说最后的出诊中却表现得异乎寻常的紧张不安。在面对着闪现着自己初恋情人静思影子的少年病人的身体时，吴医生的欲望不可遏止地迸发了，这个来自孤儿院的少年在身份上悄然完成从病人到恋人的转变。最后，这个肺病患者的少年不治而亡。在职业的意义上，吴医生的工作无疑就到此结束了。但是吴医生却在夜深人静的时候一个人偷偷地跑到太平间去抚摸和拥抱少年已无生命知觉的身体，复现了其早年与初恋情人相恋时的一幕。《小阳春》的主人公樊教授因为早年外籍教授的一句话而使其把成为一个大数学家、创立一个"樊氏定理"作为其一生的理想追求，但在现实中他只是一个教初等微积分的大学教授，这种现实与理想之间的巨大反差成为其一生横亘在心目中的最大心结。在现实生活中，他被裹挟在与女儿、妻子与女仆的各种纠葛当中，成为大数学家的理想被严重阻隔。在小说最后，面对着女仆充满挑逗性的身体，他终于从一个理想主体变成一个欲望主体。《青春》的主人公老画家青春不再，却固执地要在作画中去捕捉那久已失去的青春，其职业性的作画行为因为这种无法调和的反差变得近乎歇斯底里。少年模特富有青春气息的肉体承载了老画家无法停息的青春渴望，他也无法控制地从艺术构思的状态滑出，要用实际行动去帮助其欲望的实现。最后，那位象征着青春的少年模特因为惊恐而仓皇逃走，老画家也干毙在海滩的岩石上。

　　一方面，这三位主人公是无可争议的本行业的固守者和成功人士。《月梦》里吴医生的那些同行都对这个老医生充满敬意，以至于"对于这个老医生的怪癖，他们都相当尊重"。《小阳春》里的樊教授走在校园里也会有学生不断向他问候致意。《青春》里的老画家一生作画无数，"他一定要在这天完成他最后的杰作，那将是他生命的延长，他的白发及皱纹的补偿"。但另一方面，他们又无一例外地表现出了某种超越了其职业本位又与其职业行当具有深度关联的症状。这种症状在更为准确的意义上就是一种不轨的欲望。不管是《月梦》与《青春》中的对于职业对象的越轨，还是《小阳春》中在职业缺憾下的出轨，无疑都是悖反于伦理道德的行为。日常伦理道德规范裁决人的一切日常行为，合轨与不轨的对立也由此得以确立。而《月梦》《小阳春》与《青春》却将主人公在日常伦理道德规范标准下的所谓不轨行为置放于与其职业具有深度关联的场景中进行叙述，就使得这样的行为本身具有被重新命名的可能性，仅仅成为一种所谓的"职业病症"。现代职业行当的划分是西方近现代以来科学权威不断扩张化的成果之一，在一切都要放在现代科学理性的天平上重新衡量的整体历史氛围中，所有事物合法化地位的取得都必须依赖于对科学的借重，一切的所谓不轨也只有取得科学的名义，才能够获得新生的契机。而《月梦》《小阳春》与《青春》正是依赖于对主人公职业性的借重才帮助主人公实现了对于日常场景的逃离，并借此逃脱于日常伦理道德规范的裁决。

现代文学与现代科学虽共享现代之名，却一向被认为水火不能相容。西方现代文学的兴起正是对处在不断科学化与世俗化进程中的中产阶级日常生活的一种悖反行为。白先勇在建立其小说创作现代文学品格的实践中却将一种现代科学理性的精神内化于其小说文本之中，表明现代化在某种意义上仍是一个整体化的进程，因为不管是现代文学还是现代科学，都必须面对一个共同的敌人，那就是属于前现代的各种价值观念与意识形态。

二、世情再写与经典再叙——《玉卿嫂》

《金大奶奶》《闷雷》与《玉卿嫂》构成白先勇小说创作的"世情三部曲"。其中，《闷雷》着力于对一个经典世情故事的重写，《金大奶奶》与《玉卿嫂》则更多地表现了一种叙述机制上的相承性：一个叫容哥儿的贵族公子的第一人称叙述、叙述人物与非主角人物之间的对话过多参与主人公命运揭示的近乎流言式的叙述手法。两篇小说主人公的身世命运也几近相同：昔日的大家少奶奶，因为丈夫早逝而守寡，又在重新追求幸福的路途中遇人不淑，最后凄惨而死。从《金大奶奶》到《闷雷》，再到《玉卿嫂》，展现的是一个女性主体不断成长的过程。金大奶奶还完全是一个"被侮辱被损害"的女性形象；福生嫂则已是一个女性欲望的主体，尽管她最终的目标只是作一个欲望的客体；玉卿嫂则将其作为一个女性的主体性贯彻到了其生命的终点。而在这三位女性中，完全没有女性主体性的金大奶奶与具有强烈女性主体性的玉卿嫂最后都凄惨地死去，在作一个女性主体和女性客体之间拿捏有度的福生嫂却郁闷地活了下来，正表明了对主客体之间角色转换的透析把握仍是日常生存的最佳策略之一。

与《金大奶奶》一样，《玉卿嫂》拥有一个相对于主人公的强大的叙述层面。叙述者"我"的踪迹遍布小说文本的每一个角落，主人公玉卿嫂的故事则似乎只是"我"的故事的组成部分。整个小说的故事由三个部分组成：完全独立于主人公故事的"我"的故事、由"我"与一众小说非主要人物参与议论的关于主人公的故事、由"我"直接参与的主人公的故事。如果说《玉卿嫂》只是讲述了一个叫玉卿嫂的女人的故事，那么前两部分的故事就只能被视为小说的纯叙述层面，它们只是被用来讲述主人公的故事。《玉卿嫂》的叙述逻辑似乎显示了，只有将"我"自己的故事讲述得足够充分自然，"我"才有资格讲述他者的故事。白先勇在《玉卿嫂》里表现出的这种对于叙述者合法性问题的自觉可谓到了近于敏感过度的程度。其实，任何叙述者都拥有武断、任意、不讲道理的权力，他只讲述他认为该讲述的，舍弃他认为不该讲述的一切。《玉卿嫂》的叙述者却过多地纠缠于"我"怎么才能够更加自然地讲述别人故事的问题，正彰显了小说家过于深挚的现实主义情结。毋庸置疑，小说家在《玉卿嫂》里的本意只是讲述玉卿嫂的故事。白先勇后来曾在《蓦然回首》中谈及自己早期小说创作的缺憾："现在看看，出国前我写的那些小说大部分都嫩得很，形式不完整，情感太露，不懂得控制，还在尝试习作阶段。"❶在叙述上控制不力的问题无疑在《玉卿嫂》得到了最鲜明的表现。

　　在故事类型上，玉卿嫂的故事其实是一个反写的潘金莲故事。玉卿嫂故事的序幕阶段就呈现了一个"红颜祸水"的故事情景："大概玉卿嫂确实长得太好了些，来到我们家里不上几天就出了许多事故。自从她跨进了我家大门，我们屋里那群斋狠了的男光棍佣人们，竟如同苍蝇见了血，玉卿嫂一走过他们跟前，个个的眼睛瞪得牛那么大，张着嘴，口水都快流出了似的。"❷就连作品中的人物也充满了对一个"红

---

❶　白先勇：《蓦然回首》，文汇出版社1999年版，第31页。
❷　白先勇：《寂寞的十七岁》，花城出版社2000年版，第65页。

颜祸水"故事的期待："只是长得太好了些，只怕——"❶，
"你快别这么想！像胖子大娘，就坏透了，昨天她在讲你长
得太好了，会生是非呢！"❷但是参照整篇小说的叙述格局，
这无疑是对根植于民族记忆深层的"红颜祸水"情结的戏
仿，因为接下来，玉卿嫂并不遵照"红颜祸水"的故事逻辑
行事，相反却是反其道而行之。《水浒传》里设置了潘金莲、
武大、武松与西门庆的四角情感关系，其中，潘金莲是一个
具有魅惑性的女性个体，武大是一个孱弱、病态的男性个
体，武松代表了雄伟阳刚的男性魅力，西门庆则代表了社会
地位与权势财富。这种人物关系结构几乎被《玉卿嫂》照搬
进文本之中。玉卿嫂作为一个女性个体的魅惑性无须再多
言，而围绕着玉卿嫂的同样是上面所述的三类男人：（1）具
有男性气概者，在《玉卿嫂》里这类男人正是"我们屋里那
群斋狠了的男光棍佣人们"。❸这些肉体里汹涌着欲望的男性
个体中并不乏具有男子汉气概者："……我家老袁的络腮胡，
一丛乱茅草，我骑在他肩上，扎得我的大腿痛死了。他对我
讲，他是天天剃才剃出这个样子来的。"❹他们是生活在上层
阶级府邸里的下层人，虽然粗鄙，但仍然具有朴实磊落的天
性，其坚实健壮之处正堪比武松。（2）代表着地位财富权势
者。小说中"我们"那位远房叔叔满叔在替"我家"管田以
后，很攒了几个钱，房子有了一大幢。其财富虽然比西门庆
相差甚远，但这却正是他向玉卿嫂求婚的最大资本："我自

---

❶　白先勇：《寂寞的十七岁》，花城出版社 2000 年版，第 63 页。
❷　白先勇：《寂寞的十七岁》，花城出版社 2000 年版，第 65 页。
❸　白先勇：《寂寞的十七岁》，花城出版社 2000 年版，第 65 页。
❹　白先勇：《寂寞的十七岁》，花城出版社 2000 年版，第 76 页。

己有几十亩田，又有一幢大房子，人家来做媒，我还不要呢。"❶（3）孱弱、病态的男性个体。庆生在玉卿嫂干弟弟与野男人两种身份之间不断挣扎，正与其病弱无力的形象相符合："只是我看他面皮有点发青，背佝佝的，太瘦弱了些。"❷ "……原来他早没了爹娘，靠一个远房舅舅过活，后来他得了痨病，人家把他逼了出来，幸亏遇着他玉姐才接济了他。"❸在《水浒传》里，潘金莲守着武大孱弱病态的男性身体，却暗恋窥视着武松富有男性魅力的身体，最后投向了富可泼天的西门庆的怀抱。《玉卿嫂》专门安排了两节来叙述后两类男人向玉卿嫂求爱，最后却无一不吃了闭门羹。但玉卿嫂也没像人们所猜想的那样要做一个从一而终的烈妇，她疯狂地爱上了前一类男人。

　　白先勇在《玉卿嫂》里展现了桂林独有的地域风情与世态人情。桂林小吃、桂戏、桂林的春节习俗以及从花桥到水东门的地理图形成为我们认取《玉卿嫂》的重要标志。主人公玉卿嫂身上也留有浓重的桂林印记："我下楼到客厅里时，一看见站在矮子舅妈身边的玉卿嫂却不由得倒抽了一口气，好爽净，好标致……看上去竟比我们桂林人喊作'天辣椒'如意珠那个戏子还俏三分。"❹ "……反正玉卿嫂这个人是我们桂林人喊的默蚊子，不爱出声，肚里可有数呢。"❺再加上小说对于世道人心所采取的传统写法，这些共同铸造了《玉

---

❶　白先勇：《寂寞的十七岁》，花城出版社 2000 年版，第 69～70 页。
❷　白先勇：《寂寞的十七岁》，花城出版社 2000 年版，第 75 页。
❸　白先勇：《寂寞的十七岁》，花城出版社 2000 年版，第 79～80 页。
❹　白先勇：《寂寞的十七岁》，花城出版社 2000 年版，第 62 页。
❺　白先勇：《寂寞的十七岁》，花城出版社 2000 年版，第 71 页。

卿嫂》的"世情小说"品格，但与此同时，小说也以主人公近乎癫狂的情爱表现显示了与中国传统世情小说的根本不同，玉卿嫂对于金钱地位与异性身体这些人性本能欲望的拒斥使《玉卿嫂》有了浓重的理想主义气息。

三、离家出走的女人与被驱赶出家的男人——《黑虹》与《藏在裤袋里的手》

"台北"向来是人们认取白先勇小说创作最为重要的地理标识，人们对这种重要性的体认无疑在相当大程度上来自白先勇以"台北人"命名并在中国文学史上赢取了巨大名声的"台北人"系列小说。但在这一点上，大家也许都被小说家蒙骗了，白先勇对于"台北人"系列小说称谓的标举在相当大程度上只是一种小说家言，是其在正式进入小说文本叙述之前的叙述预演。《台北人》里的"台北"不过是一群流落于此的大陆人的存身之所，这些被小说家冠以"台北人"之名的大陆人虽然身在台北，心灵却活在昔日的大陆。《台北人》写时空变迁、物是人非，着力表现的是一种超越时空的生命意识，一种流贯于中国千年文学史的存在感叹，大陆与台北、昔日与现在之间的落差所造成的势能成为《台北人》进行文本叙述的最大动力。所以《台北人》既无法给人们提供大陆经验，也无法给人们提供台北经验，《台北人》中的"台北"也最终只是一个空洞的符号性存在而已，而台北作为一个现代都市的面貌却被最大限度地遮蔽了。给予台北以某种都市化展现的是白先勇早期的小说作品《黑虹》与《藏在裤袋里的手》，这也是白先勇小说创作中仅有的两篇描画了台北都市地域风情的作品。

《黑虹》与《藏在裤袋里的手》分别写了一个女人和一

个男人的故事。《黑虹》里的女人自动离家出走，在外面逗留了整整一夜，《藏在裤袋里的手》里的男人则是被驱赶出家门，只在外面作了片刻停留，他们在走出家门后都走向了台北街头。这种不同的离家方式其实彰显了现代都市某种本质化的存在样态。现代都市与各式欲望的纠结是现代都市最为显目的景观之一，这也使得比之于男人，女人与现代都市具有一种更大的同构性，因此在中外现代都市题材的文学作品中频频出现以幽灵一样的女人来象征现代都市不是偶然。《黑虹》里的女人自动离开传统意义上的家，正因为在其潜意识里已将更具现代都市气质的都市街头视为另一个家园。《藏在裤袋里的手》里的男人在离家时表现出的被迫性也正源于其心灵中对于传统意义上的家的固守。当然，向往另一个家园的女人最终还是回到了有丈夫、有儿子的传统意义上的家里，而在心灵深处固守着传统意义上的家的男人还会不时地被驱赶出家门，再次逗留在都市的街头，这种生存的彷徨无依与惊慌失措几乎也是所有现代都市男女无可逃避的命运。

《黑虹》的文本主体是叙述女主人公耿素棠在台北街头漫无边际的游走，中间不断以意识流的形式穿插其对于庸俗沉闷的家庭生活的回忆。台北街市的人群、灯光、酒吧与被欲望裹挟着的都市男女都汇入了主人公浓重的感觉印记，这种将客观事物主观化的表现方式让人想起20世纪30年代新感觉派小说的代表性作家刘呐鸥、穆时英等人的小说创作。白先勇在多年以后谈到茅盾的《子夜》与新感觉派的小说创作哪个更大程度地表现了上海作为一个现代都市的生存真实时，他仍然肯定的是后者，这自然可以视为小说家对于《黑虹》与《藏在裤袋里的手》所具有的与新感觉派一脉相承的现代都市特质在观念上的进一步确认。新感觉派之后，被认为同样在某些层面上复现了上海作为一个现代都市的真实境况的是 40 年代张爱玲的小说创作。新感觉派笔下的上海是大小街道与各式公众场所的汇聚之所，张爱玲则将笔触伸向中西交融、新旧杂糅的上海家庭，去呈现一个"旧的东西在崩塌，新的在滋长中"的现代都市价值失序与伦理失控的生存境况。《黑虹》在书写台北街景的同时，仍将主人公的家庭生存样态作为文本叙述的重要组成部分，这无疑是新感觉派与张爱玲对现代都市不同的叙述之道的联结与融合。

　　与张爱玲笔下带有历史转型期痕迹的家庭景观不同，《黑虹》的家庭书写拥有更为纯粹的现代都市质地。在这样的书写方式之下，传统意义上的家庭观念被完全解构了。《黑虹》里的家庭生存样态是以两种关系的叙述来展现的：一是夫妻关系，一是母子关系。夫妻关系是传统家庭维系的中枢所在，但在《黑虹》里这种关系已变得面目全非："她问她自己道，真的，她跟她丈夫相处了这么多年，他对她好像还只是一团不太真实的影子一样，叫她讲讲他是一个什么样的人，她都难得讲得清楚。天天在一起，太近了，生不出什么印象来。"❶儒家的家庭伦理观念以一种纲常名分来规定每个家庭成员在家庭中所处的位置，家庭的秩序由此得以建立，每个家庭成员的面目也由此得以清晰呈现。耿素棠虽然几乎是日夜都与丈夫在一起，却无法在其头脑中建立起其丈

---

❶　白先勇：《寂寞的十七岁》，花城出版社 2000 年版，第 122～123 页。

夫的清晰形象。按照符号学原理："当符号学系统形成时，能指与所指的关系就不再是任意的了，相对固定的社会契约保证了能指与所指关系的确定性，从而保证了信息传达的有效性。这称为'透明性'（transparency），即能指变得像一层玻璃，使传达直接指向所指。"❶ 耿素棠丈夫本身的存在与耿素棠在头脑中对他的形象无疑正是一种所指与能指的关系，耿素棠之所以无法在头脑中建立起其丈夫的清晰形象正是因为家庭伦理这种固定的社会契约在现代家庭中已经处于一种缺失的状态。在文明化的伦理缺失以后，夫妻性爱中爱的维度也就随之消失了，只剩下性的存在："她记起昨天晚上，睡到半夜里，他把她弄醒，一句话也没有说，爬到了她的床上来。等到他离开的时候，也是这样默默的一声不出就走了。"❷ 如果说夫妻关系因为过多地依赖于一种名分制约而具有更多的不稳固性，母子关系则因为依靠血缘维系而向来被认为纯粹而永久，所以在中外最为经典的文学作品中母爱与故乡、大地、祖国等原初性意象一起被持久地颂赞与崇拜。但在《黑虹》中就是如此纯粹伟大的母爱也同样遭到了解构，耿素棠与她的三个儿子之间已少有脉脉的亲情存在，而更多地表现出一种互相埋怨与指责。儿子争相抱怨母亲做的饭难以下咽，母亲则怨愤于儿子给她带来了难以承受的负担。传统家庭生活中的伦理秩序与原初关系在《黑虹》中的双重缺失共同建构了《黑虹》的现代品格，并与《黑虹》里的都市街市景观一起复现了作为现代都市的台北样貌。

---

❶ 赵毅衡：《文学符号学》，中国文联出版社1990年版，14页。
❷ 白先勇：《寂寞的十七岁》，花城出版社2000年版，第123页。

　　耿素棠在台北街头奔波流徙，最后路遇一单身男子，并与之发生了一夜之情。这种迷乱的一夜之情与沉闷乏味的夫妻关系看似相互对立，实际上恰好构成一种呼应关系，因为正是传统家庭范畴的夫妻之情的乏味，才最终导致女主人公的出轨，有了都市化的一夜情的迷醉。但弥漫着雾气的三月的台北之夜最终带给女主人公的仍是一种存在感觉上的彷徨无依与沉闷乏味，在被各式欲望裹挟着的台北街头，耿素棠最终也只是一个旁观者，在家门内外她都无法寻找到快乐生活的依据。也正是从这里，《黑虹》的隐指作者泄露了其深埋在《黑虹》文本之中的主题意旨：虽然传统意义上的家庭伦理解体了，但现代意义上的都市生存秩序仍无从建构。所以在书写夫妻之情与一夜之情之余，《黑虹》还穿插了一段具有牧歌情调的女主人公的初恋之情的叙述。这段初恋之情因为一首被微风吹拂过来的深情哀伤的《萝累娜》而在女主人公的头脑中重现，最终染上的也是这首歌曲所具有的情调：

> ……
> 我不知为了什么，
> 我会这般悲伤，
> 有一个旧日的故事，
> 在心中念念不忘；
> ……
> 晚风料峭而幽回，
> 静静吹过菜茵。
> 夕阳的光辉染红，

染红了山顶——

……❶

在传统与现代的生存样态遭到双重否定以后，《黑虹》的隐指作者继续向历史的更深处回溯，在原初性的情爱中找到寄托，这也显示了白先勇作为一个现代小说家的深邃与大气。一切传统的生存方式虽然正在走向消亡，但现代的生存策略并没有因为是它的对立面而天然地具有意义。虽然《黑虹》的现代都市小说的品格因为这样的主题意旨受到了某种程度的损伤，让它区别于一般性的都市题材的小说创作，却使得其赢得了更多的生存探索意味，具有更为丰厚的主题意蕴。

《藏在裤袋里的手》里的吕仲卿在被妻子玫宝驱赶出家门以后，与《黑虹》里的耿素棠一样，也走向了弥漫着雾气的三月的台北街头。在台北的街市上正有无数这样的都市男女涌动着，他们的脚步充当了台北的心脏，在闪烁着霓虹灯的台北的夜里不安地悸动。也许在哪一刻耿素棠与吕仲卿就会碰面并互诉衷肠，共同探讨现代都市男女的生存之道。但这样的探讨注定是没有结果的，因为他们是如此不一样的女人与男人，都市街头与家庭生活对于他们各自的意义是如此的不同。吕仲卿一生面临的最大问题是，他根本无法成功地建立起其作为一个男性主体的身份，那双老是藏在裤袋里的手正象征着他潜藏在内心深层却无法在现实生存中发挥的男性主体意识。《藏在裤袋里的手》里一个传统意义上的家庭

---

❶ 白先勇：《寂寞的十七岁》，花城出版社 2000 年版，第 122 页。

的缺憾已不再是因为人类历史步入现代阶段，而是因为中年的男主人公还停留在孩童阶段。在中国传统式的家庭里，父权或夫权本是家庭维系最为重要的力量所在，所以在"五四"时期反对封建家族制度在相当大程度上即是反对父性权威与夫性权威。但《藏在裤袋里的手》里的吕仲卿身为家里的男主人，既无父性权威（因为他并不是一个孩子的父亲），也无夫性权威（他的妻子在其心目中只是其母亲的替代品），一个真正传统意义上的家庭因此也就无从建立，玫宝作为吕仲卿妻子的缺憾也正由此产生："你趁早替我走开点，我看见你就一肚气。痴不痴，呆不呆的，四十靠边的人了，就没做出过一件叫人看着爽眼的事情来。整天只会跟着人穷磨，你为什么不学别人的先生，自己出去逛逛街，看场电影去呀？"❶吕仲卿能够走出家门，走向台北街头，在电影院门前无所事事地逗留无疑正是遵照了妻子意旨，并无丝毫的主动性，这也显示了吕仲卿既不是传统家庭中男性权威的拥有者，同时也非现代都市生存的参与者，这也为小说走向别有寄托的主题意旨埋下了伏笔。

吕仲卿在闪烁着霓虹灯、人群涌动的台北街头游走，台北的街市只向他显示一个层面的意义：不是在家中。只是，作为吕仲卿妻子的玫宝已深信，在一个现代化的都市里，家庭生活已不过是日常生活的一个部分，走出家门，走向都市街头去感受都市的潮汐对每一个都市男女来说都是不能缺少的："你为什么不学别人的先生，自己出去逛逛街，看场电

---

❶ 白先勇：《寂寞的十七岁》，花城出版社2000年版，第152页。

影去呀？" ❶ 女人已经与这个时代同步，而男人却被甩在了时代的后面。在这样一个新的时代里，男女在家庭结构与社会结构中所处的相对位置也就不可避免地发生了转换。身为男性的吕仲卿一生中面对的三个女性都显得超乎寻常的强大，成年以前是母亲与仆人荷花，成年以后是妻子玫宝。小说还专门讲述了吕仲卿年幼的时候荷花对他的一次未遂的性勾引，这次性经历成为他成功成长为一个男性主体的重要障碍，他从此以后失去了对性别意义上的女人的兴趣，女人对于他只是一种强大的母性存在。人类曾经在史前经历过漫长的母系氏族阶段，而人类的文明史却几乎与父性权威同构，至今已绵延了数千年。吕仲卿对于女性所具有的一种母性的依恋，让我们又恍惚回到了人类史前。至此，《藏在裤袋里的手》也完成了对于人类历史上三种生存样态的叙述：史前的、传统的、现代的。虽然小说以都市街景开场，又以都市街景结尾，但都市化的生存对于男主人公来讲无疑只是一种异己的存在。虽然小说的文本主体是叙述吕仲卿的家庭生活，但也显示了一个传统的家庭已无法建构。与《黑虹》一样，在这样一个还残留着传统余迹、不断现代化的时代里，《藏在裤袋里的手》隐指作者的主题意旨隐然指向的是一个更为久远的年代，那是人类童年的时期，小说也以男主人公长驻的童年作了象征。

　　不是简单地以现代反对传统，也非简单地以传统反对现代，而是以一种对人类更为原初的生存样态的复原来探求人类生存与人类文化的价值之道，白先勇在《黑虹》与《藏在

---

❶　白先勇：《寂寞的十七岁》，花城出版社 2000 年版，第 152 页。

裤袋里的手》所作出的这种卓异思考其实在中国现代思想文化史上并非第一次。早在 20 世纪初，在现代思想文化史上具有重要地位的章太炎就为寻求建构中国现代性思想的本土化资源而有了类似的思考路径："他竟然是通过'复古'的途径来达到和展露他个人的现代的思想意识和文化认同，而且他的'复古'相当彻底，不止是回复到前资本主义社会，而且是回复到前制度性社会的阶段，从而期冀彻底回复个人的、种族、文化的自存自主的精神能力和存在状态。几乎他的一切批判、论述和主张都或隐或显是由此出发的。"❶ 在现代与传统、西与中、新与旧的对立性框架几乎成为套在中国现代思想文化界的枷锁的情况下，这样的思考路径也就有了一种别样的启发意义。

四、成长小说——《寂寞的十七岁》与《那晚的月光》

《寂寞的十七岁》与《那晚的月光》是白先勇早期小说创作中的最后两篇作品。写作这两篇小说的时候，白先勇已经从台湾大学外文系毕业，进入部队服役："我在军营里无法帮忙，只有稿援，在那样紧张的生活里，居然凑出了两篇小说来：《寂寞的十七岁》和《毕业》（后改为《那晚的月光》），那是拼命挤出来的。"❷ 这是两篇典型的成长小说，讲述了两个青年学生在成长过程中所经历的烦恼与困惑。以青年学生作为小说的主人公在白先勇的小说创作中这是第一次。白先勇出国以后创作的一系列讲述留美青年学生生活的

---

❶ 张新颖：《20 世纪上半期中国文学的现代意识》，三联书店 2001 年版，第 48 页。

❷ 白先勇："《现代文学》的回顾与前瞻"，见《第六只手指》，文汇出版社 1999 年版。

小说作品，正好在创作时间上衔接了《寂寞的十七岁》与《那晚的月光》。所以在此意义上，这两篇小说几乎就是其下一阶段的小说创作的叙述预演，这也使仅仅根据小说家的人生阶段来作为其小说创作的分期依据的做法有一种过于生硬化的嫌疑，而不得不更多地被视为一种权宜之计。从台湾大学毕业以后进入部队服役在白先勇的全部生活经历中自然不过是一段小小的插曲，两年以后白先勇赴美留学，从那时起他的生活就再也没有和校园中断过联系，直至 1994 年在加州大学圣巴巴拉分校教授的任上退休。写作《寂寞的十七岁》与《那晚的月光》的时候，白先勇已经发表了 9 篇小说作品。小说家在这 9 篇小说中无一例外地对其最为熟悉的校园生活采取了回避态度，反而是在离开校园的短暂时间内（《寂寞的十七岁》发表在 1961 年 11 月《现代文学》第 11 期，距白先勇台大毕业才只有四五个月时间）接连发表了两篇讲述青年学生成长经历的作品，并且一发而不可收，使这样题材的创作成为其第二阶段小说创作的主流。小说家也以这样的创作经历再次证明了，越是与自己生命休戚相关的生存经验，越需要一种异己的生存方式来加以体认，然后才能成为文学创作的素材。

在《寂寞的十七岁》与《那晚的月光》中主人公的"十七岁"与"那晚"对于他们各自来说都是其人生成长中的重要关口。《那晚的月光》的小说标题由"毕业"改为"那晚的月光"无疑也正是为了凸显这一重要时刻。这也是这两篇小说获取"成长小说"品格的最具根本的叙述质素。社会中的每个成人化的个体正是在跨越某个或某些重要的人生关口后才长大成人的。只是，在《寂寞的十七岁》与《那晚的月光》中这样的人生跨越显得殊为艰难，两位主人公真正的人生蜕变在文本中被一再推延，对主人公由于其人生这一特定时刻的出现而倍感烦恼与困惑的生存状态的书写成为小说最为中心的叙述。《寂寞的十七岁》中的杨云峰因为这十七岁寂寞的难耐，"十七岁，啧啧，我希望我根本没有活过这一年"。❶十七岁由于对其人生的成长过于重要而变成一个让其人生履历难以承载的时刻。而《那晚的月光》中的李飞云在回味着"那晚的月光实在太美了"❷的同时，又不免感慨"然而我感到多么疲倦啊"。❸那晚的月光由于过于美丽而变成其人生路途中的一个陷阱。

　　《寂寞的十七岁》中的杨云峰无疑是一个通常意义上不折不扣的问题少年，在父亲的眼中，他是杨家不折不扣的孽子：逃学、说谎、偷东西。这样的行为自然只能在其父亲与兄弟面前树立其堕落少年的形象，杨云峰对此的反应亦足够坦然："从小爸爸就看死我没有出息，我想他大概有点道理。"❹问题少年对自身问题的坦白与确认无疑比其行为展露的问题本身更加让人触目惊心，这也使其行为中所具有的反文化的意味急剧消减，而最终定格为一种亚文化的存在。反文化形态是以一套不同于正统文化系统的价值观念来对抗正统文化系统，亚文化形态虽然处在文化权力等级的最底层，并不拥有独立于正统文化系统的另外一套价值观念。杨云峰既无法为自己的行为找到合法化的其他依据，又甘愿受到正

---

❶　白先勇：《寂寞的十七岁》，花城出版社2000年版，第156页。
❷　白先勇：《寂寞的十七岁》，花城出版社2000年版，第192页。
❸　白先勇：《寂寞的十七岁》，花城出版社2000年版，第192页。
❹　白先勇：《寂寞的十七岁》，花城出版社2000年版，第157页。

统文化价值观念的裁决，这样的悲哀无疑是双重的。而杨云峰所面临的第三重悲哀是，被其父亲与兄弟视为堕落少年的他同时根本无法融入一个同样是在通常意义上被视为堕落的群体当中："我们是乙班，留级生，留校察看生，统统混在里面……"❶ 而"我"在这样的班级里"也是独来独往的"。❷ 这三重悲哀在小说中被命名为"十七岁的寂寞"，叙述者"我"——杨云峰则将其描述为"无聊""闷得发了慌"。一个失去了意义庇护的个体同时又无法在自己所属的群体中寻找到身份认同，这种"寂寞"的"堕落"方式构成杨云峰日常生存的本相。

从某种意义上，这是关于一个少年由于天性具有自闭倾向而引发一系列行为综合征的叙述文本。杨云峰的不幸在于，他从来都没有被视为一个病理意义上的病人，却不断在一种道德的层面上受到他人及他本人的价值裁决。小说叙述杨云峰因为寂寞难耐而不断寄空信封给自己和打空电话给别人，都可以视为他为了打破自身的自闭状态而作出的努力。信件与电话本是人类为突破面对面交流所具有的时空限制而发明的交流手段，而对于在日常生活中陷入交流中断状态的杨云峰来说，信件与电话则不再是用来交流的器具，而成为交流本身，这种工具与目的的置换呈现的正是杨云峰发生错位的生存状态，这也使得其生存不断地趋向符号化，而无法最终建构其实在性的主体身份。杨云峰在生活中最大的爱好

---

❶ 白先勇：《寂寞的十七岁》，花城出版社 2000 年版，第 163 页。
❷ 白先勇：《寂寞的十七岁》，花城出版社 2000 年版，第 162 页。

之一就是说谎："我爱说谎，常常我对自己都爱说哄话。"❶
"我不是讲过我爱扯谎吗？我撒谎不必经过大脑，都是随口
而出的。"❷ 通常意义上的说谎者都是为了某一功利性的目的
而去掩盖自己的想法或者某一事实，而杨云峰的说谎则常常
失去更为具体的目的性，变成一种自足性的行为。这无疑是
行为不断受到价值拷问的杨云峰采取的一种语言抵制措施。
当这种抵制成为一种惯性时，也就成为其日常生活本身。这
种本身是一种语言行为的说谎，则因与事实真相的剥离而变
得能指至上，从而更多地向一种符号化的行为转化。当说谎
成为杨云峰的日常生存状态本身时，其生存的符号化趋向自
然不可避免，所以在小说的最后，不管是一个女人，还是一
个男人以最为原始、最为实在的身体表达要与杨云峰进行情
欲交流时，杨云峰都显得那样的手足无措，最后只能仓皇逃
离。不管是女人的身体，还是男人的身体，对由于生存的符
号化而丧失了性别身份自觉的杨云峰来说都是一种过于恐怖
的存在。作为一个男人的他已经无法意识到自己是一个男
人，所以他无法正常地应对一个女人的身体；同时，他也同
样已经无法意识到，一个男人爱上一个男人在道德的意义上
是近乎可耻的行为，所以面对一个男人的示爱，他只能像在
面对一个女人的身体时那样惊慌失措。

　　《寂寞的十七岁》的文本叙述以杨云峰黎明从新公园归
家开场和结尾，文本叙述主体的中间对其十七岁日常生活情
状的追述似乎成了一段冗长的插曲，而这段插曲的结尾处正

---

❶　白先勇：《寂寞的十七岁》，花城出版社2000年版，第158页。
❷　白先勇：《寂寞的十七岁》，花城出版社2000年版，第160页。

是杨云峰深夜在新公园内的流徙与邂逅。这样的叙述结构显示了，在家庭与学校都感到寂寞难耐的杨云峰以后会把光顾新公园当做其日常生活的重要组成部分。而且，如果他不去参加明天的结业式，也许就会被他的父亲永远地驱逐出家门，更为长久地逗留在新公园的漫漫长夜里。其实这就是小说家在 17 年之后开始给我们讲述的"孽子"的故事，只是在那里杨云峰的名字变成了李青。当《孽子》开场李青被咆哮如雷的父亲驱赶出家门的时候，我们看到的似乎正是杨云峰的父亲要驱赶其出家门的预言的兑现。从这种意义上，《孽子》就是《寂寞的十七岁》的后传。在那里，17 岁的杨云峰的成长开始一步步走向歧路，最后沦落为一个彻彻底底的"孽子"。

　　与《寂寞的十七岁》中杨云峰"问题少年"的形象不同，《那晚的月光》的主人公李飞云正是与杨云峰的三个兄弟一样出类拔萃的人物，一个即将毕业的台湾大学物理系的高才生，所以他在成长路上所经历的烦恼与困惑就会显得与杨云峰格外不同。其实，《那晚的月光》在故事类型上几乎就是一个重写的"伊甸园"故事：一对青年男女受着美丽的月光的诱惑而互生情愫，偷食禁果，却因此在现实生活中陷于不堪重负的境地，男主人公的抱负也化为泡影，他们最终为年轻人的冲动付出了沉重代价。本来"……李飞云是班上出了名的圣人，三年的大学生活没有谈过一句女人，经常他和女同学在一块儿竟会窘得说不出话来……"❶ 就是这个在平日里几乎是与女人处于绝缘状态的圣人式的人物，却在还

---

❶　白先勇：《寂寞的十七岁》，花城出版社 2000 年版，第 185 页。

有一年就大学毕业的情况下与一个女孩同居了，并且女孩很快怀了孕。这无疑是一个让所有认识李飞云的人都大吃一惊的举措。在这件事情上李飞云可谓作出了堪称质变的人生跨越，完成了对其之前状态的根本突破，这是极为典型的"成长小说"的叙述方式。李飞云发生成长蜕变的关口正是那个有月光的晚上。就在那个有月光的晚上，在李飞云的生命中第一次有一个女孩子对他说："我跟你说，李飞云，我喜欢你。"❶ 也就在那一刻，李飞云第一次发觉一个女孩可以如此可爱。这一对青年男女的"第一次"正堪比拟人类初创的那一刻，而他们以后的命运也正如亚当与夏娃在伊甸园的遭遇一样，在享受欢愉的同时又付出了沉重代价。"那晚的月光"通过李飞云的记忆多次在文本中出现，成为小说的中心意象。美丽的月光所营造的充满蛊惑性的氛围使青年男女情爱故事的发生变得不可阻挡，正如李云飞所感叹的那样，一切之所以发生了，是因为"那晚的月光实在太美了……陈锡麟不能怪我……陈锡麟没有看过那么清亮的月光……"❷ 李飞云的同窗好友陈锡麟在男女情爱上表现出的是物理专业级的理性，他绝不允许情爱阻挡他的前程。但如果以此就认为他们拥有截然不同的对于爱情与事业的观念意识，那就错了，恰恰相反，在这方面李飞云是高度服膺陈锡麟的："……可是陈锡麟是对的，陈锡麟的话总是对的。他总是那么平稳，陈锡麟有希望，他一定到外国去，他会成为一个大科学家"❸

---

❶ 白先勇：《寂寞的十七岁》，花城出版社2000年版，第184页。

❷ 白先勇：《寂寞的十七岁》，花城出版社2000年版，第192页。

❸ 白先勇：《寂寞的十七岁》，花城出版社2000年版，第192页。

李云飞本有着与陈锡麟一样的理想抱负，却作出了与陈锡麟不一样的选择，在李飞云本人看来，这只能归因于"那晚的月光"的致命诱惑，即使是陈锡麟看到了也会在所难逃。"那晚的月光"在这样的叙述中取得了伊甸园中的无花果一样的地位与意义，即使是在"那晚"过去以后，李飞云还不断地进入对"那晚的月光"的陶醉状态之中。这种陶醉一方面显示了"那晚的月光"的蛊惑性，另一方面却是出自李飞云对一种日益不堪重负的生活状况不自觉的回避。一对青年男女在"那晚的月光"的迷醉过后被套上了人生沉重的枷锁，这无疑正是伊甸园逻辑演化的结果。

第四节　陈若曦早期小说创作的 "现代文学" 阶段

　　陈若曦在这个阶段一共发表了 7 篇小说作品。其中，第一篇《巴里的旅程》发表于《现代文学》第 2 期。这是陈若曦初试现代主义之作，也是其全部小说创作中最具现代主义意味的作品，从中可以看出身为"现代文学"社主将的陈若曦对于《现代文学》杂志办刊宗旨的热烈响应与刻意迎合。虽然《巴里的旅程》被很多人认为是一篇失败之作，但它仍然可以被视为小说家为谋求更为宽广的创作路径所作的有益开拓。《巴里的旅程》混合了宗教文学、荒诞派以及存在主义等多种西方文学的叙述质素，留下了极为鲜明的探索痕

迹。紧接着发表于《现代文学》第3期的《收魂》则重新回
到了陈若曦熟稔的创作路子上来，写了一个道地的中国故
事：一个医生家的儿子病入膏肓，家人请来道士为其做法事
收魂。其中弥漫的乡间迷信色彩让人想起《灰眼黑猫》里的
灰眼黑猫的传说，只是，与《灰眼黑猫》中对"灰眼黑猫"
故事原型的忠实写法不同，《收魂》中的神秘力量在与现代
医学的对抗中已是处于下风，正是在这样的叙述中陈若曦的
现代启蒙意识得到进一步凸显。《辛庄》与《燃烧的夜》虽
然在题材类型上分属于乡村与都市之作，却都是以一个情感
背叛的故事为中心展开文本叙述的。前者中的女人红杏出
墙，后者中的男人情感出轨，都是一种对于普通家庭非常状
态的书写。经历了这样的情感变故的家庭男女也不约而同地
为了维系一个家庭的完整存在采取了忍耐退让与消极反抗的
态度，显示了作为一个现代小说家的陈若曦对于弱小者生存
情状所具有的复杂体认与人性悲悯。《乔琪》则写了一个问
题少女的成长故事，在小说的最后这个少女画家因为无法顺
利成长而自杀。陈若曦在当时就已经坦白她写的其实就是当
时还名叫陈平后来名满天下的女作家三毛的少女心事。30年
后三毛自杀，也让陈若曦在《乔琪》中的书写成了一纸谶
语。发表在《现代文学》第10期的《最后夜戏》是陈若曦
早期作品中唯一展现了社会深度与广度的作品，刘绍铭更是
将其视为陈若曦小说创作的分水岭。主人公金喜仔的个人境
遇折射的正是整个社会气候的变异。《妇人桃花》是陈若曦
早期小说创作的压卷之作，在叙述品质上同样堪称是集大成
式的作品。在这篇小说中，陈若曦融合了其在此前作品中写
之不已的乡土经验、情感主题与神秘主义，在某种程度上正

是为其早期的小说创作作了个叙述总结。

一、"在路上"——《巴里的旅程》

"巴里的旅程"走出街市，走过荒野，走向大山，最后却仍然走不出在时间与空间中的双重迷失。《巴里的旅程》在其文本中着力构建一个"在路上"的存在意象。"在路上"一词源于美国"垮掉的一代"作家凯鲁亚克1957年出版的小说《在路上》(On the Road)，原意指第二次世界大战以后美国青年一种离经叛道、回归自然的生存状态，也同时喻指现代人的无家可归、价值迷失的存在境遇以及没有终点、永无止息的精神探求状态。《巴里的旅程》的文本叙述剥离了具体的历史时空背景，正是在一种人类普遍生存的意义上来呈现巴里"在路上"的流徙与追寻情形的。

"巴里的旅程"经过了几个阶段，起点却选在一个喧闹的街市上，这无疑是对人类不断都市化的生存现实的一种喻指。因为，如果说所有的问题提出与答案追寻都起源于一种当下生存情形的应对，那么在都市化俨然已经成为现代生存基本形态的历史处境中，现代小说的精神流徙与探寻起点的都市情景设置也就成了一种必然。但《巴里的旅程》的都市叙述也只是一种都市喻象的呈现，游走逗留在都市街头的都是一些具有神经病气质、近乎符号化的人影，人的行为举止也被赋予了高度抽象的意味，看似混乱无序的都市情景却处处隐指人类最为基本的存在形态与存在处境：百货商店里的货物是出生用的尿布与死亡用的棺材的陈杂，被兜售的期票日子订在30年后，乞讨的老妇人因为拒绝进养老院而被警察拼命追赶。其中，闹市中横亘的教堂意象成为《巴里的旅程》的这段都市叙述中最为醒目的叙述景观。在《巴里的旅程》的文本伊始，"巴里转进大街"的开头，教堂的钟声就开始鸣响在《巴里的旅程》的文本世界里："于是，教堂钟响，'当'，'当'……"❶在巴里走出街市的最后，路过的正是教堂的门口，叙述者并在这里设置了《巴里的旅程》的第一个场景叙述：一个坐在教堂大门台阶、怀抱婴儿的年轻母亲因为婴儿父亲身份的不明而被人群围观与议论："霎时，尖叫、呼啸、咒骂、哗笑……排山倒海而来。"❷场景叙述对于闹市中教堂的地点选取以及围观人群分别给予年轻母亲以及一个醉汉以"圣母玛利亚"和"施洗约翰"的戏称，使得这样的场景叙述成为对《圣经》故事的戏仿，亦将现代人类生存处境的荒诞性呈现无遗：天使坠于凡间，污秽与圣洁杂陈。这种在现代生存样态揭示中引入《圣经》原型的书写方式也正是西方现代主义文学的重要特征。

在巴里旅程的中途，不再有人类生存处境的直接展示，而是展示了各种人与各种理论对人类生存的感叹、探讨与争辩。相伴而行的两个人躲在黑布伞下喃喃抱怨："痛苦的存在呵……何得解脱……"❸菩提树下的三个年轻人争辩着究竟是科学还是宗教可以挽救20世纪人类的命运；一长队人则在宣传基督教义，宣誓又一场十字军东征的开始。这种现代生存的荒诞性与困惑性以及其解脱之道无疑是《巴里的旅程》的思想主题。在对巴里的旅程的都市化阶段进行这种思想主题的情景化表现以后，叙述者却将巴里旅程中途情形的

---

❶　陈若曦：《贵州女人》，时事出版社1996年版，第67页。
❷　陈若曦：《贵州女人》，时事出版社1996年版，第69页。
❸　陈若曦：《贵州女人》，时事出版社1996年版，第70页。

叙述转入小说中人物对于小说思想主题的直接探讨上，这自然可以视为其时的小说家尚无力把关于现代生存的思想理念完全有效地转化成一种现代生存叙述。其实，《巴里的旅程》这一阶段的叙述在叙述情景与人物构型上都与西方现代文学的经典、荒诞派戏剧的代表之作、贝克特的《等待戈多》极为神似：消隐了时空背景的荒野与路途，两三人等在其中漫无目的地游走与交谈。只是，《等待戈多》有效地抹去了理念痕迹，将关于现代人类生存的思想理念完全融化在文本叙述之中，极为有力地展示了现代人类生存的荒诞处境。《巴里的旅程》这一阶段的叙述则只在叙述的外在形式上与这部西方现代文学的经典之作取得某种相似性，在更为内在的现代生存叙述的叙述品质上却留下了缺憾，这自然是初试现代主义的陈若曦不得不付出的代价。

在巴里旅程的结尾，叙述者的叙述又转入情景化的叙述当中：一位老人分别用诱捕与武力的方法去捕捉一群鸡，结果无不徒劳无功："天黑了下来，旷野一片幽暗。远远地，只见老人蹒跚奔路的身影，鸡群已不见踪迹。"❶老人与鸡群的关系正象征了人类的生存探求与追寻永远"在路上"的存在处境。

二、"疾病与疗治"——《收魂》

"疾病与疗治"是中国现代小说写作中的重要原型意象。与中国现代小说史上的其他许多原型意象一样，"疾病与疗治"的书写传统同样是有"中国现代文学之父"之称的鲁迅所开创的，他的《狂人日记》《药》等一系列杰作都无一例

---

❶ 陈若曦：《贵州女人》，时事出版社1996年版，第75页。

外地表现了"疾病与疗治"的复杂关系与历史寓意。自鲁迅以后，现代文学的几代作家都走进了"疾病与疗治"的梦魇之中，他们在自己的小说创作中不约而同地重复"疾病与疗治"的话题。可以说，"疾病与疗治"的意象书写承负了现代国人的全部焦虑与期待，成为处在转型期的中华民族艰难推进现代进程的重要见证。

　　自称一生服膺鲁迅的陈若曦与 20 世纪上半期中国现代小说主流叙述传统的承继关系已被包括夏志清在内的多位学者所指出，其现代启蒙意识在其更早的小说作品《灰眼黑猫》中已经初步显露。《收魂》在叙述表面上几可视为"疾病与疗治"原型书写的典型副本，其故事构型更是与鲁迅《药》中华家的故事几近相同：因为儿子的疾病而陷入绝望的父母寄望于以一种迷信的方式来拯救儿子，儿子最后却仍然不治身亡。在《药》中，这种迷信行为因为与革命烈士鲜血的纠缠而愈发显得意味深长，对于现代启蒙主题的阐发也因此愈显深刻与复杂；《收魂》的叙述焦点仍是这样一次以治疗为目的的迷信行为，但其中寄寓的主题意旨已与《药》有所区别，呈现出多重歧义的特征。毋庸置疑，《收魂》的隐指作者对于"收魂"的治疗效果持根本的怀疑态度，因此其用重彩浓墨渲染的"收魂"活动处处充满了反讽的意味，道士不但在"收魂"中丑态自现，叙述者更借助小说中大学生女儿的口直接对其展开批判："突然间她开始厌恶这个道士，她想他是多么愚妄，无知而又虚伪夸张呀！同时她又发现父亲竟有相信的神情，不免使她惊讶，甚至有点失望。"❶　"收

---

❶　陈若曦：《贵州女人》，时事出版社 1996 年版，第 256 页。

魂"收场，道士在走过大门时却惊讶地发现一个"仁心诊
所"的招牌，才知道请自己为儿子"收魂"的原来是一个医
生，更使这样的反讽式叙述达到了高潮。科学与迷信之间的
对立不但为受过现代高等教育的"女儿"与以迷信作为谋生
手段的道士所自觉，而且"父亲"与"母亲"也心知肚明，
因为在"收魂"之前，"儿子"已经在台大医院接受过多次
手术，结果却仍然命悬一线，为其收魂不过是在确认现代医
学徒劳无功后的无奈之举。在对迷信的"收魂"展开批判以
后，《收魂》的隐指作者并没有将《收魂》的主题意旨自动
引向现代启蒙的宏大主题："迷信是愚昧，自信又何尝没有
罪过？人生是不可思议的，人也是，一切都是。"❶ 人类自信
的构建与膨胀本是现代启蒙的根基所在，对人之自信的质疑
也即意味着现代启蒙在其心目中的价值陷落。而对于"人生
是不可思议"的价值判断则将《收魂》的文本叙述引向生存
论叙述的境地，从而使《收魂》的主题意旨在某种程度上超
脱于"疾病与疗治"的框架局限。"收魂"在《收魂》中首
先是一种被饱含痛楚的亲情所投射与浸润的行为，它因此而
具有意义，并不因为它的任何其他属性而减却这种意义；其
次它才是一种迷信活动，文本不断出现的具有反讽意味的叙
述正是在这个层面上进行的，《收魂》隐指作者的现代启蒙
意识也由此得以体现。《收魂》在主题意旨上所表现出的这
种歧义性与暧昧性让人想起小说家更早的一篇小说作品《灰
眼黑猫》。只是，与《灰眼黑猫》高度服膺于充满乡间迷信
色彩的"灰眼黑猫"故事原型不同，《收魂》中同样充满了

---

❶ 陈若曦：《贵州女人》，时事出版社 1996 年版，第 257 页。

迷信色彩的"收魂"活动已是受尽嘲弄。虽然小说家在《收魂》中仍然没有建立起其纯粹坚定的现代启蒙意识，但比之于《灰眼黑猫》，其进步无疑仍堪称明显。

三、道德场景下的生存呈现——《辛庄》与《燃烧的夜》

《辛庄》与《燃烧的夜》的故事叙述都源于一个情感背叛的事件，但同样这两篇小说都并不是专门来讲述一个情感背叛的故事的。这个情感背叛的故事实际上只是充当了小说叙述的原初动力，整体的小说叙述走向了对更深广的人生状态的揭示与表现。这使像情感越轨这种在中国传统文化语境里深具道德意味的事件获取了更多的生存论的内涵，也显示了作为现代小说家的陈若曦对世俗人生所具有的复杂体认与人性悲悯。

《辛庄》讲述了一个名叫辛庄、为生存的重担所压迫而终于积劳成疾的人的故事。小说现在时刻的他更是面临着一个极具屈辱性的、老婆红杏出墙的现实，这无疑是比一切物质生存的困顿艰难都更加让他难以承受的苦难。小说中的文本现实被刻意营造出一种道德化的氛围，更凸显了这种苦难性。小说开头叙述主人公田野漫步回来，一进村子即感受到这种氛围的强大存在，几个街坊邻居正在议论他的老婆与人偷情的事情，并且认为这是一个人的奇耻大辱。日常生存的高度道德化正是中国最大的现实之一，对此种生存景观的自觉呈现，也是以展示国人日常生存情状为目的的小说作品获取现实主义品格的重要手段。中国传统的世情小说在这点上自不例外，而且更为重要的是，这类小说的主题意旨往往也是被高度道德化的，所以，所有在日常生活中违背了伦理道德的人在小说中都会受到道德的审判，在小说的叙述中也往往人生结局凄惨。如中国世情小说代表之作的《金瓶梅》，一方面在相当大程度上真切地展现了明朝时期市井社会的生存景观，另一方面又渗透了浓重的道德主义意味，小说人物的命运叙述暗含了一种道德化的标准在其中，显示了小说的隐指作者与其描写的社会生存现实在道德意识上的叠合。也正如此，《辛庄》显示了陈若曦作为一个现代中国小说家所具有的可贵品格。在《辛庄》中，《辛庄》隐指作者的意旨与主人公所处的高度道德化的生存现实之间出现了巨大的分裂。在小说的文本叙述中，主人公辛庄承受了妻子红杏出墙这个道德化事件所带来的所有苦难，却无法对其进行道德宣判，因为在辛庄看来，这种苦难不过是其苦难的日常生存的自然拓展，妻子在这件事情上的表现属于对因受自己牵累而变得日益恶劣的生存境况的正常反抗行为。小说的重点是叙述辛庄为了养家糊口，偿还盖新房欠下的债务，除了在街市上摆摊卖水果外，还兼了一份印刷厂的工作，以致积劳成疾，并且，由于长年奔波劳碌，身心都变得疲惫不堪，以致常常疏忽了妻子的存在，夫妻分床而居，正常的夫妻交流因此中断。这是一种不断将辛庄之妻的所作所为合理化的叙述方式，红杏出墙的故事在这样的叙述逻辑下变成一个生存论的事件。存在主义主张存在先于本质、个人选择的不可谴责性以及人类生存的根本苦难性，这些都在《辛庄》的文本叙述中得到了极为鲜明的表现。辛庄对苦难生存的高度忍耐以及其妻对此所作出的反抗都被视为一己的选择，道德标准在此被悬置起来。

在相当大程度上，《辛庄》中的故事仍然是潘金莲、武大与武松三角情爱故事的重述。与白先勇重述潘金莲、武大与武松故事原型的小说作品《闷雷》采取潘金莲式的女人福生嫂的叙述视角不同的是，《辛庄》是以武大式的男人辛庄的视角展开叙述的。《辛庄》开头，病弱的辛庄田野漫步途中路遇强壮的男人长脚高，对其健壮的体魄羡慕不已，而这个长脚高即是这个三角故事中的另外一个男主角。长脚高曾经租住在辛庄家里，经常为辛庄代劳讲故事给辛庄的三个孩子听。在小说最后，辛庄的老婆云英一番梳洗打扮，借看戏为由又出去和长脚高约会，辛庄却无力阻拦，任由她而去。红杏出墙事件在《辛庄》文本世界里的无限期延展使《辛庄》对这个道德化事件的颠覆达到极致，而潘金莲们在取得道德的豁免权后近乎肆无忌惮的"胡作非为"也让人不免有胆战心惊之感。

　　与《辛庄》一样，《燃烧的夜》的视角人物仍然是一个男人，而且，正是这个叫子光的男人在妻子远离家门时不慎出轨。如果说，《辛庄》注重一种生存论意义上的文本叙述，情感越轨者豁免于道德规范标准的裁决，《燃烧的夜》则是反其道而行之，道德律令像是一道枷锁禁锢了背叛者与被背叛者日常生活的步伐，使他们一夜难度。同样是作为情感越轨者的乡村女人与都市男人被给予了截然不同的叙述待遇，这是否应该视为一向被认为与女性主义无涉的陈若曦女权意识的悄然显露？但小说家对乡村女人出墙与都市男人出轨的取材本身就呼应了一种意味深长的文学叙述现象，即与传统形态社会中的女性情感背叛事件一直被热衷于用做小说题材一样，现代都市男人出轨的事件在现代小说写作中也倍受青睐。在男权中心的传统社会中，正因为男性在情感问题上的

"胡作非为"天然享有道德上的豁免权力，所以才更多地被视为一种最稀松平常的日常行为，从而在小说写作中失去了诱惑力。都市男性出轨事件在小说选材上的被青睐正昭示了人类社会所发生的巨大变迁。在人类社会从乡村形态行进到都市形态后，原来在道德上天然享有豁免权力的男性对于情感的背叛问题被得以重新审视，也因此更易于成为小说写作的对象。

《燃烧的夜》中的出轨事件本身带有浓重的都市意味。子光在妻子暂时离家时由于耐不住寂寞被对方勾引而行为出轨，在相当大程度上并不关涉情感之事。情感在出轨事件中的缺失状态正彰显了现代都市社会欲望本位的生存现实。只是，《燃烧的夜》在进一步的叙述中并没有被处理成一个典型的都市文本，主人公现代都市欲望化的行为受到了传统道德律令的宣判。这样的处理方式其实隐含了小说隐指作者的主观意旨。与《辛庄》中在道德上为女性松绑的写作思路一脉相承，《燃烧的夜》以对男性的行为加以道德禁锢的叙述方式显示了小说家的写作仍然走在颠覆中国传统世情小说写作模式的道路上。男主人公的一次失足使他罪恶难赎，这个"燃烧的夜"正是一个罪与罚的时刻。子光的妻子安曼以对自己丈夫轻蔑、冷漠与嘲讽的方式惩罚其出轨的行为，使子光更加觉得自己罪不可赦，道德律令的杀伤性也因此更显威力。子光经历了出轨事件的身体在安曼看来已变得肮脏不堪，所以不再允许其靠近自己，安曼的这种道德洁癖正彰显了《燃烧的夜》主题意旨中的道德化生存维度。在小说最后，子光终于没敢跨入妻子的卧室，而是走进黑暗之中，道德律令仍在发挥它的效力。

四、乡土·神秘·情感——《妇人桃花》

在陈若曦早期小说创作中发表时间上的殿后地位与文本叙述上的集大成在《妇人桃花》的遇合显示了小说家的小说创作正日趋走向一种自觉。与《灰眼黑猫》与《收魂》一样，《妇人桃花》的文本叙述充满了神秘主义力量对乡村日常生活的干预与控制，不同的是，少了与"五四"文学的纠缠，而成为一种融合乡土、情感与神秘的自足性叙述。妇人桃花的情爱悲剧不关涉朽腐的旧社会制度，关于她的疾病与治疗的叙述更没有被赋予启蒙维度。乡村生活本身构成了陈若曦的童年与少年经验，而神秘性则起源和植根于人类的童年体验，作为《妇人桃花》叙述主体的情欲纠缠也因此散发出极为原始的力量，这也使《妇人桃花》在某种程度上成为一个关于欲望原型的书写文本。

《妇人桃花》的文本叙述是一种典型的分层叙述。其第一层次叙述妇人桃花久病不愈，只好求助巫婆，在进行一番穿越时空与阴阳的对话以后，妇人终于无药而愈。因为小说对阴阳对话的情景几近渲染之能事，这一层次的叙述几乎占据了小说的大半篇幅，所以在表面上似乎整篇小说只是讲述了一个神秘主义的故事，而实际上，第一层次的那番阴阳对话复现了一个发生在多年以前的爱恨情仇的故事，这也构成了小说文本的第二层叙述。在这两层叙述中，第二层叙述才是整篇小说文本叙述的重心与主体，也即叙述学意义上所谓的主叙述：桃花是梁在禾家里的童养媳，与梁在禾从小一起长大。长大以后的桃花出落成一个漂亮少女，情窦初开，早已把梁在禾视为情郎，只是梁在禾却浑浑噩噩，全然未觉。桃花对梁在禾于是由爱转恨，实施报复。在通过各种引诱手段让梁在禾疯狂迷恋上自己以后，自己却疯狂地与多人偷情，直至被梁母发现。随后桃花被勒令嫁人，梁在禾也很快郁郁而终。桃花近乎狰狞的爱恨转换彰显了原始欲望的强大威力，桃花的复仇计划以其自身的苟活与对方的病死，至少是取得了表面上的胜利而结束，《妇人桃花》也至此完成了其第二层次的叙述。

如果《妇人桃花》的文本叙述只有第一层，那小说无疑只展示了欲望的一种歇斯底里的状态，尚不足以呈现更为丰富复杂的人性维度。《妇人桃花》是依赖于第一层次叙述来完成第二层次的叙述。虽然一人已死，但两人的恩怨并没有被阴阳割断，生者仍时时受到死者的纠缠。小说开头叙述桃花多方求医仍然不愈，正表明她与梁在禾的恩怨故事已成为其疾病的症结所在。在复仇的一时快感之后，桃花陷入了日复一日的良知折磨之中。这样的叙述丝毫不带有中国传统小说所惯有的道德批判色彩，而是展示了一个罪与罚、救与赎的心灵世界。桃花以一场充满忏悔与承诺的阴阳对话释放了心魔，其病也无药而愈。

对于叙述分层在小说叙述中的功用，赵毅衡认为："叙述分层的主要功用是给下一层次叙述者一个实体……叙述分层能使这抽象的叙述者在高叙述层次中变成一个似乎是'有血有肉的真实人物'，使叙述信息不至于来自一个令人无法捉摸的虚空。"❶为了使作为小说主叙述的第二层次叙述的叙述者显得足够"有血有肉"，《妇人桃花》在第一层次的叙

---

❶　赵毅衡：《当说者被说的时候》，中国人民大学出版社1997年版，第75页。

述中对第二层次叙述者参与的神秘事件几近渲染之能事，几有喧宾夺主之嫌，使读者恍惚于这篇小说的重心究竟是在讲一个神秘故事还是一个情爱故事。

第二章

"最后的贵族"与"最后的左派"——白先勇《台北人》与陈若曦"文革小说"比较研究

　　1961年,"现代文学"社的四位基本成员白先勇、王文兴、欧阳子、陈若曦于台湾大学外文系毕业,并在两年的时间内纷纷赴美留学。本来可以和白先勇等人一起进入爱荷华大学小说写作班学习的陈若曦却另选麻省圣像山女子学院,一年后又转学到约翰·霍普金斯大学。这种近似某种"划清界限"的举动其实是一个标志性事件。正是以此为契机,陈若曦开始了对"现代文学"社其他同仁来说显得别具一格的人生与文学征程。既然是同样起步于"现代文学",陈若曦的创作自不免与白、王、欧诸人一样带有某种"现代文学"之社风,所以这种分道扬镳的行为,其实具有一种反"影响焦虑"的意味。作为一个地道"无产阶级女儿",却得以进入赫赫有名的台大外文系,并能与一众文学同道同班,无论如何这对于陈若曦来说都是一件值得庆幸的事情,但也使陈若曦面临一次艰难的身份定位,这无疑是陈若曦自己的"成长故事"中最为重要的步骤之一。在相当大程度上陈若曦早期的小说创作正是其中的产物。那些混合了乡土、灵异与情感迷惘的小说展现了一个农家女出身的现代文学作家写作的多种可能性与身份的多元性,其实这也是白先勇所认为的陈若曦早年的小说创作在风格技巧上"比较不稳定"的更为深层的原因。

　　如果说1962年的入学事件乃陈若曦重新定位与"现代文学"社关系的一个标志,1963年秋天转学霍普金斯当天邂逅段世尧当可视为其一生的重要转折。段世尧与陈、白诸人一样,亦是从台赴美,其主攻专业虽是流体力学,社会思想却极度"左倾"。刚刚自觉地与"现代文学"同仁疏远,在人生道路上尚处于"比较不稳定"时期的陈若曦将在段世尧的塑造下作生命与思想上的第一次定型,她也顺理成章地进一步从"无产阶级的女儿"成长为"社会主义的女儿"。陈、段于1964年结婚。1966年取道欧洲,终归大陆。中学时代的文学青年、"现代文学"社的骨干成员、留学美国的文学硕士,陈若曦在之前的人生阶段里是在与文学的纠缠中度过的,一向要强的她投向文学的探索精神亦足称勇敢,但这一次的人生跨步才堪称其一生中最具革命性的行为。

陈若曦以生命实践了《青春之歌》里林道静在革命情人的导引下,一步步走向革命,奔向党的怀抱的革命性道路,这几乎成为中国现代文学史上现实与文学之间关系最让人恍惚的一个时刻。无疑,这也是"现代文学"社同仁最为激进的时刻之一,陈若曦的上述行为堪比王文兴在《家变》和《背海的人》里所进行的极具前卫性的文学实验。其实,这也是"现代文学"社对其西方文学前辈响应最力的时刻之一。许多"未来主义"者与"超现实主义"者都曾在前卫的文学实验与激进的革命实践之间自由穿梭。1966～1973年,整整7年,成为陈若曦在文学创作上的一段空白期。1974年,陈若曦重新提笔,首先书写的正是她的"七年之痒"。

白先勇在这段时间里也经历了其人生中的重大变故与精神危机:"一九六二年,出国前后,是我一生也是我写作生涯的分水岭,那年冬天,家中巨变,母亲逝世了。"❶4年以后,其父白崇禧将军亦病逝于台北,而他本人"初到美国,完全不能写作,因为环境遽变,方寸大乱,无从下笔"。❷白

---

❶ 白先勇:《蓦然回首》,文汇出版社1999年版,第31页。
❷ 白先勇:《蓦然回首》,文汇出版社1999年版,第33页。

先勇赴美前夕在部队服兵役期间写了其早期小说创作中仅有的两篇成长小说，那其实也是其早期小说创作中的最后两篇作品，正暗示了其小说创作即将步出成长期，步入更为成熟的阶段。但其现实人生中父母双亲的去世与异国文化的威压都使他重新思考生命的意义，面临着再度成长的困惑。这些在其随后的"纽约客"系列小说创作的前两篇作品《芝加哥之死》与《上摩天楼去》中得到了鲜明的表现。

白先勇在这期间所完成的"纽约客"和"台北人"系列小说创作中，后者被视为其最重要的作品。从1965年《台北人》首篇《永远的尹雪艳》发表于《现代文学》第24期至1971年《台北人》末篇《国葬》在《现代文学》第43期刊载，一共历经6年。《台北人》共收录作品14篇，其中自不乏像《游园惊梦》之类的传世佳作。但即使如此，也从来没有哪个单篇作品能像"台北人"一样与小说家白先勇如此密切相关。作为一部并不以其中任何单篇作品命名的小说集而能被文学评论家和文学史家们给予整体上的评论和赏识并获取极高的名声是中国现代小说史上不可多得的礼遇，《台北人》之前亦不过有鲁迅的《呐喊》《彷徨》及张爱玲的《传奇》而已。

陈若曦于1974年11月在《明报月刊》发表其恢复写作后的第一篇短篇小说作品《尹县长》，这篇作品也成为其最重要的代表之作。《尹县长》与陈若曦稍后写出的一些以"文革"为题材的作品在很多时候被称为"伤痕文学"，并被视为大陆"伤痕文学"的先驱之作。这样的文学史礼遇自是陈若曦在写作《尹县长》等作品时始料不及的。"伤痕文学"本是大陆文学评论界与文学史界对以刘心武《班主任》

和卢新华《伤痕》为起始之作的一类以"文革"为题材、带有强烈控诉和感伤色彩的小说创作的集体命名，这也是"文革"以后大陆文坛第一次出现的带有思潮性质的小说创作现象。正如"伤痕文学"脱胎于所谓的"真理标准"讨论与"拨乱反正"行为之思维方式仍与"文革"时期暗中吻合一样，这类小说在主题设定上虽具有鲜明的反"文革"立场，内在叙述逻辑和人物性格逻辑却仍与"文革"时的小说创作一脉相承。"伤痕文学"无疑还处在"新时期"文学的"哺乳期"阶段，"新时期"文学真正第一次独立并有效摆脱"文革"阴影还需要等到"寻根文学"的出现。《尹县长》在题材方面与大陆"伤痕文学"写作上的相通性使其被迅速规划并被成功组织进一种类型写作的框架之中，以致其作为个体写作的独特性在某种程度上被有意无意地掩盖了。从这种意义上来说，《尹县长》进入大陆文学史写作修辞系统就不再是一种所谓"礼遇"而近乎成了一种被"诱捕"的过程。因此笔者更愿意用"文革文学"来称呼这些小说创作。对比于"伤痕"，这似乎是一个过于没有个性的命名，但这种中性化却恰好可以帮助"尹县长"们从"伤痕"的罗网里逃脱，去寻找更为合身的修辞。

1979 年发表的《夜曲》以及没有单篇发表过的《骨灰》，是白先勇仅有的两篇"文革"题材的小说作品，他也以此向陈若曦这位曾与其同学于台大外文系、同事于"现代文学"社，却在之后走向截然不同的人生道路的文学同道表达了敬意。

白先勇与陈若曦早年在"现代文学"时期皆热衷于西方现代主义文学，接受了西方现代各类文学思潮之熏陶，在其创作实践中对现代主义文学技法亦有自觉操练，但不意竟是以如此不同的路数写出他们各自最为重要的作品。但如果我们认定现代主义本来就是一种斑斓的杂色，那么这种不同也就成为中国现代作家用创作实践作出的对现代主义真义的最好诠释。最保守与最前卫，正是现代主义极端性的两翼。白先勇与陈若曦各踞一端，写出了他们各自最有个性也是最有成就的作品，为"现代文学"社使命的完成贡献了最实在的力量，也以此完成了各自"最后的贵族"与"最后的左派"的身份塑造。

第一节　1949 与 "台北人" 的文学叙述

共产党主政大陆与国民党最后迁往台湾地区的 1949 年在中国现代史上无疑是一个重要时刻，同样在白先勇与陈若曦的包含了丰富的社会历史质素的"台北人"系列小说与"文革"系列小说中意义重大。"台北人"系列小说中的一众人物正是 1949 年前后随国民党政府迁台者，他们在 1949 年以前散居于大陆的上海、南京、四川、广西等地，1949 年的政权更替让他们一起成了"台北人"。"台北人"系列小说中这些所谓的"台北人"却是一群不甘心做了"台北人"的人，小说家对此称谓的标举凸显的正是这个人物群体的身份尴尬。其实，《台北人》既无法给我们提供大陆经验，也无法给我们提供台湾经验。《台北人》写时空变迁、物是人非，着力表现的是一种超越时空的生命意识，一种流贯于中国千年文学史的存在感叹，大陆与台湾、昔日与现在之间的落差所造成的势能成为《台北人》进行文本叙述的最大动力。1949年，作为一个时间之点，犹如一个巨大的水坝，蓄积了《台北人》文本叙述的所有能量。在《台北人》中，1949年以前的20世纪中国呈现出了无比鲜活的面孔，那正是"民国"的盛世，从开拓了文韬武略疆域的"五四"，北伐到击溃外辱、浩气长存的抗日，从夜夜笙歌的上海百乐门到好风长吟的南京得月台，《台北人》缔造的是一个汉唐式的盛世中国。这种盛世气象在《台北人》中惜乎太短！1949年以后，一切都不免换了人间。在《台北人》中，1949年成为历史走向溃败的起点，从此英雄老去，美人迟暮，旧时王谢堂前燕，已飞入寻常百姓家。

对20世纪中国的历史书写与形象塑造无疑从20世纪之初就已开始，李泽厚"启蒙与救亡的双重变奏"的论断虽遭人讥为有将历史简单化的嫌疑，却无疑它是关于20世纪中国历史书写最为流行的叙述模式，20世纪中国小说的主流叙述在相当长的时间内一直是其最为忠实的实践者。直到20世纪80年代中期，中国大陆的"新历史主义"小说如苏童、叶兆言等人的作品才对此采取了别样的叙述之法，在他们的小说叙述中，20世纪上半期的中国历史处在一种不断腐烂的进程之中，因此散发出死亡般的气息，"民国"其实被视为漫长的中国传统历史的残余。前者正是一种典型的"宏大叙事"，忠实地践履了利奥塔所揭示的思想的启蒙与社会的解放两大原则，这其实也是西方近现代文学持久不衰的文学叙述传统；后者则有意解构了"宏大叙事"的叙述逻辑，历史由于无法规划而走向迷失，失序与腐烂成为 20 世纪上半期中国的基本面相。后者虽然走向的是"宏大叙事"的反面，却仍然是世界范围内现代文学显赫的叙述之法，苏童、叶兆言等人的"新历史主义"小说与西方现代主义文学的关联仍然显而易见。

也正是在 20 世纪中国小说对 20 世纪中国历史叙述方式的这种溯本清源中，《台北人》对于历史叙述的独特性才愈发凸显出来。白先勇在《台北人》中承袭了在中国传统文学中持久而显赫的时空变迁、物是人非的主题书写模式，又在其中渗入历史质素，成功地将一种在中国传统文学里不免显得单调的存在感叹写进一种叙述形式之中。中国传统文学以诗歌为至尊，"物是人非"的母体主要是在以意境营造见长的中国古典诗词中得以承袭的。间或有叙事性作品涉猎，亦是戏剧性极度贫乏，尽显中国传统文学的先天不足。《台北人》以极典雅的中国文字融会西方现代小说叙述之法，戏剧性地呈示古老的中国文学命题，构成其魅力独具的源泉，《台北人》也因此成为中国现代小说史上绝无仅有的具有一种魅惑性古典文学品格的小说创作。欧阳子曾在《王谢堂前的燕子》中直言《台北人》写的就是时间，这自然毋庸置疑，她主要是在一种哲学的意义上来谈论《台北人》的时间维度的，即谈论的是《台北人》的时间哲学，仍然着力于揭示《台北人》与中国传统文学相通性的一面。但《台北人》在中国现代文学史乃至整个中国文学史中更大的意义却在于，它是在对处在具体历史时空的人事书写中进行时间感喟的。1949 年作为 20 世纪中国历史的分界点，具化了《台北人》中的时间层面。在一种情景叙述中，《台北人》中的

"时间"成为"历史"。

1949 年对于当年全世界所有华人"左翼"人士，其重要性都是不言而喻的，他们朝思暮想的社会主义实践终于要在自己民族的土地上生根发芽，历史注定要在这一刻定格。1949 年对于陈若曦的意义也不仅仅表现在其小说创作中，在陈若曦追加式的体认中，1949 年正是"时间开始"的那一刻。其早期那些"同五四、三十年代传统拉得上关系"的小说创作，已经暗含着一种对于社会主义实践的期待。1963 年在美国结识段世尧，使这样的期待有了进一步转化成行动的机会。1966 年，段、陈回归大陆，终于投身到大陆已经开始了 17 年的社会主义实践当中。陈若曦 1966～1973 年在大陆的"七年之痒"使得她意识到"社会主义"暂时仍只能是留存在人类心目中的一个梦想。写作《尹县长》时的陈若曦已经处在她的后革命时代，《尹县长》中对中国社会主义革命批判的深切一如陈若曦当年对于它的期待，历史以它的翻云覆雨之手对人类真挚的乌托邦追求作了无尽的嘲讽。在陈若曦那些被称为"文革小说"的小说创作中，其实很多作品的叙述时间都延伸到 1949 年前后，其中最为杰出的《尹县长》与《耿尔在北京》两篇小说即是如此。这并不是小说家的无意为之，对曾经对社会主义实践充满无限热望的陈若曦来说，1949 年注定是其内心深处挥之不去的情意之结。在《尹县长》与《耿尔在北京》中，1949 年与 1966 年被叙述成两个截然不同的历史时刻。两篇小说叙述主人公一个受共产党感化而投诚，一个受社会主义实践感召而归国，1949 年被他们视为自己走向新生的起点。《耿尔在北京》中耿尔归国不久结识的恋人小晴更是被专门安排了工人身份，其身上所洋溢的清新健康的气息一如王蒙《青春万岁》里的那些共和国的第一代中学生们。自然,我们也完全有理由认定陈若曦笔下的小晴正是共和国的第一代工人。这样的叙述策略让我们相信,如果没有以后的一系列运动,从1949年开始的中国社会主义实践完全可以是社会主义理念的完美演绎。陈若曦始终认定的一点是:"社会主义"本身是美好的,只是人类对其的实践无法圆满,甚至走向的正是其初衷的对立面。在《尹县长》与《耿尔在北京》中,1966年被叙述成了一个历史的终结点,此时的社会主义实践已经与社会主义理念背道而驰。这表明了,陈若曦深挚的社会主义情结并没有因为"文革"而完全脱解。陈若曦也许始终不肯相信的一点是,社会主义实践与她和社会主义实践的相遇其实是一个同构的问题,社会主义注定要在与其相遇的那一刻发生曲折,因此《耿尔在北京》中所呈现的共和国的新生气象不可能是对一种所谓遵照了社会主义理念运作的社会主义实践的写照,而只是小说家心目中的社会主义理念的直接演化。因此也完全可以相信,如果没有1966年的回归,陈若曦一定会将1966年视为1949年的有机延展,中国的社会主义实践也一定被认为一直都走在一条康庄大道上。惜乎在所谓真正的社会主义实践还遥在天边之时,人类历史已经走入了一个"后革命时代"。这样的时事变迁注定了要使陈若曦一生不能释怀,她被历史塑造成了"最后的左派",然而她是不甘心的。

第二节 "台北人"的故事——白先勇 《台北人》研究

一、红楼梦魇

人们对白先勇小说写作与《红楼梦》渊源关系的体认在相当大程度上是来自白先勇的夫子自道,讲述其与《红楼梦》之间的一世情缘是白先勇的非小说文字的重要主题之一。只是,从此出发的白先勇小说创作与《红楼梦》的关系研究却至今没有更为切实的成果出现,对于白先勇小说创作与《红楼梦》之间所具有的结构性关联的揭示仍然处于阙如的状态。其实,以散篇结集却在整体框架上进行了自觉谋划的《台北人》在其第一篇作品中就呈现了它与《红楼梦》之间在主题性与结构性的双重关联。

《永远的尹雪艳》是《台北人》的第一篇作品,在整部小说集中占有十分特殊的地位,可以作为序言来读解。也正是这篇可看做《台北人》序言的小说显示了小说家对《红楼梦》的无力抗拒。《永远的尹雪艳》里的尹雪艳在相当程度上是一个由流言铸造的人物,叙述者与小说其他人物的合谋使其红颜祸水的恶名无从洗脱。在这些人物当中,有一个非常特殊的人物——巫婆吴家阿婆,她的"乱世出妖孽"的言论让《永远的尹雪艳》溢出了一般现实主义的窠臼,赢得全息现实主义的意味:"这种事情历史上是有的:褒姒、妲己、飞燕、太真——这起祸水！你以为那是真人吗？妖孽！凡是到了乱世，这些妖孽都纷纷下凡，扰乱人间。那个尹雪艳还不知道是个什么东西变的呢！"❶ 历史与劫数，这些中国传统信仰结构中最主要的意义质素对《台北人》古典意蕴的获得无疑至关重要，尤其它在这篇序言性的作品中出现，正堪媲美《红楼梦》第二回贾雨村的"运生世治，劫生世危"论，只不过吴家阿婆评说的是"红颜祸水"，贾雨村议论的却是"混世魔王"："若大仁者，则应运而生，大恶者，则应劫而生。运生世治，劫生世危。尧舜禹汤，文武周召，孔孟董韩，周程张朱，皆应运而生者。蚩尤、共工、桀纣、始皇、王莽、曹操、桓温、安禄山、秦桧等，皆应劫而生者。大仁者，修治天下。大恶者，扰乱天下。"❷ 众所周知，贾雨村在《红楼梦》中是一个提纲挈领的人物，整部《红楼梦》正是一部"假语村言"。贾雨村言在相当大程度上是可视为《红楼梦》隐指作者言来解的，吴家阿婆之言亦当如是。这种在文字与结构上的双重相似性显示了《台北人》与《红楼梦》之间的血脉相连。

当然，《台北人》对《红楼梦》的疏离也在一开始就显露无遗。贾雨村的"运生世治，劫生世危"论所涉皆男性，吴家阿婆的"乱世出妖孽"论则转为女性。此一转非同寻常，那些在《红楼梦》中"看了让人清爽的水做的骨肉"已然化为一滩祸水，为患人间。《红楼梦》在中国思想文化史上杰出地位的取得一个很重要的原因就在于它的断裂性的女

---

❶ 白先勇：《台北人》，花城出版社 2000 年版，第 15 页。
❷ 曹雪芹：《红楼梦》，岳麓书社 2004 年版，第 12 页。

性观念。《台北人》却重续"红颜祸水"的香火,其格调之老,委实惊人。

二、"风尘女性系列"

《台北人》中顾盼生姿的女性群像一直是评论家们津津乐道的话题,并被认为堪比《红楼梦》里的女性塑造。以此建立《台北人》与《红楼梦》的渊源关系自无可厚非,只是《台北人》中的女性形象的个体性与独特性却因此在某种程度上被遮盖了。《台北人》独有的艺术风华与魅力的取得其实在相当大程度上就是因为有一个以《永远的尹雪艳》开篇的"风尘女性"系列的存在。

这个系列包括《永远的尹雪艳》《游园惊梦》《金大班的最后一夜》和《孤恋花》四篇小说。除了《永远的尹雪艳》,另外三篇"风尘女性系列"的作品都被多次被改编成影视或舞台剧(《台北人》共有四篇作品曾被改编拍摄,另外一篇是《花桥荣记》)。尤其《游园惊梦》的舞台剧演出,曾经盛况空前,一度风靡两岸。自然不能说小说的改编在影视剧界倍受青睐是因为这些小说代表了《台北人》的最高成就,但无可质疑的一点是,在并不以故事情节取胜的《台北人》中,这些作品无疑是因为拥有更多的戏剧性才获此礼遇的。同时也正是因为这些更富感官效应的艺术形式的出现,《台北人》的独有风华得到了更大程度的绽放。白先勇在谈及《台北人》时曾说过:"《彷徨》、《呐喊》与《台北人》的小说,的确都以人物刻画及气氛酝酿为主,而不是以故事情节曲折复杂取胜。"❶戏剧性因此成为《台北人》一种弥

---

❶ 转引自袁良骏:《白先勇论》,新华出版社 2001 年版,第 249 页。

足珍贵的叙述质素。像《台北人》里的很多作品如《冬夜》《梁父吟》与《国葬》等，皆以他者对谈的形式呈示主人公英武的青壮年时代，构成一种叙述分层现象，貌似散乱的记忆在高度理性的叙述之下得到严密控制，谈话者"物是人非"的感慨径直化为了小说主题，整篇小说的戏剧性张力亦随之急剧削减。自然，戏剧性的缺乏并不天然地构成一部作品的缺憾，但以中国古典文学写了数千年的"物是人非"母体作为思想主题的《台北人》，其超越之道在于，它采取了叙事的形式。《台北人》以极典雅的中国文字融会西方现代小说叙述之法，戏剧性地呈示古老的中国文学命题，正是其魅力独具的源泉。惜乎只有《台北人》的部分篇目能够做到极好，这成为《台北人》与白先勇小说创作的一大缺憾。

《永远的尹雪艳》（1965年）、《游园惊梦》（1967年）、《金大班的最后一夜》（1968年）、《孤恋花》（1970年）拥有近乎相同的故事结构框架：风尘女子（曾经的与现在的）与豪门巨商的恩怨情恨纠葛。《永远的尹雪艳》里的尹雪艳曾经是上海百乐门的红舞女，一度嫁入豪门，现在是台北著名的交际花；《游园惊梦》的钱夫人曾经是南京得月台的清唱女优，现在是高官遗孀；《金大班的最后一夜》的金大班正处在红舞女与巨商妇的时间交汇点上；《孤恋花》写的则是十分纯粹的舞女生活。欧阳子把《台北人》首篇出现的《永远的尹雪艳》视为《台北人》的序言，可谓见解独到。❶但《永远的尹雪艳》的序言地位只有在与"风尘女性系列"的其他三篇作品相佐读时，才能够凸显出来，毕竟，尹雪艳

---

❶ 白先勇：《台北人（附录）》，花城出版社2000年版，第426页。

是一个风尘女子，与钱夫人、金大班和"总司令"之间才更有一种亲缘性。"风尘女性系列"的其他三篇作品《游园惊梦》（1967年）、《金大班的最后一夜》（1968年）、《孤恋花》（1970年）从故事时间的角度则可以分别概述为嫁入豪门后的故事，即将嫁入豪门的故事与尚未嫁入豪门的故事，并与小说写作时间顺序相吻合。小说家在这三篇小说中不断追述嫁入豪门的风尘女子的前尘往事，以求立体式地呈现风尘女性的生活画像。笔者在下面将逐一从叙述学的角度读解这四部小说，并将揭示它们之间所具有的结构主义方面的关联。

《永远的尹雪艳》是"风尘女性系列"四篇小说中唯一采用全能视角叙述的文本，这也是其能获得序言地位、极为重要的原因。序言之于正文，其意义在于开启一切却并不具体展现，《永远的尹雪艳》也确实是四篇小说中最不写实的一篇。读者在这篇小说里只感受到了叙述者与其他作品人物对于主人公流言式的讲述，而主人公却被剥夺了自由展现自身意志的所有可能性，成为一个纯观念客体。

《永远的尹雪艳》一共六个部分，前后三部分各为一个叙事段。在篇幅上，第一个叙事段稍长于第二个，但只有第二个叙事段才拥有一个相对独立的完整的故事讲述。也就是说，在《永远的尹雪艳》大部分的篇幅里，叙述者都拒绝讲一个完整的故事。这样的叙述格局注定让人们看到的是一个十分别致的叙述文本。现在的问题是，拒绝进行完整故事讲述的第一个叙事段到底蕴含了叙述者怎样的叙述匠心？当然，还有一个问题是，并不拥有一个完整故事的小说的前三部分何以成了一个叙事段？

事实上，在小说的前三个部分，叙述者所做的唯一工作就是引领了主人公的出场，也就是说，这篇小说的大部分篇幅不过充当了一个开场而已。如果以篇幅比例计算，这大概要算是自有小说以来最冗长的小说开场了。小说的第一部分以讲述传奇的笔致追述尹雪艳的"上海岁月"，开头显示这部分追述的时间跨度是十几年："十几年前那一班在上海百乐门舞厅替她捧场的五陵年少……"❶ 但叙述者却刻意磨灭时间的线性绵延，让这段长长的"上海岁月"成为时间停顿叙事。它的段落经常是以一句带有论点意味的话开头，下面的叙述不过是对其进行阐释，如第一段"尹雪艳总也不老"❷；第二段"尹雪艳着实迷人"❸；第三段"尹雪艳迷人的地方实在讲不清，数不尽，但是有一点却大大增加了她的神秘"❹；第四、五段和第三段是一体的，第六段"尹雪艳着实有压场的本领"❺。这几个段落的主题词就分别是"不老""迷人""神秘""压场的本领"，实际上整个第一部分就是小说主人公出场的第一节。这种在叙述文本中加入论文写作的方法，或者说议论统治了叙述的开场方式在现代小说写作中显得别具一格。

中国传统小说，不管是文言小说还是白话小说，大都以概述开场，以之作为小说的背景；而中国现代小说则多取法于西方，开场多数是场景式的。场景叙述其实也是小说获得

❶ 白先勇：《台北人》，花城出版社2000年版，第3页。
❷ 白先勇：《台北人》，花城出版社2000年版，第3页。
❸ 白先勇：《台北人》，花城出版社2000年版，第4页。
❹ 白先勇：《台北人》，花城出版社2000年版，第4页。
❺ 白先勇：《台北人》，花城出版社2000年版，第5页。

具像性和现实感的极为重要的手段。❶《永远的尹雪艳》却拒绝此道，而是用了显得极度膨胀的、渗入了论文质素的概述方式开场，也正是以此凸显了其在《台北人》整个小说序列中所具有的序言地位。此小说所归纳概括出的风尘女子的这些魅惑性格与职业技能在"风尘女性系列"的另外三篇小说中的人物身上还会一一展现，也即所谓正文对于序言内容的一一展开。《永远的尹雪艳》的文本叙述处处可见叙述者急于与小说的那些非主人公合谋，为主人公构造一段"红颜祸水"传奇的叙述痕迹："尹雪艳名气大了，难免招忌，她同行的姊妹淘醋心重的就到处嘈起说：尹雪艳的八字带着重煞，犯了白虎，沾上的人，轻者家败，重者人亡。"❷ 叙述者接着就举了两个所谓因为迷恋尹雪艳而家破人亡的例子，以作为那些"嘈起之说"的例证。在整个第一部分，主人公并没有被给予讲话的机会。

　　虽然，小说从第二部分即进入叙述的现在时态："尹雪艳的新公馆落在仁爱路四段的高级住宅区里……"❸ 但一直到小说的第三部分，叙述者的评论干预始终在控制着叙述本身。叙述者对尹雪艳的新公馆、尹雪艳也有的"迷女人的功夫"、尹雪艳家的牌局不厌其烦地介绍，完全可以视为小说第一部分的有机延续，似乎叙述者刻意要让主人公的出场无限拖延，以增加主人公的神秘气质，并成功地将主人公编进由其与作品中其他人物合力构建的语言之网中："当尹雪艳

---

❶ 赵毅衡：《当说者被说的时候》，中国人民大学出版社1998年版，第92~95页。

❷ 白先勇：《台北人》，花城出版社2000年版，第4页。

❸ 白先勇：《台北人》，花城出版社2000年版，第6页。

的靠山相好遭到厄运的时候（叙述者言），她们就叹气：命是逃不过的，煞气重的娘儿们到底沾惹不得（人物言）。❶"……像侬吧，尹家妹妹，侬一辈子是不必发愁的，自然有人来帮衬侬。"（小说第二部分结尾，人物言）❷"尹雪艳确实不必发愁。"（小说第三部分开头，叙述者言）❸由叙述者参与的唱和无疑将主导文本的基调，虽然在小说的第二、三部分中，主人公也说了三句话，却无一不带有浓重的职业色彩，根本无法达到为自己祛魅的功用。尹雪艳"红颜祸水"的形象在漫长的准开场与开场的过程中慢慢丰满起来，终至牢不可破，小说后面三个部分中有关主人公与一位企业巨子徐壮图的故事无非为此再添一佐证而已。

《永远的尹雪艳》序言地位的取得除了有赖于其独特的叙述策略以外，其主人公尹雪艳独特的性格命运也是重要的原因之一。"物是人非"的命运感喟一向被认为是贯穿于《台北人》始终的思想主题，征之于《台北人》的绝大部分小说，即知此可谓确论。但《永远的尹雪艳》却是这不多的例外之一，其标题本身显示的就是时间对于尹雪艳的无可奈何。欧阳子在《王谢堂前的燕子》中认为这出于小说家在这篇小说中所采取的反讽式的叙述策略，"不老"只是小说家对尹雪艳的嘲弄，这样的论述策略一心要将《永远的尹雪艳》拉拢进《台北人》"物是人非"的主题框架之中，却不意掩盖了《永远的尹雪艳》在《台北人》序列中的独特地

---

❶ 白先勇：《台北人》，花城出版社2000年版，第7页。
❷ 白先勇：《台北人》，花城出版社2000年版，第8页。
❸ 白先勇：《台北人》，花城出版社2000年版，第9页。

位。"永远的尹雪艳"对时间的有效抵制，其实出于小说家在本意上自觉要将尹雪艳的形象独特化的叙述策略。在小说过于概述的叙述方式下呈现出的尹雪艳的形象本身缺乏的正是鲜活的生命气息，这样的形象只宜解读其身上所隐含的象征意义。

如果说，"时间"果真是《台北人》贯穿始终的思想主题，给予其更为直接的哲学层面表现的任务无疑就落在了这个小说序列中堪作序言的作品身上，那就是《永远的尹雪艳》。在《永远的尹雪艳》中，尹雪艳是一个时间女神的形象，所以普通人在她面前只有纷纷溃败，小说也以此呈现了古老的时间哲学命题。这样的时间哲学意蕴在《台北人》后面的小说中虽然也可以提炼出来，但因其人物更多地是被放在更为具体的历史情景中进行叙述的，他们都是"物是人非"的设身处地者与存在感喟者，所以都不能像尹雪艳一样成为这一命题的直接载体。可以说，只有《永远的尹雪艳》写的是"时间"，《台北人》的其他小说写的只是"历史"。哲学意义上的时间是凝定的，所以尹雪艳才可以永远不老；流动的时间构成了历史，所以才有《台北人》其他小说的"物是人非"，因而《永远的尹雪艳》的序言地位也得以愈发明显。

无论在何种意义上，《永远的尹雪艳》都是一篇显得理念痕迹过重的作品。当叙述者直白的语言大网连文本唯一的成型故事都给俘掠进去之时，我们自然再也无法奢望从小说中读取到鲜活之感。所幸，小说家还要继续讲述他的风尘女性的故事。首先，是《游园惊梦》。

《游园惊梦》是《台北人》在艺术上最成功的作品，这种成功带来的直接后果也许就是在小说叙述技巧分析上的艰难。它的每一处语言缝隙都需要小心翼翼去找寻，但最后的发现仍有可能寥寥无几。《游园惊梦》在"风尘女性系列"四篇小说中其实很特别，虽然四篇小说的主人公皆关乎风尘，但与其他三篇主人公现在的身份仍是风尘女不同，昔日的蓝田玉早已贵为大官夫人；另外就是其他三位主人公皆昔日大上海的红舞女，蓝田玉则是南京得月台的昆曲清唱女优。比之于溢满现代气息和西方情调的上海舞女，六朝古都南京的清唱女优无疑更能让我们触摸到那深远幽邃的文化命脉。只是，在这样一个时代里，一切正在老去，属于南京的第七个王朝——民国也陨落于海上，所以能读到的最精彩绝伦的只能是一个关于遗孀的故事。

《游园惊梦》现在时态叙述的故事时间其实延续得极短，从钱夫人到达窦公馆起，一顿晚宴，一场票戏，无事而终，大概一共只有几个小时的时间。尽管是一段"无事而终"的叙述，但毋庸置疑，它仍然是整篇小说的主叙述。首先，从篇幅上来说，它占了全文的四分之三还要多；其次，小说过去时态的叙述由于渗入了过多主人公的意识，更宜于视为引语读解，况且，小说后面的过去时态叙述，是完全裸露的主人公意识流动，只可视为直接引语；再者，不管是主人公"惊梦"前的理智回忆，还是"惊梦"后的意识涌动，在叙述上都是极不系统的，"惊梦"以后更是现实与过去相互穿插。但即便如此，《游园惊梦》所有的故事都发生在过去时态的叙述中，主叙述中的人和事不过是让其流溢而出的触媒而已。这无疑是一个巨大的错位，但这样的错位又绝不仅仅是叙述层面上的。现在时刻无故事即是说，处在漫长的现在时刻叙述时间的主人公在现在时态文本中作为一个叙述功能体已经死亡，因为每一个故事的发生皆有赖于角色人物的功能化。这种主人公在现在时态文本部分的去功能化无疑蕴含了钱夫人在现实处境中作为一个现实主体的意念与灵性的丧失。晚宴上的人和事对钱夫人的内心造成了巨大的冲击，但这样的冲击只促生了由其意识流淌而成的故事——钱夫人的前尘往事，这也是在《游园惊梦》里读到的唯一的故事。

其实这是一个红杏出墙的故事：一个叫蓝田玉的南京得月台的清唱女优，由于昆曲唱得纯正，得以嫁入豪门，成了钱将军夫人，享尽荣华富贵；但她却又与钱将军副官郑彦青互生情愫，终于发生了一夜之情；只是最后，这个让自己"一生唯一活过一次"的男人被自己的亲妹妹夺走。然而，让主人公的脑海重现她的这段"故事"似乎是十分艰难，一顿晚宴，一场票戏，无事而终，叙述者叙述起来却十分拖沓冗长，并且让人很难相信，如果不是此时此地此事此人复现了斯时斯地斯事斯人当年的情状，主人公的回忆还会是可能的。其实，《游园惊梦》全篇阐释的就是一个"物是人非"的文学母体，只是在中国古典文学此类文本中通常之"物"，在《游园惊梦》中是"人"而已。在《游园惊梦》里，相对于主人公本人，"人"皆是"物"。在《游园惊梦》里，可看到太多的今昔人物对应：程参谋（窦瑞生参谋）与郑彦青（钱鹏志副官）、十三天辣椒（窦夫人亲妹妹）与十九月月红（钱夫人亲妹妹）、杨姓票友（票琴师）与吴声豪（得月台琴师），甚至是今日窦瑞生与昔日钱鹏志，今日窦夫人与昔日钱夫人之间也具有某种程度的对应关系。这种对应即所谓的"物是"，并且今日这些人共同营造了昔日情景，将主人公引渡到她的"南京往事"。

整个晚宴一直在旁悉心作陪者是年轻英武一如当年郑彦青的程参谋，程参谋因此成为一个最大的"物是"。这个看似晚宴主人无意作出的安排，其实隐藏了《游园惊梦》极深的叙述玄机，是引向主人公"南京往事"记忆的最强大的叙述动力，因为享尽荣华富贵的钱夫人之内心隐痛，也许只有在当年事体的另一当事人之对应体的诱导之下，方才可能开启，并且还原成一个完整的故事。其实，这也是一个荣华富贵与内心情欲相搏斗的故事。这个故事在小说文本中被分成几个片段，形成与此时此景的相互穿插。前两个片段叙述主人公因昆曲唱得纯正赢得钱鹏志将军欢心，成了钱将军的填房夫人，在整个南京城一时风光无限。虽然这两段叙述是主人公的回忆，全用主人公视角，语气却明显是叙述者的语气，一个重要标志就是对主人公的称呼皆用"她"；第三个片段叙述主人公的妹妹月月红与郑彦青联合向主人公敬酒，叙述语气却明显发生了变化，"她"与"她们"皆用来指称别人，对主人公的指称代词消失，这无疑已是典型的主人公叙述；第四个片段在篇幅上是最长的，主要叙述主人公与郑彦青的交欢情景，语言杂乱，意象纷呈，是典型的意识流式叙述，并且首次以"我"指称主人公。这四个片段组合可以描绘成主人公逐步展现女性自我的过程。一开始叙述者之所以能够侵蚀主人公回忆，夺得叙述权力，原因在于主人公的女性自我尚未萌动，她是钱将军夫人，却不是拥有女性自我的女人；接着的片段叙述意味着主人公女性自我的苏醒，主人公女性自我的力量已能有效抵制叙述者的叙述霸权；最后的片段叙述则尽显主人公的女性自我，呈现出一派自我狂欢的景象。

在《游园惊梦》里，钱夫人身处现在、心灵却时时探向过去的偏嗜似乎预示了小说家接着写的将是一个对于一个风尘女性的一生来说更为靠前的故事。它便是《金大班的最后一夜》。

《金大班的最后一夜》里的金大班与《永远的尹雪艳》里的尹雪艳有颇多相似之处：两人过去都是上海百乐门的红舞女，都曾搅乱了风月场，被认为是妖孽下凡。只是，《永远的尹雪艳》由于采用全能视角叙述，并且完全剥夺了主人公的话语权力，整个文本成了一场叙述者与非主人公人物的合谋，主人公"红颜祸水"的恶名自然深入人心，根本无从洗脱。而《金大班的最后一夜》却是通篇采用金大班的视角进行叙述，妖孽下凡的祸端成了一个红舞女的风光无限："当年在上海，拜倒她玉观音裙下，像陈发荣那点根基的人，扳起脚指头来还数不完呢！"❶"虽然说萧红美比起她玉观音金兆丽当年在上海百乐门时代的风头，还差了一大截……"❷金大班拒绝了一切被叙述，她要自己讲述自己的故事，一个她认为掏心掏肺讲出来的即将嫁作商人妇的红舞女的故事：在过去二十年里，走进她生活中的男人有三六九等，她对待他们的态度也各个不同，有逢场作戏，有体贴宽厚，有痴心爱恋，显示的是一个风尘女子富含人性的情感世界。就这样，"永远的尹雪艳"变成了"最后的金大班"。两个标题本身的对比，就让我们感受到时间开始流动的声息，这也多

---

❶　白先勇：《台北人》，花城出版社 2000 年版，第 53 页。
❷　白先勇：《台北人》，花城出版社 2000 年版，第 60 页。

少预示了《金大班的最后一夜》将是一个更具现实主义意味的叙述文本。

这是一个典型的"老大嫁作商人妇"的故事，却荡尽了所有抑郁不平之气。主人公虽仍有身世感慨，却似乎更有足够的信心勇气面对未来。其嫁作商人妇虽属被迫无奈之举，却仍是深思熟虑后的选择。女性意志无法抗衡天然趋势，却能规划男人行为，赐予男人恩惠，这就是《金大班的最后一夜》告诉我们的非同一般的女性主义。

《金大班的最后一夜》文本采用的仍然是典型的"今昔对比"式叙述。现在时态叙述的故事时间虽然只是一夜中的几个小时，过去时态叙述的故事时间却是二十年。两种时态的叙述之间相互穿插，在篇幅比例上亦几乎持平。在《游园惊梦》里，由于主人公主体灵性在现在时刻的丧失，所以在文本篇幅上占尽绝对优势的现在时态叙述并没有讲述一个成型的故事，而过去的每一个故事也全赖现在情景的诱发才得以讲述出来，这种现在时刻的去故事性与对外在情景的依赖性成就了独一无二的钱夫人形象。《金大班的最后一夜》亦是"今夜无故事"，却让过去时态叙述的文本比例增加极多，而且也并不完全依赖现在时态叙述，显示的正是主人公主体意志的增长。如主人公第一次追述往事，发生在小说开场不久：二十年前在上海，"棉纱大王"潘金荣向其苦苦求婚，却被其断然拒绝。然后才引出她与根基小得多的橡胶商人陈发荣即将到来的婚事，紧接着讲述了与秦雄的一段恋情，可以说，这完全不是触景生情式的叙述。过去时态文本部分的情爱男主角共有三人：潘金荣、秦雄、月如。这也是他们在文本中出现的先后顺序，并且显示了他们的年龄大小顺序：

潘金荣是老年富翁，秦雄是壮年海员，月如是少年公子（其实台湾海员秦雄在故事时间上出现得最晚）。这样的叙述顺序展现的正是一个曾经的红舞女一步步追忆似水年华的过程。他们是她的情爱对象，也是她的时光坐标，月如被放在最后追述，也使他成为唯一依赖于现在情景才得以展现的过去时人物。这无疑是极高的叙述礼遇，"物是人非"的参差斑驳必然是由视角人物与其最爱的人共同描画的。由朱凤与一个香港阔少的故事引出对月如的记忆，并在小说最后因为一个青涩少年对月如进行重述，显示的正是主人公对初恋的矢志不渝，这无疑是将一个风尘女子回复为一个正常女子的极为有效的策略。

《孤恋花》是"风尘女性系列"四篇小说中唯一主人公没有与豪门巨商发生情感纠葛的。在很大程度上，这种"没有"也是"未曾"。也正是从这种意义上，《孤恋花》成为其他三篇小说的前故事。

《孤恋花》采用第一人称叙事，这在四篇小说中也是绝无仅有的。叙述者"我"是昔日上海万春楼的一个红酒女，来到台北后，又在一个名叫五月花的酒家做带班经理。这样的经历使"我"成为尹雪艳、金大班的同行姊妹。这是一个曾经享受人生风华，也历经岁月磨难的风尘女子讲述的同行小姊妹的故事。尹雪艳、金大班们从主角的位置退场，做起了叙述人，讲了一个既是他者（不是自己），又是自己（风尘同行）的故事，这无疑是一次重大的叙述转移。这种对角色的重新定位是一种话语权力争夺，是最大程度上为一种邪恶形象祛魅。从尹雪艳的话语权力的完全被剥夺，到金大班的对话语权力的有效争取，再到"总司令"（叙述者"我"

的外号）的话语权力独享，可谓展现了一条清晰可辨的风尘女性为自己争取话语权力的叙述路线。

欧阳子《王谢堂前的燕子》在解析《台北人》的人物谱中，曾指出《游园惊梦》里的窦夫人与《孤恋花》中的"总司令"分属上流社会与下流社会，《永远的尹雪艳》里的尹雪艳是社交界之名女，《金大班的最后一夜》里的金大班不过是低级舞女❶，其目的不过是论证《台北人》中的人物其实分属于社会各个阶层，而不唯是贵族身份，以达到对人们对于《台北人》"最后的贵族"生活写真总体印象的去蔽。其间他却仍然对这些风尘女性形象之间所具有的结构性关联无力观照。这四篇小说在写作时间、女性主体意识呈现与人物所属阶层上所展示的行进路线，具有一种惊人的一致性。"风尘女性系列"写到最后，人物沦落到最底层，其中的女性主体意识也被最大限度地呈现出来，这也进一步表明了虽然《台北人》是以散篇结集，但在谋篇布局上具有整体性视野。如果联想到小说家一向有"当代短篇小说家中的奇才"之称，这些贯注了一种长篇小说意识的短篇系列小说就有了一种嫌疑：小说家本有意将这些风尘女性的故事写成一个长篇，最后只有力将其写成一些系列短篇。毕竟，受到小说家无限热爱并给予《台北人》一种结构性影响的《红楼梦》采用的就是长篇小说的形式。

《孤恋花》的主人公是一个叫娟娟的陪酒女，与叙述者同在五月花上班，两人并且有同性恋关系。小说虽然处处暗示，但整篇小说中并无任何同性行为的直接描述。在两人关

❶ 欧阳子：《台北人（附录）》，花城出版社2000年版，第195页。

系中，"我"尽显母性，娟娟则毫无回应，所以，这里的同性关系毋宁说更多地具有一种文化象征意义。小说以此彰显了叙述者作为一个浪迹于风月场所多年的风尘女子独特的女性主体意识。在《游园惊梦》里，钱夫人对成熟男人的肉体表现出的是一种深深的陶醉，凸显的是男女关系中男人的性别意义；《金大班的最后一夜》里金大班独钟于青涩少年，已有一种母性流露，男人的性别意义也随之急剧消减；而《孤恋花》则愈行愈远，在叙述者的眼中，男人的性别意义彻底消失了，"我"对男人的身体只剩下了嫌恶："一屋子的烟，一屋子的酒气和男人臭。"❶ "……还没走近他，我已经闻到一阵带鱼腥的狐臭了。"❷ 这些风尘女子的女性主体意识的逐步彰显是以男人之于她们所具有的性别意义的逐步递减作为条件，自是不能不让人扼腕叹息，也让人们对她们不同于日常的生存方式有了更多的体认与同情。叙述者这种洁癖式的对男性肉体的排斥也使《孤恋花》甚少沾染风月气息，比之于前面的三篇小说，其文本散发出的魅惑性与风华气息也降到了最低。在兴风作浪的尹雪艳、金大班敛迹以后，风尘女性重新出场，已变成倍受欺凌的娟娟。虽然她们之间是如此不同，却仍有血脉相连，尹雪艳、金大班都有乱世妖孽的恶谥，娟娟在进入风月场所之前是一个孽根式的存在：母亲疯癫，父亲乱伦。"风尘女性系列"中的女性形象由造孽者变成了孽的承受者。小说叙述者"我"充满母性温柔的抚慰式的叙述语气，更加重了娟娟生存的悲剧性质。娟娟在小说

---

❶ 白先勇：《台北人》，花城出版社2000年版，第101页。
❷ 白先勇：《台北人》，花城出版社2000年版，第107页。

最后愤而杀人，成为一个杀人凶手，但整篇小说的叙述格局显示了，她最终仍是一个无辜的受害者。

娟娟杀人变疯之前的叙述皆属于过去时态，作为叙述者的"我"与作为作品人物的"我"之间有一个巨大的分裂，这也使叙述者"我"讲述作品主人公娟娟这个时段的故事时能够享有更多主动权，带有更多的主观意识。在这个时段里，"我"把娟娟叙述成一个自幼遭受不幸、凄苦而又不自觉的人物："她歪着头，仰起面，闭上眼睛，眉头蹙得紧紧的，头发统统跌到了一边肩上去，用着细颤颤的声音在唱，也不知是在唱给谁听……"❶"我看见她那苍白的小三角脸上浮起来的那一抹笑容，竟比哭泣还要凄凉。"❷ "自从她被柯老雄缠上以后，魂魄都好象遭他摄走一般……"❸ 叙述者刻意强调了主人公的无意志性和去灵魂性。这是一个通常意义上不称职的酒女形象，但因此也是一个更加惹人怜爱的弱小女子。小说最后以现在时态叙述主人公杀人，叙述者之"我"与人物之"我"终于和而为一，但前面漫长的带有为主人公辩护意味的叙述使这次杀人事件更多地成为杀人凶手的悲剧。在职业行当上的修为深浅，无疑是娟娟与尹雪艳及金大班的最大不同之一，由此展示了她们截然不同的人生轨迹。尹雪艳与金大班都是风尘业内的"杰出"人士，她们以对职业行当的透析理解与精准把握而掌控了一切。尹雪艳可以永远不老，时光都奈何她不得，自是最成功的风尘职业人

---

❶ 白先勇：《台北人》，花城出版社 2000 年版，第 101 页。
❷ 白先勇：《台北人》，花城出版社 2000 年版，第 102 页。
❸ 白先勇：《台北人》，花城出版社 2000 年版，第 108 页。

士；金大班也只在时光面前落了败，不过我们仍然在她的最后一夜看到了一个昔日行业老大的气势与风采；《孤恋花》却通过为一种职业袪魅而达到了对更普遍的人性及人的生存状态的观照，呈现的是一个弱小个体在历史与命运面前双重无力的状态。小说还设置了一个娟娟前身式的人物五宝，以揭示人类生存的轮回性质，这也是风尘系列四篇小说中唯一为主人公设置前身的作品。《游园惊梦》在人物设置上的前后对照性无疑更为鲜明，但这种对照主要是在小说非主要人物之间进行的。对于主人公钱夫人来说，这些人同时具有一种"物"的功能，客观化了其内心深处"物是人非"的命运感慨。《孤恋花》以主要是对于一种生命轮回的揭示性叙述使其成为《台北人》中仅有的一篇不会给人以时间与历史感喟的作品。《永远的尹雪艳》写时间之于主人公的凝定性，无疑在《台北人》中也显得很是独特，但凝定的时间仍是时间，对于时间的感喟仍无以避免。

《孤恋花》采用一种风尘女性话语权力独享的叙述方式，最终塑造出的却是一个无意志与去灵魂的悲剧性的风尘女性形象。当"我"讲述"我们"的故事的时候，"我们"原来竟然如此凄惨。"我"控制了叙述，叙述出来的却只能是"被侮辱被损害"的"我们"。相反，《永远的尹雪艳》采用全知式的叙述方式，在叙述者与小说非主要人物近乎合谋的流言式讲述中，尹雪艳成为一个纯客体式的人物，其主体性与意志性在小说叙述中根本无以展现，但这也增加了其身上的魅惑气质，当所有人都纷纷溃败于时间与命运面前，她才能一直屹立不倒。《金大班的最后一夜》采用第三人称主人公有限视角的叙述方式，比之于尹雪艳，金大班无疑有较多展现其主体意志的机会,但也因此失去了尹雪艳的韧性,所以最终抵挡不住时间与命运的侵袭,在风月场中无奈退场。"风尘女性系列"的这三篇作品所展示的叙述路径向我们表明了,历史魅惑的获得正是由于被叙述者在历史叙述中的主体性缺失造成的,"风尘女性系列"历史魅惑性的递减正源于其文本叙述之于被叙述者主体性的递增。在风尘女子终于自己掌控了叙述权力来叙述她们自己的故事之际,我们看到的是一个像娟娟一样承载了生存的全部悲剧性的风尘女子,历史的魅惑性也就烟消云散。

《永远的尹雪艳》中同构于隐指作者的吴家阿婆曾经发出过"乱世出妖孽"的言论,"孽"几乎成为加在四位风尘女性身上的一道符咒。尹雪艳与金大班自不待言,她们都曾"为患"上海滩,是"乱世出妖孽"的最好注解。钱夫人性格温厚纯良,似乎与"妖孽"的形象无涉,但她与钱鹏志、郑彦青之间的情感纠葛却被叙述成了一段"孽缘":"可是瞎子师娘偏偏又捏着她的手,眨巴着一双青光眼叹息道:荣华富贵你是享定了,蓝田玉,只可惜你长错了一根骨头,也是你前世的冤孽!不是冤孽还是什么?"❶ "荣华富贵——只可惜你长错了一根骨头。冤孽,妹子,他就是姐姐命中招的冤孽了。你听我说,妹子,冤孽呵。荣华富贵——可是我只活过那么一次。懂吗?妹子,他就是我的冤孽了。"❷ 钱夫人在荣华富贵与欲望满足之间左冲右突,最后仍不免落败的结局也因此充满了一种宿命的意味,只是与尹雪艳、金大班有意

---

❶ 白先勇:《台北人》,花城出版社 2000 年版,第 151 页。
❷ 白先勇:《台北人》,花城出版社 2000 年版,第 159 页。

无意的"造孽者"形象不同的是，钱夫人主要是一个"孽"的悲剧性承受者。这种"孽"的悲剧性承受在娟娟身上无疑体现得更加鲜明。母亲疯癫，十五岁那年又遭到父亲的强奸，使加在娟娟身上的"冤孽"具有了更多的原罪意味，也因此更加不可摆脱，所以叙述者"我暗暗感到，娟娟这副相长得实在不祥，这个摇曳着的单薄身子到底载着多少的冤孽呢？"❶

这些一度或者仍然流落在乱世风尘中的女子，以她们佻挞的身姿，在乱世的旋涡之中浮沉飘荡，成为乱世风景中让人最为触目惊心的一道影像，同时她们也以自己的命运身世凸显了这个时代的乱世本质。就像《红楼梦》中贾雨村的言语指示着《红楼梦》中一干人的命运走向一样，吴家阿婆的话也成为这些风尘女子身世命运的谶语，《台北人》与《红楼梦》之间所具有的血脉关联也由此得以再度呈现。

从《永远的尹雪艳》里幽灵一般跳脱于历史、控制了历史的尹雪艳，到《孤恋花》里游魂一般沉溺于外物以致被吞没的娟娟，这无疑是一条漫长的叙述道路。"风尘女性系列"小说以不同的叙述方式讲述的这些民国风尘女性的故事其实也是对《台北人》题记"纪念先父母以及他们那个忧患重重的时代"的最为形象化的回应。并且小说重述了那个乱世与风尘相互依赖与佐证的悠久的中国传统文学命题，使《台北人》因此拥有一种中国现代小说中少见的魅惑性的古典文学品格。

---

❶ 白先勇：《台北人》，花城出版社2000年版，第106页。

三、英雄、史诗与叙述分层

对《台北人》"物是人非"的思想主题更具文学修辞化的转述通常叫做"英雄老去,美人迟暮"。"风尘女性系列"讲述的是那些迟暮美人的故事,而老去的英雄的故事则是小说家在《台北人》的另外一些小说中讲述的,并且这些小说在叙述策略上也有诸多相似之处,构成了近乎风尘女性小说式的另一个小说系列。

这个"英雄系列"包括《岁除》、《梁父吟》(1976年)、《思旧赋》(1969年)、《冬夜》(1970年)、《秋思》、《国葬》(1971年)。这些小说的主人公在身份地位、性情修养以及人生经历上存在巨大的差异。《岁除》中的赖鸣升在大陆的战争年代只是一个下级军官,到台湾后更是沦落到伙夫的下场;《冬夜》中的余钦磊是当年五四运动的学生领袖,现在的身份则是台北某大学讲授英国浪漫主义诗歌的资深教授;《梁父吟》中的王孟养、《思旧赋》中的李长官、《秋思》中的华将军与《国葬》中的李浩然都曾经在战争年代建立了卓越功勋,在国民党内享有崇高的地位。这些人物又无一例外的是民国史一系列重大事件的参与者,他们的个人行为因为被融入历史进程而得以超越个体意义,成为构建民国史的重要元件。整部《台北人》"民国史"的史诗维度正是由这些小说建构的,《梁父吟》中的辛亥、《冬夜》中的"五四"、《岁除》与《秋思》中的抗战与《国葬》中的内战连缀在一起就是一部波澜壮阔的国民党的文韬武略史。这些英雄的浩然正气中和了"风尘女性系列"中不断流溢出的魅惑气质,使整部《台北人》在乱世风尘中又隐然显露一种盛世气象。

并且，在叙述策略上，这些小说采取了叙述分层的叙述机制，现在时态的文本叙述构成了小说叙述的第一个层面；同时又采取了横截面的叙述方式，人物的活动时间只是短短的几个小时，并且没有故事的丝毫向前推进；现在时刻人物的讲述则构成小说的第二个叙述层面，这也是小说的主叙述。其实，在相当大程度上这些小说的第一层叙述只充当了相对于第二层叙述的纯叙述层面，处在现在时刻的人物的主要功能只是用来讲述过去人物的故事。

"英雄系列"与"风尘女性系列"一起演绎的是现代版的"战士军前半死生，美人帐下犹歌舞"的故事。《秋思》的小说本身就是一出美人故事与英雄故事的合演。这篇小说发表于1971年，在这一年白先勇结束了"台北人"系列小说的写作。欧阳子曾在《王谢堂前的燕子》中将小说家同样发表于1971年的另外一篇小说《国葬》视为《台北人》的结语，以与具有序言地位的《永远的尹雪艳》相对照。❶ 其实，在故事类型上，《秋思》同样堪称《台北人》中具有结语意义的作品。《台北人》中两大最能体现其小说审美特质的故事系列终于在最后进行了合流，在相当大程度上这也是对《台北人》所作的叙事总结。

《秋思》并没有讲述一个成型的故事，只是两个场景片段的连缀。第一个场景叙述华夫人为赴万夫人之约去万公馆打麻将前的梳妆打扮，及她与化妆师林小姐的对话；第二个场景叙述华夫人走到一片菊花盛开的院中，翻开菊花枝叶却发现许多花苞已经腐烂死去，并发出阵阵腥臭，她由此联想

---

❶ 欧阳子：《台北人》，花城出版社2000年版，第426页。

到自己的夫君华将军在生命最后时刻缠绵病榻及其抗战胜利之初班师回朝的景象。《秋思》拒绝讲一个成型故事的叙述策略堪比《永远的尹雪艳》极度膨胀的开场叙述,在《永远的尹雪艳》占了小说大部分篇幅却只起开场作用的那部分叙述文本中同样没有讲述一个成型的故事,这成为《永远的尹雪艳》与《秋思》取得《台北人》序言与结语地位的重要依据。

《秋思》采用第三人称有限视角的叙述方式,视角人物正是华夫人,所以在故事外形上这仍然是一个关于迟暮美人的故事。小说开场即叙述年华已经老去的华夫人拒绝衰老,仍要与万夫人比试容颜,其在赴约之前专门请来化妆师进行一番梳妆打扮的行为则是其抗拒衰老的具体努力。华夫人在身世命运上与《游园惊梦》里的钱夫人也极为相似,她们都是曾经建立了卓越功勋将军的遗孀。华夫人在院中一片菊花盛开的场景中回忆她的前尘往事,也正是又一出"游园惊梦"。不同的是,钱夫人在钱将军病逝以后已无法抵挡落魄的颓势,华夫人却在华将军去世以后依然混迹于上流社会阶层,并能与那些贵族夫人们进行一番争奇斗艳。《秋思》也以此消弭了"风尘女性系列"不断流溢而出的乱世气象,为其主人公华夫人回忆那些民国英雄们所建立的丰功伟业作了极佳的叙述准备。

在华夫人的回忆里所呈现的华将军的故事同样只是两个场景的连缀:缠绵病榻与班师回朝。班师回朝建构了他的英雄形象,缠绵病榻则表明其作为一个英雄已经老去。小说将后者置于前者前面讲述的叙述布局也是《台北人》"英雄系列"小说所共有的叙述现象,《秋思》以一种对于"英雄故事"系列的内在结构性呈现又一次征显了其在《台北人》中所具有的结语地位。《台北人》"英雄系列"中那些英雄们成为英雄的那一刻被安排在了"民国史"的不同阶段：辛亥、"五四"、抗战与内战。其实，除了抗战，其他三个事件都是国内各类势力之间所进行的"内战"。辛亥是革命势力推翻封建王朝的革命，"五四"是新文化驱逐封建文化的运动，内战则是国共两个政党力量的交锋，只有抗战是整个中华民族抵抗外辱侵犯的事件，因此在"民国史"上显得意义非凡，它也是《台北人》"英雄系列"小说中唯一被重述的事件。这个小说系列的首篇作品《岁除》就讲述了在抗战史上具有重要意义的台儿庄战役。《台北人》"英雄系列"小说以叙述抗战始，又以叙述抗战终，凸显了小说家根深蒂固的家国意识与民族情结。自然，这并不是《台北人》乃至"英雄系列"小说的主题思想，但无疑仍可将其视为《台北人》主题意旨的一个层面，以丰富有不断被板结化嫌疑的《台北人》的思想内涵。

为了与华将军驱逐外辱的浩然正气相映衬，《秋思》还专门设置了关于万夫人故事的讲述。万夫人是一个即将外放日本的大使的夫人，对日本的一切都充满羡慕和崇拜，更对即将到来的日本之行满怀憧憬。她忙着学日文，学茶道，学插花，学日本女人的走路姿势，极力让自己的一切行为日本化，这无疑是一个极其典型的洋奴形象。因此，《秋思》开头华夫人暗自与万夫人比试容颜的行为就具有一种象征的意义，她是在以一种日常行为的方式继续自己丈夫在军事战场上的抗日行为。另外，华夫人赴万夫人之约是去打牌，牌桌上的厮杀也成为抗日战场的一个喻象。《秋思》也借此成功地完成将一个迟暮美人的故事英雄化的叙述转换，使《秋思》这样一个融合了美人迟暮故事与英雄老去故事的小说文本取得了叙述上的有机性与完整性。

但迟暮美人的故事不管如何取得英雄故事的意向，最终它仍然归属于一个迟暮美人的故事范畴，《秋思》中地道的英雄故事还远远没有展开。《台北人》中最先讲述英雄故事的是《岁除》，而且与《秋思》一样，故事也涉及抗战背景。

《岁除》的主人公是一个叫赖鸣升的落魄军人。其早年在大陆曾身经百战，军人生涯远溯至北伐战争，台儿庄战役更是其人生履历上的一个重要关口。到台湾以后，由于其生性桀骜不擅攀附，只做了荣民医院厨房的伙夫。虽已年过半百，仍是孤身一人。《岁除》现在时刻的故事讲述赖鸣升在一年的最后一天特意从台南赶到台北和自己的老部下也是四川老乡的刘营长一家过除夕之夜的情景。

小说的绝大部分篇幅都是以除夕团圆饭席间众人交谈的形式来呈现人物的现实处境与前尘往事，似乎小说家在这里刻意要将中国传统小说中惯用的对话式的戏剧之法进行一番切实操练，以表明其小说创作正一步步走向更加中国化的道路。我们不会忘记，在小说家的小说发轫之作《金大奶奶》中，就已经对这种主要以人物之间对话的形式来呈现主人公性格命运的叙述之法进行过一番演练，不过，《金大奶奶》中金大奶奶的命运在主要以对话形式呈现之余，毕竟还有短暂的向前推进，并直至其生命的终点。《岁除》则完全取消了故事的即时演进，谈话成为人物的行为本身。《岁除》文本的现在时刻是一个除夕之夜，但今夜无故事。对于赖鸣升有故事的过去的讲述，于现在时态的谈话，已成为小说的第二层叙述。赖鸣升既是现在时态谈话的主角，也是过去故事的主角，但两个赖鸣升之间已经存在巨大的分裂。现在的赖鸣升虽然生活落魄，却因此更有一种心灵上的优越感，以落难的民国英雄而自居，过去的赖鸣升却是因为风流事件而遭受惩罚才走上台儿庄的战场，阴差阳错地成为抗战的英雄。历史的缝隙虽然被历史的亲历和讲述者所极力弥合，历史本身闪现出一种揶揄人世的意味。

对台儿庄战役的追述无疑是赖鸣升建构自身形象的一个极为重要的步骤，其作为台儿庄战役的亲历者使这样的追述天然地有了一种权威性。但这种权威性叙述在相当程度上复原了历史本身所具有的血腥气息与非理性本质，与历史教科书上对于历史的宏大叙述方式划清了界限。台儿庄战役作为抗日战争史上一个重要的转折点而得以载入史册，并被不断叙述，在这层层叙述中，历史逐渐消磨了丰富的感性质素，成为历史理性主义框架中的组件。

小说中专门有一段讲述赖鸣升与年轻的军校学生俞欣关于台儿庄战役的对话。俞欣在军校课堂上听自己的军校老师牛仲凯讲授台儿庄战役，而讲述者身份的合法性首先就遭到了赖鸣升的质疑："俞老弟，我赖鸣升打了一辈子仗，勋章倒没有捞着半个。可是这个玩意儿却比'青天白日'还要稀罕呢！凭了这个玩意儿，我就有资格和你讲'台儿庄'。没有这个东西的人，也想混说吗？你替我去问问牛仲凯：那一仗我们死了几个团长、几个营长？都是些什么人？黄明章将军是怎么死的？他能知道吗？"❶赖鸣升凭着这个玩意儿——

---

❶ 白先勇：《台北人》，花城出版社 2000 年版，第 45 页。

胸膛上的巨大伤疤而自居为台儿庄战役最为合法的叙述者，将其他人的叙述直斥为"混说"。在这里，伤疤作为一种历史的感性遗存而被认为获得了与历史真实的同构性，从而超越于所有的语言叙述之上。赖鸣升讲到最后，"他好像要用几个轰轰烈烈的字眼形容'台儿庄'一番，可是急切间却想不起来似的"。❶ 这种失语正彰显了语言之于历史呈现的艰难，使表述仅仅停留为一种欲念。

在赖鸣升的叙述中，台儿庄战役的一个前奏性事件是他的一段风流韵事：民国二十七年，他在成都当骑兵连长的时候，受到营长李春发姨太太的勾引，与其发生了一夜情。后来不意被李春发察觉，李春发为泄私愤而将他调到当时与日军激战正酣的山东战场，他就这样参加了台儿庄战役。在赖鸣升关于台儿庄战役的讲述中，不见胜利被推进的豪壮，只有血肉身躯被炮火肢解的残酷。将目的论作为一种重要维度的历史理性主义在这里无疑遭到了最大的嘲讽，中华男儿前赴后继奔赴抗日战场的历史形象也被一并解构。也正是在这样的叙述中，"台儿庄战役"挣脱了正史的框架束缚，触摸到历史柔软的下腹部。性成为历史行为的诱因，一向与性同行的暴力则成了历史的底色，以性行为作为先导的台儿庄战役也因此更多地具有暴力的血腥之气，而不再仅仅展现了中华民族的浩然正气。

赖鸣升半生戎马，但在部队时也只做到连长这样的下级军官，迁往台湾后更是落得做伙头军的下场。以他的地位身份，自然无法取得讲述包括台儿庄战役在内的一系列民国事

---

❶ 白先勇：《台北人》，花城出版社 2000 年版，第 46 页。

件的官方资格，但这也使他的席间讲述能够更多地摆脱民国史官方修辞系统的束缚，达到对所谓民国正史的修正。民国史也正是在这样的讲述中留下了更多人性化的痕迹，而不仅仅彰显了一种所谓的浩然正气。赖鸣升作为现实处境里的落难英雄而兼具英雄与普通人的精神气质，也使《岁除》这样一篇在《台北人》"英雄系列"中具有开篇地位的作品留有了从凡人叙事向英雄叙事过渡的痕迹。

在发表时间上，《梁父吟》紧挨着《岁除》；在叙述格局上，《梁父吟》与《岁除》一样，也是以一席长谈来呈现主人公的身世命运，只是谈话的人物被精简为两人，所以实际上是二人对谈的形式构成了《梁父吟》中主人公故事的纯叙述层面。因为谈话的地点被放在了高官府邸，时间是两位谈话者从主人公的葬礼上刚刚归来，且谈话者与被谈者的身份地位已是为《岁除》中的赖鸣升所不可比拟的，所以《梁父吟》在叙述格调与主题设置上也就与《岁除》有了很大的不同。可以说，这正是小说家对"民国英雄"所采取的另外一种写法。

《梁父吟》文本的现在时刻被设置在主人公王孟养的葬礼之后，因为王孟养功勋卓著，所以享受的是国葬待遇，这也使《梁父吟》在情节上衔接了在《台北人》中具有结语地位的《国葬》。《梁父吟》中的两位对谈者，一个是与王孟养有结拜之谊的朴公，一个是王孟养的门生雷委员。朴公早年与王孟养一起参加武昌起义，更是在起义前夕效法刘、关、张桃园三结义的故事与仲默、孟养二人一起歃血为盟，结拜为结义弟兄，仲默与孟养的名号也指示了他们在三人中的年龄秩序：仲默老二，孟养老三。王孟养的性格与桃园三结义中的老三张飞也极为相近,充满了一种刚烈勇猛之气;三人四川武备学堂的出身更是显示了他们与刘、关、张在蜀地的地域渊源。而且在小说的最后可知,三人中的老二仲默已先于孟养去世,这种离开人世的顺序也恰恰正是对于刘、关、张故事的复写。现代革命英雄的故事被套进了中国传统的英雄关系原型中进行讲述,这无疑是《梁父吟》提供的另一套"民国史"叙述方式。正是在这样的叙述中,辛亥革命滤去了"共和"性质,更多地成为一个"中国"事件。但人们并不知道,这种叙述方式相比于以辛亥革命的革命理念本身来呈现辛亥革命的方式,究竟谁更大程度上复现了辛亥革命的真实,只有一点无可置疑的是,在相当大程度上《梁父吟》乃至《台北人》正是借此建立了自己的中国品格。

《梁父吟》中处处充满了对中国性的彰显:朴公的儿子、媳妇都在美国生活,孙子更是在美国出生,所以生活习惯与文化认同等一切都美国化了。为了实现对孙子的彻底改造,朴公老两口特意将其从美国接回,每天训练其背诵唐诗;客人来访,朴公孙子的唐诗背诵也成了一个重要的节目。在王孟养的葬礼上,价值理念上已经完全西方化的孟养之子对繁琐的葬礼仪式尽显不耐烦之色,更是把以朴公为首的治丧委员会的建议一一驳回,使朴公对其大为不满。因为朴公这个人物在小说中兼具小说人物与叙述者的双重身份,他的态度在相当大程度上成为小说本身的态度,皈依中国传统因此成为《梁父吟》重要的思想主题,这其实也高度契合于小说以中国传统故事原型来讲述民国历史的叙述逻辑。

桃园三结义的三位主角性格各异,刘备仁厚,关羽忠义,张飞刚猛。前两者一向都被认为是中国传统美德的化身，对他们性格的讨论亦是历经千余年而不衰，似乎更具被复写的内在品质。《梁父吟》却选择了具有与张飞一样刚猛性格的王孟养作为小说的主人公，无疑是小说在复写中国传统英雄故事时的悄然叛离，也表明了中国历史舞台主角的悄然更替。张飞性格刚烈勇猛，放荡不羁，其特点在于不易为任何中国传统品格类型所束缚，更多地体现了一种个体自在生命的张扬状态。其实，这样的性格气质在原始儒家中并非鲜见，像善养浩然之气的孟子，在思想境界进取与个体生命满足上所表现出的刚猛风格几至极致，惜乎儒家在以后的时间里一直都走在荀子化的道路上，个体生命被一步步抑制进儒家教义的牢笼之中；宋明理学"存天理，灭人欲"的思想理念及其不断下延民间的运动路线更使这种刚烈勇猛之气在整个中华大地上渐渐浩渺难寻。《梁父吟》在文本中重铸中华民族的刚烈勇猛之气，正是以一种更原始的文化气质的追寻来谋取一个积弱日久民族的变更之道。革命不是以新易旧，而是以更旧易旧，这种独特的革命观也暗合了20世纪之初章太炎从更原初的民族文化形态中寻求建构中国现代思想的本土化资源的思想理路。

《台北人》"英雄系列"的前两篇作品《岁除》与《梁父吟》中的英雄形象皆被派定了川籍身份，这自然并非《台北人》文本叙述的偶然随性之举。白先勇曾在纪念同样是川人身份的著名学者许芥昱的《天天天蓝——追忆与许芥昱卓以玉几次欢聚的情景》一文中谈到"重庆精神"："我们讲的是四川话，不仅因为许芥昱是四川人，事实上我们都算属于'重庆的一代'，四川话可以说是'抗战语言'。现在台湾的军眷区还保留着这个传统，一说四川话似乎马上便唤起

'重庆精神'来。"❶ 四川话可以说是"抗战语言","重庆精神"自然也可以说是"抗战精神"。国民党政府1937年迁徙陪都重庆在抗战史上无疑是一个重要事件，正是从那时起，抗战初期中国军队一泻千里的战争颓势终于有了可以缓冲的机会，四川凭借着其险峻的地理形势成为阻挡日军的天然屏障，整个中华民族的抗战精神与民族士气也在这里急剧会聚重整并发散到全国各地的抗日战场。

白先勇1969年在《现代文学》第37期发表了小说《思旧赋》。这篇小说的发表也意味着"台北人"小说系列终于有了配合其题记"朱雀桥边野草花，乌衣巷口夕阳斜。旧时王谢堂前燕，飞入寻常百姓家"的小说标本。这是因为，"台北人"小说系列中的其他13篇小说虽然皆能契合于"物是人非"的思想主题，但仍与《乌衣巷》的意境氛围无涉，《思旧赋》则营造了可堪称等同于《乌衣巷》的文本氛围。小说开篇即建构了《乌衣巷》式的时空框架——夕阳西下的时刻，高官府邸的门前："一个冬日的黄昏，南京东路一百二十巷中李宅的门口。"❷ 李宅残败的景象在小说的叙述中更是历历可见："李宅是整条巷子中惟一的旧屋，前后左右都起了新式的灰色公寓水泥高楼，把李宅这幢木板平房团团夹在当中。李宅的房子已经十分破烂，屋顶上瓦片残缺，参差的屋檐，缝中长出了一撮撮的野草来。大门柱上，那对玻璃门灯，右边一只碎掉了，上面空留着一个锈黑的铁座子。大门上端钉着的那块乌铜门牌，日子久了，磨出了亮光来，

---

❶ 白先勇：《第六只手指》，花城出版社2000年版，第51页。

❷ 白先勇：《台北人》，花城出版社2000年版，第77页。

'李公馆'三个碑体字，清清楚楚的现在上面。"❶ 曾经是门庭若市的李府如今已是门可罗雀。小说选取了两个极具意味的地点作为小说人物的活动范围：一是李家厨房，一是李家后花园。这种空间上的后撤正隐喻了王谢大族们在历史舞台上的撤离。在堂前之燕飞走以后，端坐于后花园的已经痴呆的李家少爷的头顶上已只有蚊蚋飞舞："他的头顶上空，一群密密匝匝的蚊蚋正在绕着圈子飞。"❷

如果说物的置换营造了小说败落的氛围，那么人种的衰退则构成了李氏家族败落的内核。李宅的主人——老长官曾经在过去的战争年代建立了卓越的功勋，这也是《思旧赋》可以被归入"英雄系列"中进行读解的依据。但与《岁除》《梁父吟》以及《秋思》正面展示民国英雄浩气长存的英雄岁月不同的是，《思旧赋》将老长官曾经拥有的昔日辉煌只是点到为止，使其更多地成为一种潜在性叙述。小说仍然采取一种叙述分层的叙述机制，只是第二层叙述已没有民国英雄的自身参与，两位叙述者顺恩嫂与罗伯娘都是李府忠实的老女仆。由两位白发苍苍的女仆来述说民国英雄的沧桑故事，使作为昔日历史舞台主角的民国英雄的现实他者的尴尬地位愈发凸显。小说虽以"思旧赋"为题，但昔日的民国英雄已无暇追忆旧日的英雄岁月，现实中的种种不堪充斥了其日常生存的全部空间，儿女在道德智慧上的双重败亡使其最终只能生发出"龙种跳蚤"之叹。

李家小姐未婚先孕、私奔他人的故事是两位叙述者追述

---

❶ 白先勇：《台北人》，花城出版社 2000 年版，第 78 页。
❷ 白先勇：《台北人》，花城出版社 2000 年版，第 84 页。

李家故事的重要部分。在"五四"新文学创作中,叛离家庭出身、追求情感自由本是极为显赫的正面价值主题,构成"五四"新文学重要的原型叙述之一,在这里却被叙述成一个道德堕落的事件:

> 我实对你说了吧,老妹。今年年头,小姐和一个有老婆的男人搞上了,搞大了肚子,和长官吵着就要出去,长官当场打得她贼死,脸都打肿了。那个女孩子好狠,眼泪也没一滴,她对长官说:"爸爸,你答应,我也要出去;不答应,我也要出去,你只当没有生过我这个女儿就是了。"说完,头也没回便走了。上个月我还在东门市场看见她提着菜篮,大起个肚子,蓬头散发的,见了我,低着头,红着眼皮,叫了我一声:"嬷嬷。"一个官家小姐,那副模样,连我的脸都短了一截。❶

李家小姐出走的行为在这样的叙述中被剥离了全部的现代意义,其出走时所表现出的勇敢与决绝只被认为是更加恬不知耻,对其出走以后失魂落魄下场的叙述无疑也同样植入了一种道德评判的眼光,即认为这样的下场正是李家小姐可耻的行为付出的代价。实际上,在这样的文本叙述逻辑下,一个叛逆者的结局在根本上必然是悲惨的,其目的正是为传统道德规范的合法性张目。

《思旧赋》虽然讲述了一个豪门巨族李家走向败亡的故事,但这个家族的许多成员都并没有在小说中现身,而只活

---

❶ 白先勇:《台北人》,花城出版社2000年版,第82页。

在两位女仆的叙述之中：李家夫人已死，李家小姐出走，即便是身在两位叙述者之旁的老长官也没有给予出场的机会。这无疑是民国英雄在继被他者化以后的再次被客体化，民国英雄在小说叙述机制中作为一个功能体的彻底沦亡，也将小说英雄老去、物是人非的主题意蕴愈发彰显出来。虽然在小说的最后终于出现李家人的身影，但李家少爷因为精神分裂而完全痴呆的形象无疑是小说主题意旨的进一步展示，李宅残败的景象也终于在一个痴呆者的形象上得以定格："胖男人的身上，裹缠着一件臃肿灰旧的呢大衣，大衣的纽扣脱得只剩下了一粒。他的肚子像只塞满了泥沙的麻布袋，胀凸到了大衣外面来，他那条裤子的拉链，掉下了一半，露出了里面一束底裤的带子。他脱了鞋袜，一双胖凸凸的大脚，齐齐的合并着，搁在泥地上，冻得红通通的。他的头颅也十分胖大，一头焦黄干枯的短发，差不多脱落尽了，露出了粉红的嫩头皮来。脸上两团痴肥的腮帮子，松弛下垂，把他一径半张着的大嘴，扯成了一把弯弓。胖男人的手中，正抓着一把发了花的野草在逗玩，野草的白絮子洒得他一身。"❶ 李家少爷其实是《思旧赋》整篇小说中唯一获得场景式叙述待遇的人物。小说第二层次的两位叙述者罗伯娘与顺恩嫂在小说中的主要功能是叙述他者，小说的其他人物则被包裹在他者的叙述中无以展现自身的主体性。只是，李家少爷这种叙述礼遇的获得是以丧失智力作为代价的，正因为他是一个完全没有意识自觉的李家人，所以才被小说的叙述者放行，得以在小说中直接出现，使一个关于豪门巨族走向败亡的故事得到

---

❶ 白先勇：《台北人》，花城出版社2000年版，第84页。

更为形象化的呈现。

如果说"民国史"是一部民国的文韬武略史，那么，前面论述的《台北人》"英雄系列"中的作品主人公无疑就是这部史的建立者，他们不管战功地位高低，无一例外都是一介武夫身份，他们昔日的辉煌都是在军事战场上赢得的。如果《台北人》"英雄系列"只是讲述他们的故事，那么其向为人所称道的"民国史"品格无疑是残缺不全的，使《台北人》"英雄系列"所具有的"民国史"品格走向健全的是《满天里亮晶晶的星星》与《冬夜》。

将《满天里亮晶晶的星星》归入"英雄系列"小说中进行读解显得颇为牵强，因为小说的主人公朱焰——"教主"的身份只是20世纪30年代上海明星公司的一个红星，其最为辉煌的成就是曾经在默片时代红遍了半边天，这些都似乎与传统意义上的"英雄"毫无关涉，却具有现代戏子的某种嫌疑。戏子与英雄的对立是中国传统文化系统内部的悠久命题，将一个民国戏子写入民国英雄谱自然需要对"英雄"重新作出认定。如果，所谓"英雄"并不仅仅限定为一介武夫身份，并不仅仅是在军事战场上的建功立业者，而应当是在自己所在的行当内取得了卓越成就，并以此影响历史进程的人，甚至不再用来仅仅指称某种人物类型，而只是对一种超越于凡俗人生的存在状态的命名，那朱焰——"教主"就是一个名副其实的民国英雄（毋庸置疑，现代电影史也是民国史重要的组成部分）。唐小兵曾在后一种意义上就"英雄"与"凡人"的对立互补关系进行过极为精彩的解析："假如英雄式的生活是一场升华，实现的是对日常生活中的琐碎、芜杂的超越，是将崇高的整体性意义直接书写在我们的言行里，那么凡人生活中的点点滴滴终将昭示的是，如此厉行高蹈的英雄生活委实是太抽象，太沉重，需要我们全副的精力和自觉；而一旦时过境迁，日常生活变得井然有序，为整日的柴米油盐、卿卿我我、锱铢必较所牵制，难道不又常常会无端地使人渴望一种义无反顾的慷慨、指点江山的激扬？"❶

　　将《满天里亮晶晶的星星》归入"民国英雄系列"中进行读解的另外一个重要依据是，与"英雄系列"的其他作品一样，这仍然是一篇现在时态的叙述时间仅仅延续了几个小时，而人物对于过去的回忆性叙述则构成了整篇小说的叙述中枢的小说作品。荷兰叙述学家米克·巴尔曾把小说的叙述时长分为"转折点"和"展开"两种类型，所谓"转折点"叙述，就是事件被压缩在一个短暂的时间跨度内进行讲述；"展开"叙述，则显示了一种发展的较长时期。在"展开"叙述中，意义是慢慢建立起来的；而"转折点"叙述，意义就是中心。❷《台北人》"英雄系列"小说无疑是典型的"转折点"叙述类型，且无一例外地摒弃了"展开"的叙述方式。而统一采用"转折点"的叙述方式自然不是一种随意行为，出于对意义的共同偏嗜，"英雄"的故事天然地适合在"转折点"式的叙述框架中进行讲述，因为正如同"转折点"的叙述方式将意义视为中心一样，"英雄"的生活方式也"将崇高的整体性意义直接书写在我们的言行里"。

　　由于在叙述质素上的过多相似点——深夜、公园、幽灵

---

　　❶ 唐小兵：《英雄与凡人的时代·序》，上海文艺出版社 2001 年版，第3 页。

　　❷ ［荷］米克·巴尔：《叙述学—叙事理论导论》，谭君强译，中国社会科学出版社 1995 年版，第 43 ～44 页。

一般跳跃于其中的"孽子"群体，和几乎雷同的叙述场景——绕园奔走，围坐聚谈，再加上某些几乎全搬照抄的叙述文字——如"……于是我们都在水池边视为台阶上，绕着池子，一个踏着一个的影子，忙着在打转转"。❶《满天里亮晶晶的星星》一向被视为小说家后来写的唯一的长篇小说《孽子》的雏形。《满天里亮晶晶的星星》与《孽子》之间的深刻关联自毋庸置疑。正如同我们并不讳言即将被作为一个民国英雄的形象进行读解的朱焰——"教主"的"孽子"身份一样，"孽子"与"英雄"的叠加性身份成就了朱焰——"教主"在"民国英雄"系列乃至整个"台北人"系列小说中独一无二的地位。《满天里亮晶晶的星星》开篇不久就展开了一场在"孽子"群体中寻觅"英雄"的行动，寻觅到的人物正是朱焰——"教主"：

除了他，你想想，还有谁够资格来当我们祭春教的教主呢？当然，当然，他是我们的爷爷辈，可是公园里那批夜游神中，比他资格老的，大有人在。然而他们猥琐，总缺少像教主那么一点服众的气派。因为教主的来历与众不同，三十年代，他是上海明星公司的红星——这都是黑美郎打听出来的，黑美郎专喜欢往那些老导演的家里钻，拜他们的太太做干娘。黑美郎说，默片时代，教主红遍了半边天，他看过教主在《三笑》里饰唐伯虎的剧照。❷

---

❶ 白先勇：《台北人》，花城出版社 2000 年版，第 133 页。
❷ 白先勇：《台北人》，花城出版社 2000 年版，第 134 页。

朱焰在20世纪30年代中国电影史的默片时代的红星身份与经历造就了他在"孽子"群体中不同凡响的气派，因此成为祭春教"教主"的不二人选。其实这也是其作为一个"民国英雄"的必要条件，《满天里亮晶晶的星星》也以此超越了《孽子》的叙述范畴，为其进入"民国英雄系列"作了极佳的叙述准备。

小说中那些游荡在公园深夜里的新一代"孽子"们首先就是一个做着电影明星梦的群体，这是朱焰能够获选"教主"最为深厚的群众基础。一群跃跃欲试的未来明星们众星捧月般地围绕在昔日的电影红星朱焰的四周，成为公园深夜里最亮丽的一道景观。《满天里亮晶晶的星星》的现实布景是深夜里的公园，《满天里亮晶晶的星星》在众人心目中的布景却是那个光芒四射的大屏幕。

像好莱坞"梦工厂"的称谓就指示了电影所具有的超越于日常现实生存的维度，在相当大程度上，"梦"也就是电影人最大的生存现实。朱焰曾经在20世纪30年代的上海滩创造过极为辉煌的"梦"，这个"梦"也逐渐侵蚀了其现实生存的领地，最终成为其生命的全部，以至于在默片时代结束，其电影生涯走向没落以后，他的"生命"也即宣告结束："可是朱焰死得早，民国十九、二十、二十一——三年，朱焰只活了三年——"❶英雄与凡人最为根本的不同在于，英雄对某种或某些意义客体都无一例外地表现出近乎偏执的喜好和固守，以至于在其生命中获得了远远大于其肉体存在的重要性，成为一种超我式的存在，如《岁除》中"台儿庄

---

❶ 白先勇：《台北人》，花城出版社2000年版，第135页。

战役"之于赖鸣升、《梁父吟》中"武昌起义"之于朴公都远远超出了某一具体历史事件的范畴,而成为建构其意义体验的重要资源。但对于赖鸣升、朴公们来说,意义客体虽然重要,却尚不能侵占其肉体生存的空间,所以他们得以在数十年后以怅惘感叹却又自豪无比的语气谈论那段历史往事。也正是在这种意义上,朱焰展现了堪称极端化的"英雄"行为,意义客体内化为其生命本身,当作为上海明星公司的当红小生红遍了半边天在现实中逐渐远去,无法再对其进行意义化以后,他的生命也就只剩下了一副躯壳,只活了三年就死亡了。在小说中之所以不见"教主"对朱焰时代的追怀,其辉煌的历史经由黑美郎打听才为众人所知,就是因为"教主"对"朱焰"的置换并不仅仅是一种符号性行为,"朱焰"与"教主"之间横着一条无法跨越的"生命"鸿沟,已堪称阴阳相隔。

在朱焰梦断有声电影时代,其自身的生命意义全失以后,他用了另外的方式去完成对于意义客体的不断趋附,这种对一种超越性生活的永久性渴望与追求,显示的正是其作为一个真英雄的本色。这另外的方式就是他持续了大半生的造星行动,复制另一个朱焰在大屏幕上闪光成为他后半生的新梦。这个造星行动始于上海,在台北更是继续不辍。为了重拍《洛阳桥》,朱焰不惜倾家荡产,终于捧红了后来被人称为"朱焰的白马公子"的姜青,在《洛阳桥》在上海大光明轰动开演的那一刻,朱焰似乎看到了自己的复活。但姜青不久在一次车祸中惨死,使朱焰再次梦断上海滩。在姜青事件中,有一位叫林萍的至关重要的女性,她的身份也是一名电影演员,却被朱焰称为不祥之物,朱焰认为正是因为她与姜青的恋爱关系才导致了姜青的横遭不测。林萍的尤物形象恍然是"风尘女性"在"英雄"文本的幽灵再现。我们不会忘记，尹雪艳与金大班都曾经为患上海滩，害得无数家庭家破人亡。《满天里亮晶晶的星星》对红颜祸水的形象重塑也再次彰显了小说家极为保守的女性观念，而"美人"在小说中与"英雄"的悲剧性交集则重述了"英雄气短，儿女情长"的传统文化主题。到了台北，成了"教主"以后，似乎一意要匹配其"教主"的身份，朱焰的造星行动一如既往，一天晚上由于其对一个标致男生具有骚扰嫌疑的追踪拥抱而被警察以有伤风化的罪名抓捕入狱，"大概他在狱里吃了不少的苦头，刑警的手段往往很毒辣的，尤其是对待犯了这种风化案的人"。❶"有伤风化"正是"凡人"式的生存观念对"英雄"式的生存方式所作的道德宣判。刑警之所以对实际上并没有构成犯罪的"有伤风化"的行为有一种偏离了职业理性、并带有主观意念式的"特别痛恨"，是因为刑警的职责为维护日常凡俗人生的正常运行，朱焰式的行为却欲从价值根基上颠覆这样的状态。在小说最后，因为在狱中遭受酷刑而变得脚步一瘸一拐的朱焰——"教主"搂着一个面容异常姣好，脚步却同样一瘸一拐的小男孩"蹭蹭到那丛幽暗的绿珊瑚里去"❷，这也成为这位独特的"民国英雄"最后的形象定格。

发表于1970年的《冬夜》的中心事件则开启了中国现代史的五四运动。作为中国现代史的肇始性事件，五四运动

---

❶ 白先勇：《台北人》，花城出版社2000年版，第139页。

❷ 白先勇：《台北人》，花城出版社2000年版，第139页。

注定是各类叙述机制争逐的战场。在大陆官方的正史性叙述中，五四运动是中国革命从旧民主主义走向新民主主义的开端，无产阶级从此走上了历史的舞台，因此它被视为一个具有政治发生学意义的事件。五四运动的现代发生学品格几乎是各类叙述机制所达成的一种叙述认同，将其视为中国现代史的肇始性事件本身已经内含了此种逻辑在其中，但这些叙述机制仍是在属于各自的框架与层面上来叙述这种品格的，这些五花八门、形色各异的"五四"叙述构建了在中国现代学术史上蔚为壮观的"五四学"研究。以叙述为本位的小说创作与"五四"的纠结缠绕在中国现代小说史亦非罕见，成为现代小说史上极为重要的原型性叙述之一。这些小说叙述与各类"五四"叙述模式之间也同样表现出一种复杂的纠结缠绕关系，它们或者互相论证，或者相谐共生，或者冲突碰撞，共同缔造了中国现代思想文化史上的"五四"景观。

《冬夜》仍然采取叙述分层的叙述机制，小说在第一层叙述中讲述了在台北某大学教授英国时期浪漫主义文学的余钦磊与享誉国际历史学界的吴柱国这两位昔日的北大同窗、五四运动的"主将"在多年未见以后重新相聚的情形，时间是一个下着淅淅冷雨的冬夜，地点在余钦磊的家中。因为是久未谋面的昔日同窗，所以叙旧成为两人相聚时的中心主题，"五四"及两人的后"五四"时代的生活在这样的叙旧对谈中逐步呈现出来，这也构成小说的第二层叙述。

小说现在时刻的余钦磊与吴柱国都到了即将退休的年龄，可谓已经度过了大半的人生岁月，可追忆的往事不在少数，而五四运动被设置为两人往事追忆的起点，这无疑并非小说叙述的偶然之举。在这样的叙述格局中，个体生命取得了与历史时间的同构性，在中国现代史上具有发生学意义的五四运动同样被赋予了之于个体生命的发生学意义。按照更为普遍的观点，个体生命的"发生期"发生在一个人的童年时期，童年构筑了一个人思想行为的"原型"，构成个体生命的"轴心时期"（继春秋战国以后，中华民族历史上的第二个轴心时期其实也是中国现代思想文化学界对"五四"的普遍命名）。《冬夜》中个体生命的"发生期"向历史"发生期"的皈依，一方面彰显了"五四"对于中华民族所具有的巨大影响力，这种影响力深刻地改变了国人的个体生存与行为方式，另一方面同样也可以视为小说家深挚的史诗情结与家国意识在《冬夜》中的文本呈现，个体行为只有融入一个民族的历史进程之中才被认为有意义，也才被认为是值得叙述的。在两人对谈中所呈示的五四运动恍若是大陆某些历史教科书中"五四"历史叙述的场景化再现，打倒曹陆章、火烧赵家楼以及"还我青岛"成为两者所共同拥有的关键词，这种不谋而合也进一步彰显了国人的"五四"集体认同。

小说中五四运动的讲述者虽是余钦磊与吴柱国两人，但五四运动的英雄谱却并非只有两人组成："……就拿这几个人来说：邵子奇、贾宜生、陆冲、你、我，还有我们那位给枪毙了的日本大汉奸陈雄——当年我们这几个人在北大，一起说过些什么话？"❶ 这些当年风华正茂、意气风发的北大学子在 1919 年 5 月 4 日的个人行为不期然进入中华民族的宏大历史进程当中，其生命的价值意义也在那一刻得以重新定

---

❶ 白先勇：《台北人》，花城出版社 2000 年版，第 168 页。

位,在以后相当长的时间之内,他们共同的身份只是"五四人"而已。"五四"无疑已成为纠缠他们一生的情意之结,也成为他们以后人生道路选择的最大参照。历史也正是在此显露出其对于个体生存的巨大讽刺。当1919年5月4日这样一个具体的物理时间之点逐渐远去,进入"后五四"时代以后,当年"五四人"的人生情状也就发生了翻天覆地的变化。曾经带头宣誓"二十年不做官"的邵子奇官做得比谁都大,昔日同窗相见已是无言以对;在五四运动中,身穿丧服,举着"曹陆章遗臭万年"的挽联,在街上游行的陈雄自己在抗战时沦为汉奸,抗战胜利之时被枪毙了;割开手指,在墙上写下"还我青岛"的贾宜生晚年贫病交加,生活潦倒,敏锐的思想也消磨殆尽,最后跌落到阴沟中凄惨死去;第一个爬进赵家楼,挤掉了鞋子,打着一双赤足,满院子乱跑,一边放火的余钦磊背负着"在台湾守在教育的岗位上,教导我们自己的青年"[1]的名声,却用尽一切手段争取去美国的奖金,以偿付因为送儿子去美国读书而欠下的债务;领队游行扛大旗,跟警察打架,把眼镜也打掉了的吴柱国戴着国际历史学术权威的高大帽子,出版了一本本写满空话的唐代研究著作,目的不过是应付美国的大学制度,以作评定职称之用。这些当年的"五四"英雄们在他们的"后五四"时代可谓展现了形态各异的人生轨迹,却无一例外违背了他们的"五四"行为初衷。这种巨大的人生落差已经远远无法用"物是人非"的存在感慨进行描述,而毋宁说它出自个体生命的一己选择。当《台北人》"英雄系列"其他作品的主人

---

[1] 白先勇:《台北人》,花城出版社2000年版,第173页。

公面对流逝的时间禁不住发出英雄老去的自悯自怜之时，《冬夜》中的"五四"英雄们已对自己的往昔与现在进行了一番自省与追悔。这种知识分子式的自觉在文本中的渗入使《冬夜》在《台北人》"英雄系列"中的独异地位愈发凸显出来，而不仅仅表现为一种人物身份的差异（文人与武夫）。

无独有偶，鲁迅也在《自选集·自序》（《南腔北调集》）中曾经感慨地写道："后来《新青年》的团队散掉了，有的高升，有的退隐，有的前进，我又经验了一回同一战阵中的伙伴还是会这么变化……"❶这自然是可与《冬夜》相互佐读的绝佳文字。两位在思想主题与艺术风格上皆存在巨大差异的中国现代小说史上最为杰出的小说家相隔30多年以如此相似的文字来叙述"后五四"时代"五四人"的人生变迁并非偶然。两人在追怀（追慕）壮怀激烈、高度"共名"的"五四"英雄岁月之余，同时也深刻地意识到后"五四"时代不断平庸化的现实，"五四人"以其自身的所作所为不断侵蚀着"五四"的建设成果，使"五四"仅仅成为一场繁华旧梦。

这场繁华旧梦在《冬夜》中还被进一步具象化为女性的形象。小说现在时态的余钦磊太太是一个肥胖硕大的妇人，天天沉迷于麻将桌上。小说开场的她正匆忙去隔壁赶赴牌局，对丈夫昔日同窗的即将到来置若罔闻。这正是"五四"英雄们在"后五四"时代平庸的现实生存处境最为形象化的写照。与其形成鲜明对照的是一个叫雅馨的女人。"五四"当年，余钦磊与他的那些北大同窗们被关在学校里不准出门

---

❶ 鲁迅：《南腔北调集》，人民文学出版社1958年版，第34页。

之时，许多女学生前来慰问。正是在那时，他结识了当时有女师大"校花"之称的雅馨，并与其结成伴侣，他们的情侣组合被称为中国的罗密欧与朱丽叶。后来，雅馨去世，罗密欧与朱丽叶式的情爱故事也渐成为余钦磊个体生命中的前尘往事。余钦磊在不断平庸化的现实生存处境中对雅馨的思念与追忆使雅馨成为"五四"时代的一种象征性存在。

《国葬》发表在1971年《现代文学》第43期，这篇小说的发表意味着"台北人"系列小说写作的最终完结。葬礼的题材以及在发表时间上的殿后都使《国葬》在"台北人"小说系列中的结语地位无可撼动。

一个人能够获得国葬的待遇，足见其地位的崇高，《国葬》的标题本身已经透露这仍然是一个关于民国英雄的叙述文本。葬礼的主人李浩然与小说家的父亲白崇禧将军在身份地位、性情品格以及人生轨迹上多有相似之处：国民党陆军一级上将与四星级上将；性情刚烈倔强；北伐与抗战屡建奇勋；内战最后一役被迫退守于海南孤岛，仍无法逃脱被全歼的下场；花莲打猎受伤；夫人先于几年去世；最后暴病身亡。白先勇在1981年完成长篇小说《孽子》后长期中断了小说的创作，在相当长的时间内将主要精力用于其父白崇禧将军传记的写作当中，《国葬》在某种程度上可说是为此作出的叙述预演。这种将一个在中国现代史上占有重要地位的人物的经验人生过多地写入小说文本的叙述策略也进一步凸显了小说家根深蒂固的史诗情结，同时也进一步巩固了《台北人》"英雄系列"小说所具有的"民国史"品格。

《国葬》的视角人物是一个叫秦义方的老副官，他早年跟随自己的长官李浩然将军南征北战，即使在退居台湾以后也伴随将军多年，负责照顾将军的日常行为起居，这使其成为李浩然一生事迹最具权威性的讲述者。叙述者的合法性问题一直是白先勇小说创作的敏感区域，其早年失之于散漫无度的小说创作，也正因为他过于注重为小说的视角人物取得合法化叙述的资源，以至于每有喧宾夺主之嫌，如《金大奶奶》与《玉卿嫂》；其深具史诗品格的"英雄系列"小说更是再次将此问题显露无遗，这个小说系列的第一篇作品《岁除》中的主人公赖鸣升因亲身经历者的身份而以台儿庄战役权威的叙述者自居，从而对台儿庄战役的课堂讲述嗤之以鼻。也正是出于叙述者合法性身份的考虑，《台北人》"英雄系列"的每一篇作品无一例外地设置了相对于主人公故事的强大的纯叙述层面，以使民国英雄的故事讲述显得更加有理有据。作为一切历史性叙述的题中应有之义，叙述者的合法性问题在《台北人》"英雄系列"小说创作中的凸显使不唯在人物题材上，也在叙述机制上铸造了这些小说的民国史诗品格。

《国葬》中所塑造的李浩然形象是一个一生战功赫赫、崇尚武力的将军：在北伐战场上所向披靡，从广东一直打到山海关；抗战时亦屡建奇勋，小说结尾所呈现的抗战胜利、还都南京拜谒中山陵的宏大场面征显了其一生最为辉煌的时刻；即使在兵败海南岛，随国民党流落台湾无仗可打以后，仍不顾年老体衰，以打猎的方式聊以慰藉英雄胸臆；儿子从军校装病退学，远走美国的行为，更是让他大发雷霆。李浩然一生尚武，但前后半生与武力的关系却截然不同：前半生的他驰骋疆场，是军事武力的驾驭者；三年内战，最后一役，兵败海南岛，使他失去了继续在军事战场上建功立业的机会；其在台湾的打猎行为正是对打仗的符号性替代，他与武力之间渐渐只具有了一种虚拟性关联；他对儿子的期待仍然是一种补偿性行为，冀此完成尚武接力，以达未遂心愿。小说以秦义方回忆的形式呈现了李浩然从家乡出征一直到台湾客死他乡的一生运行轨迹，对其他的人生片段都不过是点到为止，却用了相当多的篇幅来讲述可视为其一生转折之点的海南岛一役。这样的叙述策略使《国葬》在前面"英雄系列"作品中所一以贯之的时间怅惘与存在感叹的主题之外又平添一份悲剧色彩，民国英雄在奋斗之年的创伤性经历成为其一生无法释放的心结，以至于在老去之时，已不见他们对辉煌岁月的追忆，只剩下对平生恨事的追悔。

白先勇在《白先勇与青年朋友谈小说》中曾经谈到自己的小说创作与张爱玲在风格差异上的一个重要方面："她很细致，她比我要细多了，写一个椅子，她可以写一页，哈……真会写，生花之笔……哈……一件事情可以长篇大论的写下来，她是厉害地不得了……很细致，很细致，我想我比她粗枝大叶得多。"❶ 这里面其实涉及叙述学中极为重要的时长变形的问题。恰特曼曾总结出在叙述中底本与述本时间长度变化的五种基本模式：

省略：述本时间＜底本时间，因为述本时间＝0

缩写：述本时间＜底本时间

场景：述本时间＝底本时间

延长：述本时间＞底本时间

---

❶ 白先勇：《第六只手指》，花城出版社2000年版，第284~285页。

停顿：述本时间 > 底本时间，因为底本时间 = 0[1]

赵毅衡认为："只有在一种情况下，我们可以假定述本时间等于底本时间，那就是加引号的直接引语，照录全部对话，或是人物的内心独白，例如《尤利西斯》最后布鲁姆的妻子毛莉的长篇沉思。因此，看起来与这种情况占有篇幅比例差不多的描写就可以算'场景'，而差得太多，就是缩写或延长。至于省略或停顿，那明显，容易认出。"[2] 现在时态叙述在《台北人》"英雄系列"小说中属于小说次叙述，其最为明显的叙述现象就是直接引语式叙述的广泛运用（《国葬》则是以内心独白为主），这也正是白先勇对于其所推崇的中国传统小说对话式的戏剧之法所做的致敬行为。只是由于这一层面的叙述不过充当了相对于主叙述的纯叙述层面，主叙述则以极为有限的文本篇幅展示了民国英雄们波澜壮阔的大半生岁月，因此通观整个小说文本，"英雄系列"小说其实是极为典型的省略与缩写叙述之法，即所谓"粗枝大叶"的叙述方式的应用标本。张爱玲以一页篇幅来写一个椅子的极为"细致"的叙述风格，则是典型的停顿式叙述。张爱玲小说素以对场景的生动呈现见长，停顿式叙述不过是将其推向极致的一种表现。白先勇的小说创作，尤其是《台北人》"英雄系列"小说与张爱玲的小说创作在时长变形上所展示的巨大差异是两人风格差异极为重要的方面，这种差异

---

❶ 赵毅衡：《当说者被说的时候》，中国人民大学出版社1998年版，第92页。

❷ 赵毅衡：《当说者被说的时候》，中国人民大学出版社1998年版，第92页。

在某种程度上也是中国叙述传统中的正史叙述与话本叙述的差异，"美国汉学家浦安迪研究中国小说后，认为减慢实际上来自叙述的口讲故事传统，而加快则来自历史写作传统"。❶ 张爱玲及白先勇与中国传统小说之间所具有的深刻渊源已为文学研究界所公认，但两者之间所存在的具体差异却甚少为人提及。通过上面的分析可以看出，白先勇的小说创作尤其是《台北人》"英雄系列"小说在时长变形上正是中国历史叙述传统的忠实践履者，这也进一步彰显了《台北人》"英雄系列"小说乃至于白先勇整体小说创作在叙述机制上的史诗性质。

四、"凡人系列"与"展开"叙述

《台北人》向以对英雄美人故事的凄婉呈现而被"左翼"批评家所诟病。这其实并不令人感到奇怪。众所周知，"五四"新小说传统是在对帝王将相与才子佳人式的旧小说传统的批判与摒弃下建立起来的，凡俗百姓与英雄美人的角色替换一向被认为是现代小说的重要表征之一，解放区文学及大陆十七年文学与"文革"文学时期的小说创作更是达到了唯工农兵题材是从的地步。"左翼"批评家操持着"五四"以来新文学的创作题材理念，对《台北人》极尽批评之能事，这无疑是必然之事。也正是这样的批评声才促使一系列为《台北人》的人物题材辩护的声音出现，欧阳子所提供的《台北人》极为详备的人物图谱应是最有代表性的："《台北人》之人物，可以说囊括了台北都市社会之各阶层：从年迈

---

❶ 赵毅衡：《当说者被说的时候》，中国人民大学出版社1998年版，第96页。

挺拔的儒将朴公(《梁父吟》)到退休了的女仆顺恩嫂(《思旧赋》),从上流社会的窦夫人(《游园惊梦》)到下流社会的'总司令'(《孤恋花》)。有知识分子,如《冬夜》之余钦磊教授;有商人,如《花桥荣记》之老板娘;有帮佣工人,如《那血一般红的杜鹃花》之王雄;有军队里的人,如《岁除》之赖鸣升;有社交界名女,如尹雪艳;有低级舞女,如金大班。"❶这样的人物图谱自可在一定程度上回应"左翼"批评家对《台北人》人物题材的抨击,却不意陷入对方的逻辑圈套当中。欧阳子对《台北人》丰富的人物形象类型的推举,在某种程度上仍然遵循了"左翼"批评家所操持的创作题材理念逻辑。如果我们拒绝接受"左翼"批评的创作题材理念逻辑的判罚,《台北人》在英雄美人的故事之外究竟还写了什么人物题材也许就显得不那么重要了。

《台北人》中英雄美人故事之外的"台北人"故事,可用一个与"英雄美人"具有对照意义的名字——"凡人系列"来加以指称,这也是继"风尘系列"与"英雄系列"之后笔者将要读解的另一个其实也是最后一个《台北人》系列小说类型。这个小说系列包括《一把青》(1966年)、《那片血一般红的杜鹃花》(1969年)、《花桥荣记》(1970年)三篇小说。这三篇小说统一采用了第一人称的叙述手法(整部《台北人》14篇小说中只有4篇采用的是第一人称的叙述手法,另外一篇是被放入"风尘系列"中读解的《孤恋花》。也正由于第一人称手法的运用,使在"风尘系列"中写作时间上最晚的《孤恋花》消弭了弥散在其他三篇"风尘

---

❶ 欧阳子:《台北人》,花城出版社2000年版,第193页。

小说"中的魅惑气息,兼有凡人生活书写的某些特质。第一人称的主体式叙述策略正是为历史祛魅使其回归于日常状态的最佳方式之一。所谓"凡人小说"的"凡人"特质,也并不是仅仅由其人物题材所决定的,在相当大程度上而是此种叙述方式的叙述结果),并且在故事叙述的时间长度上一律采用了"展开"式的叙述策略,与"英雄系列""转折点"式的叙述策略形成鲜明的对照。其实"展开"式的叙述策略同样是"凡人小说"获取"凡人"特质的重要手段,因为不同于"转折点"式叙述以意义作为叙述的中心,"展开"式叙述中的"整体意义是慢慢建立起来的"。这也使对于此类小说中的人物来说,意义远远没有像对于那些英雄人物那样重要。另外,"凡人系列"小说也统一取消了叙述分层的叙述机制。虽然与"英雄系列"小说一样,叙述者在小说中同时兼具小说人物的身份,但由于小说取消了在相当大程度上只是充当了纯叙述层面的叙述场景,小说主次叙述的区分界限也就随即消失了。"凡人小说"系列以故事的顺时推延展开叙述,小说人物的命运在繁复的叙述时间中得以慢慢呈现而出。

《一把青》在发表时间上紧跟《永远的尹雪艳》,同样也是《台北人》("台北人"系列小说的顺序编排与小说本身的发表顺序之间有很大的出入)的第二篇作品。似乎是刻意要与尹雪艳的尤物形象划清界限,小说的主人公朱青从出场首先被强调的是其单纯朴实拘谨的少女形象:"原来朱青却是一个十八九岁颇为单瘦的黄花闺女,来做客还穿着一身半新旧直统子的蓝布长衫,襟上掖了一块白绸子手绢儿。头发也没有烫,挽得整整齐齐的垂在耳后。脚上穿了一双带绊的黑皮鞋，一双白色的短统袜子倒是干干净净的。我打量了她一下，发觉她的身段还未出挑得周全，略略扁平，面皮还泛着些青白。可是她的眉眼间却蕴着一脉令人见之忘俗的水秀，见了我一径半低着头，腼腼腆腆，很有一股教人疼怜的怯态。"❶"心性极为高强，年纪轻，发迹早，不免有点自负"❷ 的、具有未来民国英雄面相的郭轸舍弃众多容貌不凡、摩登时尚的女孩儿（迟暮美人的少女时代），却独钟在各个方面都极为平凡的朱青，这在相当大程度上也可视为《一把青》隐指作者的意图贯彻，显示了相对于《永远的尹雪艳》所发生的叙述转移。

朱青的故事被放在两个具有明显界限的时间段内进行讲述，即大陆（南京）时代和台湾（台北）时代。小说虽以白光名曲《东山一把青》作为标题，但在小说的前半部分并没有出现关于《东山一把青》的叙述。《东山一把青》亮相于小说文本的后半部分，它也是构成小说后半部分极为关键的叙述质素。在小说后半部分，主人公再次出场，正是其在舞台上演唱《东山一把青》，小说也同样以朱青哼唱《东山一把青》的叙述场景来结尾，《东山一把青》对小说主题意旨的指示意义毋庸置疑。这首曾经传唱于中国第一个现代大都市上海的一代名曲在主题格调上极为中国化，带有相当浓厚的民间小调意味：

> 东山哪，一把青。

---

❶ 白先勇：《台北人》，花城出版社 2000 年版，第 20 页。

❷ 白先勇：《台北人》，花城出版社 2000 年版，第 20 页。

> 西山哪,一把青。
>
> 郎有心来姐有心,
>
> 郎呀,咱俩儿好成亲哪——
>
> 嗳呀嗳嗳呀,
>
> 郎呀,咱俩儿好成亲哪——❶

　　朱青与郭轸在小说的前半部分上演了一段凄绝哀怨的爱情故事,正是对《东山一把青》中女性如泣如诉的情感告白的绝佳演绎。朱青与郭轸之间的情感历程,以郭轸对朱青的情有独钟开始,以朱青对郭轸之死哀痛欲绝的表现终结,几乎全盘颠覆了"女为悦己者容,士为知己者死"的中国古训。朱青的相貌在郭轸交往的女孩子中间最是稀松平常,却得郭轸青睐,自是对传统中国女性只是悦人者的地位的改写。小说用了大量的文字叙述郭轸对朱青近乎疯狂的追求和迷恋,其中最为极端的例子就是他在练机的时候飞到朱青在读的金陵女中的上空打转,因此被记了过,革除了小队长的职务,他自己对"我"的解释是:"师娘,不是我故意犯规,惹老师生气,是朱青把我的心拿走了。真的,师娘,我在天上飞,我的心都在地上跟着她呢……"❷ 相比于郭轸,朱青在这场情爱中的起始表现却显得颇为被动,表现出的只是一个被追求者的形象,这也使朱青以后对郭轸近乎如出一辙的迷恋具有一种回应后者的意味。对朱青来说,郭轸首先是一个"知己者",然后才是一个恋人,因此她在郭轸死后欲以

---

❶ 白先勇:《台北人》,花城出版社 2000 年版,第 29 页

❷ 白先勇:《台北人》,花城出版社 2000 年版,第 22 页。

死相随的表现在某种意义上正是一种"女为知己者死"。

朱青在郭轸的导引下慢慢进入情感的沉浸状态，情感在其生命中逐渐获取了一种"意义"的地位，所以她在之后才能有超越于日常的行为表现，这也正是小说对巴尔所谓的"意义是慢慢建立起来的""展开式"的叙述方式的生动展示。如果小说只是停留于此，让已获取了一种"意义"地位的情感继续主宰主人公的后半生，并成为小说后半部分的主题，朱青也许就不能仅仅被视为一个"凡人"，因为只有英雄才能够在日常生活中也"将崇高的整体性意义直接书写在言行里"。当然，朱青只是一个"凡人"，所以才有了其在小说后半部分的巨大转变。也许，"意义"在慢慢建立起来以后又慢慢地稀释于日常凡俗人生的生计奔走中，才更加符合一个"凡夫俗子"的本来面目，其实也正是后者才让一个人真正长大成人。

在小说的后半部分，《东山一把青》虽然被主人公反复哼唱，但其实际的日常生存状态已与《东山一把青》的意旨无涉，两者之间所具有的游离关系在相当大程度上暗示了朱青在小说后半部分所发生的巨大转变。朱青在小说前半部分对"意义"化情感的生命投放使其生存进入一种"东山一把青"式的生命情景中，《东山一把青》不再具有他者化的地位，因此在小说的前半部分，作为歌曲意义上的《东山一把青》并没有出现在文本叙述中。《东山一把青》在小说后半部分不断被歌曲化正源于其已无法被主人公生命化，对于朱青的后半生，《东山一把青》已只具有符号的意义。小说在后半部分将朱青置于一种与前半部分极为相近的生活情景当中，小顾在形象气质、职业身份与命运结局上几乎是郭轸的翻版,但朱青已非"朱青",所以其对小顾之死只是淡然视之,已全无一种生命的痛感投放在其中。一段情感戛然而止,但生活还是照常进行,这种日常生活对于情感所具有的意义维度的有效稀释也最终铸造了《一把青》的"凡人"品格。

《台北人》"凡人"系列小说的另外两篇作品《那血一般红的杜鹃花》与《花桥荣记》分别写了一个帮佣工人和小学教师的故事。从主人公的身份职业上,它们无疑是极为典型的"凡人"小说类型,但由于两位主人公都无一例外地表现出对某种或某些事物的偏执态度,这种态度最终导致了他们的横死,因此使这两篇小说无法获得与《一把青》同样意义上的"凡人"品格。《一把青》中的朱青在生活的历练中成功蜕变,所以在小说的最后她还能佻跶地活在人世间,《一把青》鲜明的"凡人"品格正依赖于对主人公朱青的形象塑造。与《一把青》相比,《那血一般红的杜鹃花》与《花桥荣记》在文本叙述中引入了更为丰富的凡人生活因子,这些因子构筑了两位主人公现实的生活处境,俗世的生存与主人公偏执的性格之间所造成的冲突也正是这两篇小说的叙述中枢所在,而小说主人公的最后横死则彰显了小说所内含的凡人式逻辑。

《那血一般红的杜鹃花》主人公王雄的命运悲剧根源自然是其本人所具有的偏执的悲剧性格,在其悲剧性格命运化的过程中却有一位至为关键的他者性人物存在,这个人就是小说的另外一个重要人物——丽儿。丽儿的身上曾经一度承负了王雄对于昔日的大陆生活的思念与眷恋以及对一种纯真状态的执着渴望与追求。丽儿在小说中第一次形象显露被刻意强调的正是其天真烂漫的孩童气质：

> 可是丽儿的模样儿却长得实在逗人疼怜，我从来没有见过哪家的孩子生得像她那样雪白滚圆的：圆圆的脸，圆圆的眼睛，连鼻子嘴巴都圆得那般有趣；尤其是当她甩动着一头短发，咯咯一笑的时候，她那一份特有的女婴的憨态，最能教人动心，活像一个玉娃娃一般。❶

丽儿在形象气质上与王雄在湖南老家的那个"长得白白胖胖，是个很傻气的丫头"的童养媳的契合，使丽儿成为将王雄不断"引渡"到其大陆青葱岁月的桥梁。在台北遥想他们的大陆时光同样也是"英雄系列"和"风尘系列"小说中的人物现在时态的重要生活内容，只是遥想的重点与王雄不尽相同而已。由于那些老去的"英雄"与迟暮的美人们在大陆度过的是他们人生中最为辉煌的一段时光，因此以无比感慨的心情追忆那段繁华旧梦就成为这些现在台北人打发人生残余岁月的最佳方式。大陆对于他们来说，更多的只是一片曾经成就了其功名利禄和绮靡风华的"风水宝地"，作为家园的意义却在相当大程度上被抹煞了。《那血一般红的杜鹃花》是"台北人"系列小说中仅有的两篇修复了"大陆"对于"台北人"所具有的故乡意义的作品之一（另一篇是同属于《台北人》"凡人"小说系列的《花桥荣记》）。比之于英雄功名与美人风华，故乡无疑是更具人类普遍意义的书写主题。在这里，"凡人"与"普通"之间的相得益彰使《那

---

❶ 白先勇：《台北人》，花城出版社2000年版，第65页。

血一般红的杜鹃花》进一步逃离"英雄美人"的题材限定，将其具有的"凡人"品格愈发彰显出来。

丽儿这位满足了其故园想象与情感投放的人物成为孤身一人流落海岛的王雄日常生存的价值依托，两人之间其乐融融的嬉戏场面也是小说前半部分的叙述主体。丽儿考上中学的事件将《那血一般红的杜鹃花》整个文本叙述分成了前后两个部分，以一脸憨态在小说中露面的丽儿从此正式长大成人，成为凡人生活逻辑最为忠实的实践者。丽儿在考上中学后对王雄的拒斥源于其日渐清晰的身份自觉。作为一个长大成人的富家小姐，主仆有分的世俗概念成为丽儿重新处理与王雄关系的指导思想，小说所具有的凡人特质在相当大程度上也正是由此铸就的。《一把青》里的朱青在小说后半部分的蜕变还带有浓重的被迫意味，大时代的风雨飘摇使朱青做一个民国英雄夫人的生活规划落了空。丽儿的人生蜕变则因为发生在和平时期而具有更为普遍的意义，丽儿的个人行为实际上展示了几乎所有凡夫俗子的人生演化轨迹。

与长大成人后的丽儿一起构筑了《那血一般红的杜鹃花》强大的世俗情景的是，与王雄一样同为丽儿家仆人的喜妹。喜妹与王雄之间的冲突是小说的另一个叙述重心："舅妈说，王雄与喜妹的八字一定犯了冲，王雄一来便和她成了死对头……"❶ 喜妹作为一个极肥壮的女人，本身具有满足王雄对其故乡恋人成人化想象的先天素质，却由于其恶俗的举止而为王雄所深恶痛绝。王雄在小说最后对喜妹的暴力袭击自然可以视为其对于凡人生活方式的自觉反抗行为；然而

---

❶ 白先勇：《台北人》，花城出版社2000年版，第70页。

遭受了暴力袭击的喜妹仍然顽强地活在了人世间，暴力的施展者王雄却只能暴死海边，这种命定性所显示的恰是凡人生活逻辑的强大。

《花桥荣记》以对故土与初恋等具有人类永恒性主题意象的书写而成为"台北人"系列小说中极为独特的一篇作品。故土与初恋的主题意象在《那血一般红的杜鹃花》中已有初步显露，但还远远没有成为叙述的中心所在。王雄与卢先生因为此类主题意象而成为《台北人》人物谱系中的同类者，却又因为两篇小说在叙述细节上的巨大不同而分道扬镳。

与《那血一般红的杜鹃花》中的叙述者"我"更多的只是承担了一个叙述者的功能不同，《花桥荣记》中的叙述者"我"对自身的叙述是构筑小说主题意旨的重要组成部分。"我"的身份是一家米粉店的老板娘，靠着做一手地道的桂林风味的米粉在台北谋生，这也使这家小小的米粉店成为众多在台北的广西老乡的重要聚集地。米粉店以对广西——桂林特有的地域生活情景的空间复制接通了一众被迫取得"台北人"身份的广西——桂林人的故乡记忆，叙述者"我"关于故乡桂林的叙述由此得以展开。小说中充满了"我"对桂林礼赞式的叙述，这无疑是其根固蒂深的故乡情结的释放行为。小说的主人公卢先生也正是以一个桂林人的典型代表身份进入小说叙述前沿的："包饭的客人里头，只有卢先生一个人是我们桂林小同乡，你一看不必问，就知道了。人家知礼识数，是个很规矩的读书人，在长春国校已经当了多年的国文先生了。他刚到我们店来搭饭，我记得也不过是三十五

六的光景,一径斯斯文文的……"❶

在台北,叙述者"我"与魂牵梦绕的故乡桂林最为切实的关联就是作为谋生手段的米粉店,这种将故乡风物现实逻辑化的行为显示了"我"在强大的生存压力面前做一个"凡人"的高度自觉。与《一把青》中的朱青与《那血一般红的杜鹃花》中的丽儿一样,其身上所具有的"凡人"特质也是通过向着"凡人"生活方式的逐步蜕变来呈现的:"可是你看着你婶娘,就是你一个好榜样。难道我与你叔叔还没感情吗?等到今天,你婶娘等成了这副样子——不是我说句后悔的话,早知如此,十几年前我就另打主意了……"❷ 情感的信守在强大的现实逻辑面前尽显苍白,最终证明那只是一种毫无意义的行为。"我"既后悔自己十几年白白的坚守,所以对与自己命运相似的侄女秀华的鼓动行为就有一种补偿性意义在其中:"你和阿卫有感情,为他守一辈子,你这分心,是好的。……就算阿卫还在,你未必见得着他,要是他已经走了呢?你这番苦心,乖女,也只怕白用了。"❸ 秀华在这样的鼓动下终于成功蜕变,在经历了与卢先生的一段小小插曲后,顺利地再嫁给了"一个很富厚的生意人"。现实中的"富厚的生意人"与记忆中的军人的替换,无疑是"凡人"式生活逻辑的又一场胜利。

被视为桂林人典型代表的卢先生与故乡桂林的联结方式却表现出与"我"殊为不同的特点,因为其中功利性的被驱

---

❶ 白先勇:《台北人》,花城出版社2000年版,第115页。
❷ 白先勇:《台北人》,花城出版社2000年版,第116页。
❸ 白先勇:《台北人》,花城出版社2000年版,第116页。

除而使卢先生的故乡情结具有浓厚的原乡意味。卢先生在台北的谋生手段是在长春国校教授"国文",与其故乡桂林并无关涉,而实际上"桂林"填充了其在台北的大部分日常生活空间。在"我"开的米粉店里长期包饭自然是其中极为重要的一个方面,因为,作为小说标题的"花桥荣记"(米粉店名)也同样充当了小说叙述的叙述端点,卢先生也是以米粉店众多客人中间的一个的身份进入小说叙述的。与其他客人不同的是,卢先生是其中唯一的桂林人,并且是"一看不必问,就知道了"的桂林人。虽然叙述者"我"的老板娘身份表明了在相当大程度上"桂林"对于"我"来说更多地只具有一种现实意义,卢先生却以其"知礼识数,斯斯文文"的形象满足了"我"对故乡桂林礼仪教化之地的原乡式想象。现实生存中"我"与卢先生之间所发出的不和谐之声("我"极力撮合"我"的侄女秀华和卢先生,卢先生却以已经在大陆订婚为由坚决拒绝,以致"气得我浑身打颤,半天说不出话来,天下也有这种没造化的男人!"❶)正源于与在"我"身上故乡记忆与现实操作处于一种分裂状态不同,卢先生欲将对故乡桂林的情意之结彻底日常生命化。卢先生对于初恋情人的忠贞不移一方面自然可以视为小说原乡主题的象征化形态,另一方面也是对桂林所谓礼仪教化之地的个人化展示。

以"我"为代表的现实生活逻辑的实践者构筑了《花桥荣记》文本世界强大的世俗生活情景,更因为"我"所具有的小说人物兼小说叙述者的双重身份,小说的"凡人"品格

---

❶ 白先勇:《台北人》,花城出版社 2000 年版,第 1 页。

愈发显露无遗。但"我"的命运与卢先生的命运之间自始至终并无实质性的交集,当"我"劝说卢先生做"我"的侄女婿时,卢先生拒绝的态度足称坚决。卢先生在小说前半部分叙述中主要还是一个孤独自持的"斯文人"形象,一场突如其来的诈骗才彻底改变了卢先生生命的运行轨道,使他开始了其一生中的艰难蜕变。卢先生表哥计谋的实施目的是骗取被世俗生存认为重中之重以致在相当多的时候几可同构于世俗生活本身的金钱,这种计谋之所以能够得逞却正源于卢先生本人对初恋情感多年来的忠贞不变,这种得逞本身也彰显了一切意义化行为在面对现实生活逻辑时的无能为力以及必然遭受扼杀的命运。卢先生在遭受沉重打击后,受到与《那血一般红的杜鹃花》中的喜妹同属一类形象的恶俗下女阿春的引诱,卢先生对阿春的接纳行为对比王雄对喜妹近乎歇斯底里的暴力袭击行为,无疑已堪称某种"进步",这使得他有机会慢慢走上世俗生存的轨道,做一个"正常"的凡人。然而现实生存不仅是唯利是图的,同时也是残酷无情的,阿春对卢先生的虐待与背叛打碎了卢先生重铸生活信念、去做一个平凡的"台北人"的梦想,并使其最终横死异乡。《台北人》在"风尘系列"与"英雄系列"小说中所聚集的绮靡风华与浩然正气也在这样的叙述中被淘洗殆尽。王雄与卢先生也是所有"台北人"中仅有的在和平时期走向非正常死亡的两位,他们同时出现在"凡人"系列小说中并非偶然,小说家以这样的叙述暗示了对时间的叹惋哀悼不过是那些英雄美人才能够享受到的"奢侈品",凡人的生存依然艰难,并且残忍。

第三节　台北人的"文革"——陈若曦"文革小说"研究

一、陈若曦"文革小说"综论

以 1974 年 11 月在《明报月刊》发表《尹县长》为起点，陈若曦在不到 4 年的时间内陆续发表了一系列以"文革"为题材的小说创作。其中，《尹县长》《耿尔在北京》《晶晶的生日》《值夜》与《任秀兰》这 5 篇发表在《明报月刊》上的作品与另一个短篇《查户口》一起于 1976 年 3 月由台湾远景出版社结集为《尹县长》一书出版。一个月后，陈若曦又在《明报月刊》发表了后来收入《陈若曦自选集》的短篇小说《大青鱼》。其在 1976～1978 年陆续发表在台湾《联合报》副刊和《"中国"时报》副刊的《老人》《尼克斯的记者团》《丁云》《春迟》《地道》《第三号单元》与《女友艾芬》等 7 篇短篇小说则于 1978 年 4 月由台湾联经出版事业公司结集为《老人》一书出版。1977 年年初，陈若曦进入长篇小说《归》的写作，不断写出的章节在台湾《联合报》副刊与香港《明报月刊》同时陆续刊出，共历时近一年半的时间，1978 年 8 月，台湾联经出版事业公司出版了《归》的单行本。在写完《归》后，陈若曦便永久性地停止了"文革"题材的小说创作。在这个时候停止"文革小说"的创作并非小说家的随意行为。众所周知，正是在

1977~1978 年，刘心武与卢新华陆续发表了大陆"伤痕文学"发轫之作的《班主任》与《伤痕》。大陆"伤痕文学"与陈若曦"文革小说"在"文革"题材上的相通性自然毋庸置疑，这也使陈若曦经常被冠以"伤痕文学"真正意义上的奠基者的名号，陈若曦自动终止"文革小说"创作的行为无疑正是出于对两者之间所具有的相通性的顾虑。但不管是给陈若曦冠以"伤痕文学"奠基者名号的人，还是陈若曦本人，也许都远远没有意识到，两类在题材上相通的小说创作其实可以是极为不同的小说创作。

作为"文革"尚未结束就已写出的"文革"题材小说，陈若曦的"文革小说"系列在主题立意与叙述逻辑上与作为一时社会风尚的"真理标准"讨论与"拨乱反正"行为毫无关涉，这使其天然地具有一种独立性的文学品格。20 世纪 60 年代陈若曦自愿放弃文学创作，一心一意于政治活动，并最终如愿以偿地回归大陆，成为其生命中的第一次回归行为。但对于在台湾土生土长的陈若曦来说，那次的所谓回归大陆只不过是一次理想的落实，是其在早期小说创作中流溢而出的社会主义情结的安然着陆，只有这一次文学的回归才是一种真正意义上的经验性回归行为。陈若曦以《尹县长》的创作成功实施的这次文学上的回归，使其在台大时期开拓出的文学地图得到进一步的拓展，同时也使其重要作家的地位更加名副其实。当然，陈若曦还会在以后实施其生命中的第三次回归行动，组成回归的三部曲。这一次她终于回到了她的生身之地的故乡台湾，完成了一次生命圆圈的描画，让人不禁想起她所钟爱的作家鲁迅的中篇小说作品《在酒楼上》。

被誉为"伤痕文学"代表作的《班主任》《伤痕》等一再把"文革"的罪恶之源归结为"四人帮"的叙述方式，只是一种粗糙而省事的二分法的体现，这种叙述上的二分法在相当大程度上正是对国人在集体声讨"四人帮"的时代浪潮中所建立的道德模式的文学性模拟，使这类小说的人物命运在根本上脱离了"文革"情景。比之于大陆"文革小说"以及那些从未有过"文革"经历而只能对"文革"展开纯粹想象式叙述的海外华人作家的"文革小说"，陈若曦"文革小说"最为突出的叙述特色就在于对"文革"生存经验的某种日常化呈现上。陈若曦"文革小说"中所写的人物身份、年龄性格各异，遍及社会的各个阶层，其中既有《晶晶的生日》中不谙世事的儿童晶晶，也有《地道》中已近花甲之年的老人洪师傅；既有因为所谓生活作风问题而不断遭受审查的风韵少妇彭玉莲，也有曾经在"文争武斗"中风光无限的革命女干部任秀兰；既有在新中国成立之初为响应新中国建设号召归国的高级知识分子耿尔，也有在国共战争末端起义投诚的原国民党军官尹飞龙。陈若曦"文革小说"中这些神采各异的众生相使陈若曦的"文革"叙述在人物题材上超越于某种狭隘的模式规定，成为其对"文革"进行日常化呈现的第一步。

将"文革"各式日常生存样态进行一种场景式再现是陈若曦建立其"文革"日常化叙述极为重要的策略之一，这也是在所有以"文革"为题材的小说创作中难得一见的叙述景观。这样的叙述策略使陈若曦的"文革小说"创作有效地摆脱了各式意识形态的形塑，取得了一种经验性叙述的特质。如《耿尔在北京》的小说开场即提供了一幅北京人吃涮羊肉的日常生活情景。涮羊肉作为北京最具特色的吃食之一,关于此的日常情景叙述无疑是建构北京地域经验极为有效的手段,《耿尔在北京》这样的小说开场使小说在一开始就经验性地呈示了一个发生在北京的"文革"故事的地域性征,"北京"因此与"文革"一样成为小说不可或缺的叙述质素,《耿尔在北京》也以此区分于同是"文革"题材的其他作品。《耿尔在北京》开场所展现的吃涮羊肉的场景虽然仍喧闹如昔,但实际上由于供给制所带来的物资短缺已使普通人在"东来顺"吃一顿涮羊肉成为一种奢侈,耿尔也正是走了"后门"才得以经常有机会来饱享口福。《耿尔在北京》既借助于对"文革"时期北京的日常生活情景呈现来建立其独特的叙述景观,又通过对其中所发生的巨大变化的叙述彰显了"文革"作为一场人性运动,真实地侵入国人日常生存的每一个角落。

其实,"文革"的残酷性也恰恰正在此,政治舞台上的翻云覆雨毕竟还可以以闹剧视之,普通经验人生的横遭荼毒才最让人触目惊心。这种日常私人空间的被肆意入侵在小说《查户口》中得到了最为鲜明的表现。主人公彭玉莲因为在"不爱红装爱武装"的时代氛围中"注重穿着,身材总显得很匀称,胸部的曲线特别突出"❶ 而被称为"妖精",其私人生活更成为广大"革命群众"窥视的焦点,并被以"革命"的名义接受审查。小说对彭玉莲私人生活的叙述有明显的戏仿潘金莲故事的痕迹。"彭玉莲"的名字自然是"潘金莲"的戏拟;并且与潘金莲一样,彭玉莲也有一个在形象上

---

❶ 陈若曦:《尹县长》,远景出版事业公司1976年版,第55页。

与其极不相称的丈夫："冷子宣据说五十岁还不到,头发已半百了,两穴秃秃的,前额宽得像平原,一脸的褶皱不亚于刚犁过的田畦。"❶ 还有,彭玉莲的"偷汉子"事件也正是引发广大"革命群众"极大兴味并对其进行"革命"审查的原因所在。叙述者"我"在整个事件过程中保持了不置可否的态度,将一个非正常年代中人们在冠冕堂皇的名义下极为阴暗的窥私欲望心理揭示得淋漓尽致。在"彭玉莲事件"中,人们争相表现自己的积极性,竭力打造自己的"革命群众"身份,所操持的却是典型的中国传统道德标准。在他们的心目中,彭玉莲因为是一个道德败坏的人,所以才是一个应该受到"革命审判"的人。以打碎一切旧的枷锁为己任的"革命"却必须以延续上千年的陈陋道德作为中转才能在人间大张旗鼓,恰彰显了"革命"本身所具有的荒谬本质。

也正是依赖于日常化的叙述策略,陈若曦"文革小说"中的人物塑造突破了"简单而省事的二分法",达到了对复杂人性的有力揭示。作为一场自上而下、全民动员并带有暴力色彩的社会改造运动,"文革"无疑是那个时代最为显赫的"宏大主题",也是绝大多数人社会行为乃至于日常生存至为重要的价值依托。《尹县长》所提供的"文革"众生相中大部分人首先正是一群"文革"忠实的"意义实践者",他们几乎是以一种集体狂欢的方式进入"文革状态",这也正是"文革"最显残酷的地方,当所谓的"革命"演化成一场以批判与迫害为主题的全民行动时,所彰显的已不仅仅是某些政治利益集团的"别有用心",更多的只是人性本身所

---

❶ 陈若曦:《尹县长》,远景出版事业公司1976年版,第58页。

暗藏的兽性本能。《尹县长》中即便是那些下场悲惨的人，也绝不是一个单纯的受害者，他也扮演着施暴者的角色。《任秀兰》中的任秀兰自然是最典型的，虽然小说现在时态叙述了一场对"受害老干部"任秀兰的追捕行动，却又以追述的方式呈现其曾经风光一时的"文革"作为，这使小说与大陆"文革小说"中的同类题材作品划清了界限。陈若曦"文革小说"中被公认为在艺术上最成功的《尹县长》在相当大程度上也讲述了一个"受害老干部"的故事。这篇小说所具有的悲剧性显而易见，尹县长被枪杀的命运也在最大程度上呈现了"文革"的暴力特质，但即便是这样一个横遭屠戮的悲剧性人物，在小说最后即将被结束性命的那一刻，他喊出的最后一句话仍然是"毛主席万岁"，这也表明他与"文革"之间在根本上所具有的亲缘性。"受害老干部"的故事是大陆"文革小说"创作中极为重要的有限的几大叙述范型之一。毋庸置疑，"老干部受害"是"文革"的突出现象之一，因此，大陆"文革小说"的此类叙述仍有一种经验性质素在其中，只是这些作品对老干部无辜性的一味强调只显示了一种"简单而省事的二分法"，最终指向的仍然是对少数政治利益集团义正辞严的批判。

在《尹县长》之后，陈若曦的"文革小说"创作在主题立意上发生了很大的变化。《尹县长》中，读者主要看到的是一大群被"文革"的路线方针发动起来的人在审查、批斗、搜捕的各式行动中忙碌的景象，被害者与施暴者一起陷入"文革"的旋涡之中无力自拔。这些小说的主题意旨更大程度上是以近于中立的态度来呈现"文革"的荒谬性与残酷性以及"文革"中人丧失主体性以后被工具化的可悲性。而在《老人》《春迟》《地道》与《大青鱼》等一系列陈若曦"后《尹县长》时期"的作品中，则出现了一大批在"文革"那样动荡的年代中依然顽强地走在自己的人生轨道上的老人形象。

这些小说并没有回避"文革"对这些只是具有普通老百姓身份的老人的日常生活所造成的巨大冲击与伤害，如《老人》中的老人只是因为看到了天安门事件的经过而被勒令写检讨交代，《大青鱼》中的蒯师傅在大运动到来的时候遭到了自己徒弟的批判。但这样的冲击与伤害在文本叙述中丝毫不带悲剧意味，根本无法构成这些老人日常生存中的有机因子，《老人》中的老人虽然无端被勒令检讨且有过多次被送到外地去劳动的经历，但他却并不深以为意，只是担心自己的老伴儿会因此受到影响，小说的重心也正是以许多生活细节来表现在一个风雨飘摇的年代里两人的相濡以沫；《大青鱼》中的师傅受到自己徒弟的无端批判，这一点就连他的老伴儿也深感不平，他自己却还为自己的徒弟开脱，怎样才能够在这个物资供应匮乏的年代里为自己病中的老伴儿买来一条鱼才是他最关心的问题。与《尹县长》中的那些被卷入"文革"旋涡无力自拔的人物形象不同，这些老人在世事喧嚣中仍然保持了作为一个感性自在个体的身份与尊严（在这些小说中，这些老人既是主人公，同时又是视角人物，这样的叙述策略使小说对这些老人的命运呈现在最大程度上接近了一种自在状态，恰与这些老人们在一个意识形态暴力肆虐的时代里力求做一个自在个体的形象相吻合），而他们抵挡时代风雨的武器也都无一不来自被"革命"视为洪水猛兽的传统道德规范，《老人》中的老人的隐忍与《大青鱼》中的师傅的宽容以及他们对于亲情的维护与坚守，都是建构中华民族认同极为重要的质素，无疑也被小说家视为在这样一个暴力充斥的年代里中华民族维系的最后希望所在。

回归大陆前的陈若曦是一个坚定的社会主义者，自是不屑于虽然仍然盛行在世界上大多数国家、却被她认为已被社会主义全面超越包括意识观念与社会实践在内的一切资本主义事物，只是成功回归大陆后的陈若曦并没有像她自己先前所想的那样成功"回归"社会主义，反而经历了一场噩梦，这就使其意义世界的基座顿然塌毁。对于生性倔强、坚决从资本主义最强大阵营的美国逃离出来的陈若曦来说，在这个时候向"资产阶级"投降无疑是一件近乎不可能的事，所以其求助于传统道德的行为就是无可选择的选择，这也使她对这些老人的形象塑造具有一种自我救赎的意义在其中，只是，沦为小说家本人自我救赎之道的这些"文革小说"创作同时也就不可避免地在更大程度上远离了现实主义。当自谓欲以小说创作对"文革"作一种知识分子反省的陈若曦轻而易举地为"文革"开了一剂传统道德的药方时，其"文革小说"创作的现实主义流失无疑成为一种必然。

许子东在《为了忘却的集体记忆——解读50篇文革小说》中，对其精心挑选的50篇大陆"文革"题材的小说创作进行了极为精彩的叙述学读解，并归纳出诸种叙述模式。以"伤痕文学"为起始的大陆"文革"题材小说创作出现叙述模式化的倾向，在相当大程度上是一种必然，根源于这类小说创作在主题设置上对社会风尚与政治命意的集体式依附，这也进一步印证了，形式从来都不仅仅是形式，而是对内容最为忠实的表达。陈若曦"文革小说"创作所具有的反

"文革"倾向虽与大陆"文革小说"相仿，却以创作时间上的先行性而天然地处在其模式规定之外。只是，幸免于集体圈画的陈若曦仍无力摆脱其"文革"写作的自我圈定，其着力申明的"知识分子的反省"式的写作立场同样铸造了"文革"想象与叙述上的陈若曦风格。

这种"文革小说"写作的"陈若曦模式"在其作品《尹县长》以及其唯一的长篇"文革小说"《归》中得到了极为鲜明的表现。《归》与《尹县长》中的每一篇作品几乎都有一个高度理性的叙述主体存在。在《归》《晶晶的生日》《查户口》《任秀兰》《尹县长》等小说里具有知识分子身份的叙述者更是亲自现身于小说情节里，以第一人称的叙述方式展开故事（《尹县长》的另外两篇作品《值夜》与《耿尔在北京》虽然没有采用第一人称的叙述手法，但由于这两篇小说的主人公都是知识分子，并且在小说叙述中兼有小说视角人物的身份，这就使主人公与叙述者的观念意旨处于一种叠合的状态）。"我"的观察、思索、惊慌、恐惧、评说渗透于小说文本空间的每一个角落，形成一个严密无缝的理性物体，而主人公的故事似乎不过是撞击其上的一声回响。如《任秀兰》在情节安排上是一次艰难持久的寻找过程，主人公却是被找的对象、在最后才以尸体显身的任秀兰。任秀兰的形象在"我"与别人的议论性对谈以及"我"的评述性回忆中被逐步构建起来，但缺乏一个感性个体所必要的鲜活之气。

这种以对谈呈现人物的方式是陈若曦在《尹县长》里惯用的叙述之道，其意似乎是像白先勇一样试图接通以中国古典四大名著为代表的中国小说对话式的戏剧化方法。然而，中国古典白话小说中的对话是一种场景式对话，能够有效地将故事推向未来，成为推动情节发展的必要叙述手段；《尹县长》里的对话却不过是叙述者用来概述性地展现人物前尘往事与未来命运的途径，叙述者加入其中的评论干预有效地收服了主人公作为一个感性个体的存在身份。《尹县长》里的叙述者似乎最不放心小说主要人物在小说文本空间里独自闯荡，去经历属于他们自己的命运，所以以近于专断的方式将主人公的日常言行用语言之网层层"呵护"起来。

这种叙述的高度理性化还表现在兼有小说人物与小说叙述者身份的"我"与隐指作者价值意念的不断叠合上。赵毅衡曾在《当说者被说的时候——比较叙述学导论》第二章"叙述主体"的第四节"叙述可靠性"中指出："如果我们仔细研究优秀的叙述作品，我们可以发现大部分作品中，主体的各个组成部分拒绝合作，谁都不愿服从一个统一的价值体系。可以说，主体各组成部分不和谐是现代叙述艺术的成功秘诀，这种不和谐非但不损害作品，相反，主体各部分的戏剧性冲突，叙述作品使各种声音共存的努力，使作品的意义多元。"❶ 但陈若曦在创作《尹县长》时所持的过于自觉的知识分子立场使小说隐指作者的"反文革"倾向不断去归顺在小说中兼有人物身份的叙述者"我"的立场，《尹县长》文本叙述的戏剧性张力因之急剧消减，大大损害了其作为"优秀的叙述作品"的价值。

在《尹县长》的四篇采用了第一人称的叙述手法的作品

---

❶ 赵毅衡：《当说者被说的时候》，中国人民大学出版社 1998 年版，第 42～43 页。

《晶晶的生日》《查户口》《任秀兰》与《尹县长》中，小说中的人物"我"的职业身份虽然不尽相同，在《尹县长》中"我"是一个出差到陕西的北京人，在其他三篇小说中"我"则是与小说家本人身份相仿的某大学教师，一样拥有一个普通"革命群众"的共同身份。不管是在对"畏罪潜逃者"的搜查行动中，还是在对"有伤风化者"的"革命审查"中，"我"都是积极的参与者。这样的情景式叙述无疑清晰地指示了"我"与小说的隐指作者在价值意念上可能具有的巨大反差，本可为小说的戏剧性张力添加重重的砝码，但小说不断以被隐指作者意念化的叙述评论与修饰语辞缓和这种在大部分优秀叙述作品中所常有的"叙述紧张"，并最终造成了小说极为明显的叙述漏洞。在小说《任秀兰》中，"我"在参加了一场筋疲力尽的对"畏罪潜逃者"的大搜查后进行了如下一番评论："说起'五一六'这段案子，当时我就糊涂。六一年我在北京时，听见人说有个高干支持的'五一六造反兵团'在天安门广场贴了条'炮打周总理'的标语，很快便被撤掉了。不久，江青点出几个'反革命组织'，里头有'五一六'这个兵团，以后便销声匿迹，早被人们淡忘了。想不到事隔了几年，全国掀起个'大三反'的运动，大掀'五一六'份子。这次是自上而下地通知下来，大家才知道这段评论被隐'五一六'是个极左组织，阴险毒辣，胆大包天，公然反对毛泽东的司令部……"❶叙述情景中的"毛主席"向叙述干预中的"毛泽东"的蜕变，自然并不仅仅是一种符号行为，更非小说家的随性任意之举。"毛

---

❶ 陈若曦：《尹县长》，远景出版事业公司1976年版，第84~85页。

泽东"与"江青"的称谓明显地脱离了小说的叙述情景,却与隐指作者的意念不谋而合,"毛主席"的被"毛泽东"化正有赖于隐指作者的"反文革"立场。

与"毛主席"的被"毛泽东"化相类似的另一个非常突出的叙述现象是,在《尹县长》的大多数作品中,加引号的"毛主席"不断进入小说的叙述情景当中,小说家的用意无疑在于欲对"文革"的荒谬性进行一种反讽式的揭露,却不意因此大大损害了小说叙述本身的反讽效果。小说叙述取得反讽效果的一个极为重要的手段就是小说叙述者对于小说隐指作者价值意念的有意叛离,通过揶揄调侃小说的正面主题意旨来制造一种反讽式张力。在《尹县长》中,包括小说叙述者"我"在内的众多小说人物本来都是一群跟随时代风向的普通"革命群众",对"毛主席"自然应该满怀敬仰,小说却在他们的情景式对话中不断使用加了引号的"毛主席",无疑是小说隐指作者的价值意念对小说叙述情景又一次悄然侵袭的表现。

似乎意识到这种高度理性化的叙述策略对作品的戏剧性张力造成损伤的可能性,陈若曦在《尹县长》以后的短篇小说创作中有意减弱了文本叙述过于理性化的倾向,其中一个非常重要的标志就是具有知识分子身份的叙述者"我"在作品中的纷纷隐退。陈若曦在《尹县长》之后创作的 8 篇"文革"题材的短篇小说中只有《丁云》与《女友艾芬》两篇小说采用了第一人称的叙述手法。即便是这两篇作品,叙述者"我"在小说叙述中也只是更多地起了交代故事情节的作用,叙述干预大大减少,因此,主人公获得了更多展现自身命运的自由空间。

陈若曦的"文革小说"创作曾被白先勇、叶威廉、夏志清与刘绍铭等人一致给予"客观冷静的写实主义"的评价，陈若曦也自称其早年在台大时期的小说创作一味崇尚技巧，从"文革小说"开始则转为更为朴实的写法。但也正是在这些消隐了技巧痕迹的"文革小说"中，陈若曦更为清晰地显示了与世界一流短篇小说家的承继关系。陈若曦那些在艺术上写得较为成功的"文革小说"作品在谋篇布局上都进行了极为精巧的构思。像《地道》，小说主要讲述了一个老人在暴力狂欢的氛围中勇敢追求自己晚年幸福的故事，洪师傅与李妹虽然相识于挖地道的劳动中，但"地道"与他们的情爱故事似乎并无实质性的关联，直到小说最后，处于热恋中的一对老人葬身于自己响应上级号召积极参与挖掘、最后却因无用而遭废弃的地道之中，我们才终于明白小说家在前面的叙述中不厌其烦地大讲挖地道行动以及以"地道"作为小说标题的良苦用心。这样的谋篇布局方式与美国短篇小说大师欧·亨利的小说创作之间所具有的承继关系显而易见。其实，不动声色的文本叙述加上一个出人意料的结尾，是陈若曦"文革小说"创作的惯用之道，并且深得法国短篇小说大师莫泊桑反讽式结尾之法的神韵。像在《晶晶的生日》的最后，叙述者"我"因为担惊受怕而早产生下了晶晶的弟弟，恰与晶晶是同一天生日，当同事们对此感到既好奇又羡慕时，"我总是笑笑说：'感谢"毛主席"呀。'"❶

二、罪与罚——《尹县长》读解

《尹县长》是陈若曦"文革小说"创作的第一篇作品，

---

❶ 陈若曦：《尹县长》，远景出版事业公司1976年版，第31页。

也是陈若曦全部"文革小说"创作中最负盛名的一篇。也正是在这篇小说中，小说家对小说人物的命运展示在更大程度上冲破了叙述者的理性之网，获得了某种命运叙事的意味。《尹县长》讲述了一个原本是国民党上校军官、后来起义投诚做了共产党临时县长、最后却在"文革"被杀的人的故事。这篇小说像小说集《尹县长》中的大多数作品一样，采用第一人称的叙述方式，叙述者"我"出差到西安，因为非陕西本地人，所以对能去陕南一游充满兴趣，得以在那里见到尹县长，听人讲述他的故事，并看着其命运一步步走向沉沦，回到北京以后又听说其被枪毙的悲惨结局。

与小说集《尹县长》中的其他5篇作品一律讲述了发生在小说叙述者或者视角人物日常生活当中的故事不同，《尹县长》设置了一个对叙述者来说十分陌生的文本环境，这使叙述者跃跃欲试的理性得到了有效控制。因为"我"是一个到陕南观光旅游的北京人士，所以尹县长和他的故事对"我"来说充满了一种新鲜感，对它们的展现也就更像一场神奇的叙述游历，这是小说能够获得相当戏剧性的重要原因。小说对尹县长身世命运的揭示主要依赖于叙述者"我"与小说一些非主要人物的交谈，这也正是整部《尹县长》一以贯之的叙述之道。

在整篇小说中，尹县长只有两次出场，第一次在"我"刚到兴安县城的当天晚上，尹县长在这一次虽然说话极少，但主人公适时进入叙述者的视线，为以后小说对主人公的命运展示作了充分的叙述准备；第二次是尹县长特意来向"我"这位来自权力中心北京的人士请教问题，这也是小说对小说主人公最为主要的一次正面呈现，形式仍以交谈为主。不管是叙述者"我"与小说非主要人物，还是直接与小说主人公的交谈，都无不充当了概述性地展现主人公身世命运的叙述手段，这却无法构成推进小说现在时态故事进展的叙述动力，无疑是小说家"文革小说"叙述理性化倾向的又一次鲜明流露。使整篇小说在某种程度上挣脱了此种理性束缚的是小说家对叙述省略法的巧妙使用。于尹县长在"文革"中的两次重要人生关口中，小说叙述者一律采取了回避的叙述策略。一次是尹县长被迫接受审查，渐渐成为运动的众矢之的，就在这一切发生以前，"我"却突然离开了兴安；再一次就是尹县长的最后被杀戮，而当时的"我"已经远在北京。因为"我"不在现场，尹县长的悲剧性故事成为纯粹的他者化事件，这也使"我"的理性无力渗透其中，而更多地呈现出一种命运的自在状态。

尹县长悲惨的命运结局自可归结为"文革"的荒谬与残暴，但这篇小说因此所流露出的命运意味却更为深长。尹县长昔日国民党军官的身份是其遭杀戮的最大原因，在这场运动中，这样一个人的身世命运几乎重述了"罪与罚"的基督教命意。1949 年新中国成立在"红色经典""创世纪"式的叙述中正是"时间开始"的标志，"尹县长们"的"原罪"者身份几乎在"时间开始"的那一刻就被铸造成型。基督教的"原罪"说是其最为基本的教义之一，基督教宣扬人皆有罪，原罪是上帝加在每一个人身上的先天印记。"尹县长们"处境的真正恐怖之处在于，当"人民"与他们的代言人纷纷奔向"上帝"的行列，豁免于原罪惩罚的时候，"尹县长们"却是带着"原罪"印记的一小撮人。"人民"群体的"上帝"身份取得是共产主义意识形态论证的一个极为重要的环节。

在《尹县长》的文本叙述中，尹县长首先是一个真诚的忏悔者与自我救赎者，昔日国民党上校军官的身份是其自愿加在其心灵中的"原罪"印记："我十五岁时被拉去当兵，吃了多少的苦头。那时心里只想着怎么熬过去，向上爬，有一天做到团长，师长，将军……我从来想到的就是我自己。所以，当有人向我谈到共产主义是教人为别人活着，为中国老百姓做事，我开始感到自己真渺小，真肮脏，觉得自己一向都白活了……"❶ 起义投诚无疑是其在行动上向"上帝"——"人民"进行忏悔与自我救赎的第一步。也正是依赖于这样的忏悔与救赎式行为，尹县长才得以被"人民"接纳，并做了"人民政府"的临时县长。尹县长无疑有机会去完成自我身份的进一步蜕变，从"上帝的臣民"——"人民的罪人"步入"上帝"——"人民"的行列当中，对于昔日所谓"罪恶"过于真诚的体认却成为阻挡其完成自我身份蜕变的最大障碍，也成为其命运悲剧演化的根源所在："但是我毕竟是个老粗出身，小时候没有好好读过书；解放以来，虽然几次参加学习班，可惜文化水平太低，总是读不懂马列主义。"❷ 与基督教中上帝与其臣民中间隔着一道不可逾越的鸿沟不同，共产主义教义却以不断壮大其"上帝"——"人民"的队伍为最大目的，尹县长自甘于"臣民"的身份定位在这场运动中注定只能引来"罪与罚"的宗教式杀戮。当尹县长被以"军阀、恶霸、反革命"的罪名押赴刑场执行枪决

---

❶ 陈若曦：《尹县长》，远景出版事业公司1976年版，第166～167页。
❷ 陈若曦：《尹县长》，远景出版事业公司1976年版，第167页。

时，其在生命最后时刻高喊"毛主席万岁"，显示了一种真诚的忏悔与自我救赎行为在"文革"处境中所能具有的全部凄怆与悲凉。

国民党的某些评论家们也完全可以在这个"罪与罚"的故事原型中读出一个叛变者最终难逃报应的命运意味，尹县长在国民党军事力量兵败如山倒的"国难"之秋临阵倒戈在国民党看来无疑是不折不扣的"变节"行为。小说隐指作者在小说中所持有的、对堪称社会主义实践代表之作的"文革"的反对立场已经在相当大程度上解构了共产主义的意识形态构架。当小说人物认为有意义的事物在小说中遭到否定时，尹县长的起义投诚行为被读出临阵倒戈的意味也就在所难免。因为无可否认的一点是，所谓的"起义投诚"来自一种意义论证，当这种意义论证失去了其价值根基时，其所具有的正面性无疑会立即失去。这样的读解方式使这篇小说在某种意义上渗入了佛家原型故事的维度，《尹县长》在台湾的风行无疑也正是此种读解逻辑演化的结果。

《尹县长》对"红色经典"的戏仿意味也同样显而易见。小说故事的发生地在贫穷落后的陕南地区，而在小说中的革命红小兵小张看来，这正是一片有待开发的革命"盲区"，小张从省城西安慷慨激昂地奔赴落后山区策划"革命造反"的行为几乎是某些"红色经典"经典情节的全盘复制。只是具有讽刺意味的是，最后被押赴刑场，临死前高呼"毛主席万岁"的已经不是革命者，而是一个"军阀、恶霸、反革命"，"文革"所具有的荒谬性也在这样的置换中得以彰显。

《尹县长》作为陈若曦最负盛名的"文革小说"作品，其在"文革"题材写作上的经典地位自毋庸置疑，但这种经典性的赢得在相当大程度上也恰恰依赖于其在文本叙述上的复合结构与主题意旨上的多重意味，从而超越于"文革"的题材限制，成为不再那么纯粹的"文革小说"。这又一次说明，"文革"从来都不是一个自足性的历史个案，只有在人类历史文化的镜像中，才更加能够清楚地看到"文革"。

三、一代知识者的精神痛史——《耿尔在北京》

《耿尔在北京》虽然在名声上远不及《尹县长》，却在白先勇那里获得了《尹县长》全集中"艺术成就最高的一篇"的评价。《耿尔在北京》与《尹县长》一起构成了陈若曦"文革小说"创作的双璧。在《尹县长》全集中，《尹县长》写了距离小说家本人最为遥远的生存环境与人物故事，《耿尔在北京》则是一部纯粹的知识分子生活写真，最大限度地融会了小说家本人在"文革"的生存体验与心路历程。小说的主人公耿尔是一位为了参加新中国的社会主义建设于1964年归国的留美博士，回国后被安排在科学院工作。拥有同样身份、抱着同样目的归国的陈若曦、段世尧夫妇虽然在大陆的工作城市最后被安排在南京，却同样有一段听候分配的"在北京"岁月，而且耿尔所学的专业与段世尧极为相近。《耿尔在北京》采用了主人公有限视角的叙述方式，所以这篇小说虽然没有像《尹县长》集中的大多数小说那样采用第一人称叙述方式，但两者之间并无实质性的差异，《耿尔在北京》中的"耿尔"完全可以替换成"我"。《尹县长》集中这种视角人物或者叙述者一概具有知识分子身份的叙述现象，再清楚不过地显示了小说家本人所申明的在创作"文革小说"时持有的知识分子立场。这种自觉的知识分子立场所带来的在叙述上过于理性化的倾向对小说的戏剧性张力所造成的损伤，前面已经作了分析，而对于主人公、视角人物、叙述者与隐指作者几乎处于一种叠合状态的《耿尔在北京》来说，这样的损伤无疑显得更为突出。像《尹县长》《任秀兰》与《查户口》，这些小说就因为主人公与叙述者之间所保持的巨大距离才保证了小说叙述的戏剧性张力在某种程度上的存在。

《耿尔在北京》风格上的独特之处在于，它几乎是陈若曦全部"文革小说"创作中最缺乏"悲剧"意味的作品，与《尹县长》强烈的悲剧色彩形成鲜明的对照。在这篇小说中最大限度地消隐了"文革"的暴力痕迹，小说人物的日常生存在表面上保持了一种波澜不惊的状态，并且小说的主人公耿尔在物质上过着对绝大多数"文革"中人来说堪称豪华奢侈的生活。对于"文革"日常生存的场景化展现是陈若曦"文革小说"区别于其他"文革小说"创作的重要标志之一，《耿尔在北京》将此发挥到了极致。这篇小说的故事结构正是众多主人公日常生活片段的连缀，小说的现在时态叙述主要由吃涮羊肉与吃年夜饭这两大分别具有北京地域色彩与中国传统色彩的生活场景构成，主人公对两段恋情的回忆也充斥了书店初识、同游香山、家中做客等日常生活的细节。有"中国现代小说之父"之称的鲁迅就曾经提出"无事的悲剧"的小说创作观，一向以"鲁迅私淑弟子"自称的陈若曦在《耿尔在北京》中以一种日常生活场景连缀的叙述方式来呈现主人公在"文革"的悲剧性遭遇，无疑是对这种小说创作思想所作出的最为忠实的实践。

耿尔的身份是归国的留美博士，虽然在"文革"中不属于风光的群体行列，甚至还被视为"准特务"加以防范，但他没有受到更为实质性的冲击，就连唯一的被抄家，也不过是走走过场。与大批知识分子的被审查批斗甚至被关进牛棚、投入监狱相比，耿尔在"文革"的经历无疑堪称幸运。也正是因为在"文革"中仍然拥有相当的人身自由，所以耿尔才有两次恋爱的机会，而这两次无疾而终的恋爱正是耿尔"文革"遭遇的主体，小说也以此呈现了"文革"所具有的"软暴力"特征。

"文革"作为一个"现代事件"，血腥暴力不过是其极端化的演化形式，而真正构成其底色并更具普遍意义的仍然是其对于国民的思想控制与精神抹煞。如果一味强调像尹县长的悲剧那样发生在"文革"中的个体生命横遭屠戮的事件，那会在相当大程度上遮蔽"文革"所具有的"现代"维度。陈若曦舍弃在"文革"中知识分子自杀现象而选择一个知识分子的失恋事件来书写"文革"，在最大程度上达到了将"文革"作为一个"现代事件"的真相还原。

主人公耿尔与两位女性薛晴、小金无疾而终的恋情构成《耿尔在北京》的全部故事，小说借此达到对"文革"的控诉的效果自毋庸置疑。在中国，男婚女嫁是国人日常生活中具有超越性意义的事件，在美国接受了一番欧风美雨熏陶以后"回归"故土的耿尔为了使他的"回归"行为更为名副其实，找一个女人结婚成为他归国后的主要奋斗目标之一。小说也正是通过这样一个在中国一向被视为最天经地义的追求被横遭扼杀，彰显了"文革"已经侵蚀到中国传统日常生存方式的肌理之中。但这也只能算是小说故事解读的一个层面，当然，也是最为通行的一种方式，以前的陈若曦研究文字大都遵循了这样的解读路径。这样的解读方式以其对小说隐指作者显在性意旨的一味迎合而渐成经典，同样也因为这种高度的合拍性造成了小说主题意旨的不断萎缩。

笔者在下面的解读中，力图还原式地呈现，在写作"文革小说"之时仍然深具社会主义情结的小说家如何通过一个满怀热情回国参加新中国社会主义建设的留美博士的恋爱故事来达到对文革的控诉的目的，也希望借此探索到更多关于这篇小说的叙述隐秘。《耿尔在北京》的现在时间虽然是"文革"已经发生了8年之久的1974年，但小说却以主人公的回忆将故事的发生时间推向10年之前的1964年。在这一年，耿尔回国，第二年年初，结识薛晴，并陷入热恋，再过后一年，"文革"爆发，与薛晴的恋情也旋即结束，小说以此构筑了耿尔的"前文革"时代。

小说选取1964年作为耿尔的回归之年并不是随意之举，因为正是在这一年秋天，陈若曦结识段世尧，开始了其由一个"无产阶级女儿"向一个"社会主义女儿"的真正转变，陈若曦从此进入她的"社会主义岁月"。从1964年秋到1966年秋回归大陆的两年时间，注定将成为"社会主义"陪伴陈若曦度过的一段黄金岁月。当时的陈若曦虽然是社会主义热情高涨，却只能依赖于想象满足她的这种社会主义欲求，但也恰恰是这种想象中的"社会主义"才具备了"社会主义"原初诉求的一切品质，并最终沉淀为陈若曦心理深层的"社会主义"情意之结。

《耿尔在北京》中"文革"发生之前的薛晴被塑造成一个天真无邪、活力无限的新中国工人阶级的女性代表形象："耿尔再也找不着比她襟怀更坦白的女子，没有丝毫的矫揉造作，总是那么纯朴，那么自然。除了长眉大眼外，她的模样都不是他一向梦寐以求的佳偶。她皮肤不白,个子不高,也不是大学生,而且小他十九岁之多。然而她身上具有一种气质,它充满了魅力,使得他像一根钢针撞上了磁铁,被牢牢吸住了。自从遇到了她,自己几十年漂泊异乡所积累的那份落落无归的感觉,便消失无踪了。"❶薛晴尽管在作为一个单纯女性个体的意义上不是自己心中"梦寐以求的佳偶",却以"一种气质"吸引了耿尔,并使作为一个男性的他有了一种"回归"的感觉。薛晴对于耿尔来说,之所以具有如此超凡的魅力,正源于其身上承负了深具社会主义情结并毅然回归的耿尔对于大陆社会主义建设的一切美好想象。薛晴的这种"共和国女儿"的形象在相当大程度上正是陈若曦的社会主义想象在文学叙述中的落实,陈若曦借助于与自己具有相似身份、相似经历、相似的"社会主义"情结的耿尔在1965~1966年的一段恋情成功地释放了自己在1964~1966年隐忍未发的社会主义心结,这里的薛晴也由此超越了耿尔初恋女友的身份限定,成为被"社会主义"原始理念化的"新中国"的象征性存在。

　　小说对耿尔与薛晴之间恋情结局的叙述也具有一种象征的意义。与耿尔和小金由于遭到行政干涉而归于失败的恋情不同,耿、薛之恋是以薛晴在"文革"发生后的自动离去而宣告结束的,这种在恋爱中的转变行为暗示了新中国的社会主义实践进入"文革"以后所发生的重大转变。《耿尔在北京》以"文革"前夕的一场美妙恋情满足了所有"左派"人士的社会主义想象,也同样以这场恋情无法走向婚姻的结局隐喻

---

　　❶　陈若曦:《尹县长》,远景出版事业公司1976年版,第109页。

了社会主义原始理念未能被实践化的遭遇。"文革"虽以社会主义的壮举自命，但在终生都深具社会主义情结的陈若曦看来，它只是对"社会主义"的根本"违逆"。

第三章

台北人的"纽约客"故事——白先勇、陈若曦
海外华人生活题材小说创作比较研究

　　1979 年，陈若曦一家由加拿大移居美国，其小说创作也进入继早期小说与"文革"小说之后的第三个创作阶段。与其前面两个创作时期由于中间隔着 12 年的时间鸿沟而天然地构成阶段性创作现象不同，她小说创作第三个阶段的构成标志主要表现在创作题材上由"文革"题材全面转向了海外华人生活题材（陈若曦"文革"题材小说的最后创作是出版于 1978 年 8 月的长篇小说《归》，与其小说创作的第三个阶段并无明显的时间界限）。这个时期也是陈若曦小说创作的高峰期，1981 年起，陈若曦陆续出版了《城里城外》（短篇小说集，1981 年）、《突围》（长篇小说，1983 年）、《远见》（长篇小说，1984 年）、《二胡》（长篇小说，1985 年）、《纸婚》（长篇小说，1986 年）、《贵州女人》（短篇小说集，1989 年）、《走出细雨濛濛》（短篇小说集，1993 年）。白先勇则在 1964 年就开始了海外华人生活题材的小说创作。1964 年，白先勇在《现代文学》上陆续发表了短篇小说《芝加哥之死》《上摩天楼去》《香港一九六○》与《安乐乡的一天》。在 1965 年创作出《火岛之行》与《谪仙记》以后，由于小说家将主要精力投放到"台北人"系列小说的创作当中而暂时中断了此类题材的创作。1969 年发表的《谪仙怨》是小说家对于此类题材的再次介入。前面的这六篇小说作品与小说家后来写出的《夜曲》与《骨灰》一起被归为"纽约客"小说系列，这也构成白先勇海外华人生活题材小说创作的全貌。

第一节　白先勇海外华人生活
题材小说创作研究

一、白先勇海外华人生活题材小说创作概述

　　1962 年赴美留学在白先勇的写作生涯中无疑是一个重要事件。正是依赖于在异国他乡"他者化"身份的凸显，其在数年之后才写了堪称最为"中国化"的《台北人》。所谓"纽约客"的身份自命正显露了小说家从单纯身份意义上的"台北人"向渗入生命感受维度的"台北人"的过渡痕迹。《蓦然回首》中的一段文字叙述的正是这样一个过渡时刻：

　　初来美国，完全不能写作，因为环境遽变，方寸大乱，无从下笔，年底圣诞节，学校宿舍关门，我到芝加哥去过圣诞节，一个人住在密歇根湖边一家小旅店里。有一天黄昏，我走到湖边，天上飘着雪，上下苍茫，湖上一片浩瀚，沿岸摩天大楼万家灯火，四周响着耶稣福音，到处都是残年急景。我立在堤岸上，心里突然起了一种奇异的感动，那种感觉，似喜似悲，是一种天地悠悠之念，顷刻间，混沌的心景，竟澄明清澈起来，蓦然回首，二十五岁的那个自己，变成了一团模糊，逐渐消隐。我感到脱胎换骨，骤然间，心里增添了许多岁月。黄庭坚的词："去国十年，老尽少年心"，不必十年，一年已足，尤其是在芝加哥那种地方。回到爱荷

华，我又开始写作了，第一篇就是《芝加哥之死》。❶

　　25 年的生命竟在顷刻间脱胎换骨，使这段文字所具有的文学修辞意味显而易见。以"小说家言"来叙述自己的文学创作历程是小说家们的惯用之道，最为著名的是鲁迅那个被屡屡重述的"幻灯片事件"。正是依赖于文学修辞对意义的天然嗜好，小说家本来琐屑纷杂的生活经历成为一个整齐划一的过程。在这段只有 200 余字的场景式叙述文字中，小说家聚合了一系列富含文化意义的叙述质素：异国他乡——芝加哥，最能闪现西方文化氛围的时刻——圣诞之夜，中国化的生存叙述——黄庭坚的词。"纽约客"系列小说中最早写出的《芝加哥之死》正是对此所作的叙述性扩充。

　　在"纽约客"系列小说中，《芝加哥之死》与《上摩天楼去》最先写出，二者在故事情节上也是对小说家在异国他乡艰难的"二度成长"历程最为直接的文学摹写。《芝加哥之死》中的吴汉魂已经拿到芝加哥大学的文学博士学位，却因无力承受文化失据的痛楚而投水自杀；《上摩天楼去》中的玫宝站在纽约的摩天大楼上也感受到类似的痛楚。后来的《安乐乡的一日》与《火岛之行》则叙述了那些已经在美国安居乐业的华人的日常生存状态，文化的撕裂感虽然仍困扰着他们的日常生活，却已无法阻断其流水般的进程，文化问题更多地处于一种隐痛状态，这两篇小说中的人物无疑是华人在异国他乡顺利成长的典型代表。《香港——一九六〇》《谪仙记》与《谪仙怨》这三篇小说，其中《香港——一九

---

❶　白先勇：《第六只手指》，花城出版社 2000 年版，第 11 页。

六〇》写于《台北人》开写前一年的 1965 年，后两篇则写于《台北人》的创作间隙中，三者都无一例外地与《台北人》保持了某种程度上的叙述关联。《香港——一九六〇》中的女主人公余丽卿昔日身份是尊贵的师长夫人，现却在香港这样一个现代大都市的欲望之海中浮沉。可以设想，如果小说家有足够的兴趣与精力来继续书写此类的香港故事，一定可以写成一部可与《台北人》相互佐读的小说系列，名字或可取为"香港人"。《谪仙记》与《谪仙怨》中的人物都具有显赫的出身背景，他们的父辈正是小说家在《台北人》中写之不已的"台北人"。《夜曲》与《骨灰》是"纽约客"系列小说中最后写出的两篇作品，由于其中对"文革"事件的涉猎而显得别具一格，这两篇小说的写出也终于可以弥补夏志清曾经认为小说家没有"文革"经历而不能进行"文革"题材小说创作的遗憾。

二、二度成长——《芝加哥之死》与《到摩天楼去》

成长的困惑与烦恼是白先勇早期小说创作重要的叙述主题，在多篇小说中都有涉及，这个时期的最后两篇作品《寂寞的十七岁》与《那晚的月光》更是极为典型的成长类型小说。不管是《寂寞的十七岁》中杨云峰在 17 岁时的寂寞难耐，还是《那晚的月光》中李飞云面对那晚的月光时的难抵诱惑，无一不是对具有人类普遍意义的生存境况的叙述，完全可以认为，每一个进入人类文明进程的人都有发生这种经历的可能。在创作时间上衔接《寂寞的十七岁》与《那晚的月光》的《芝加哥之死》与《到摩天楼去》书写的则是两个可以称为杨云峰、李飞云兄弟姐妹或同学朋友的人的故事，与杨云峰和李飞云几乎同龄的吴汉魂和玫宝同样在台北度过他们早期的人生岁月，这其中自然也不缺少成长的困惑与烦恼。其实在相当大程度上，吴汉魂、玫宝的故事完全可以视为杨云峰、李飞云故事的有机延展，杨云峰与李飞云在《芝加哥之死》与《到摩天大楼去》的文本世界里被更名为吴汉魂、玫宝，并获得出国机会，在异国他乡经历了又一次的成长困惑与烦恼。

一个人在一种社会机制中得以顺利成长的重要标志就是其身份认同的建立。《芝加哥之死》中的吴汉魂在赴美之前顺利完成大学学业，与女友秦颖芬之间的感情也发展稳定，可以说他已经是一个相当成熟健全的社会认同体。以这样一种状态进入美国这个完全异质的社会机制中，吴汉魂巨大的身份焦虑自是不言而喻，也更甚于那些尚未建立清晰的中华民族认同的稚拙少年，因为，只有尚未成型才更易于塑造成型，对于已经成型者的重塑则会难上加难。吴汉魂对此无疑有着高度的自觉，小说在过去时态的文本叙述中刻意建构了一个异常发愤的吴汉魂形象，可以看做其为身份重塑所作的努力，而其中的动力无疑来源于其巨大的身份焦虑：

室内的空间，给四个书架占满了。书架上砌着重重叠叠的书籍，《莎士比亚全集》、《希腊悲剧精选》、《柏拉图对话集》、《尼采选粹》。麦克米伦公司、中午公司、双日公司、黑猫公司，六年来，吴汉魂一毛一毛省下来的零用钱全换成了五颜六色各个出版公司的版本，像筑墙一般，一本又一本，在他书桌四周竖起一堵高墙来。六年来，他靠着这股求知的狂热，把自己因在这堵高墙中，将岁月与精力，一点一

滴，注入学问的深渊中。❶

　　对于作为一个知识分子的吴汉魂来说，取得新的文化认同无疑是其身份认同重建的基石。在与英国七八百年来的一大串文人的幽灵苦苦"搏斗"了一番以后，吴汉魂顺利拿到芝加哥大学的文学博士学位，终于获得了在异国他乡的身份标志。在更为世俗的意义上，吴汉魂在美国的异域生活无疑取得了一个极为良好的开端，经过6年苦读拿到的美国著名大学的博士学位足以让他进入美国的中层社会阶层，从此安心地做一个美国人。如果没有那一次偶然的性乱，芝加哥大学的博士学位也足以让吴汉魂本人以为，他已顺利建立了异族的文化认同，成功地完成了他的"二度成长"之旅。

　　小说对吴汉魂与一个在酒吧偶然认识的女人萝娜的一夜情叙述占了整个小说篇幅的一半以上，吴汉魂的这次一夜情经历也是小说现在时态叙述的唯一故事。吴汉魂的6年美国生涯在自觉放逐自身的文化出身、追逐异族的文化认同中度过，一张芝加哥大学的文学博士学位让他以为一切都可以功德圆满，但在经历了与一个异族女子的这场性乱后，一切却都轰然倒塌，他只剩下了赤裸裸的肉身存在，不再有任何意义之体的庇护："可是白昼终究会降临，于是他将失去一切黑暗的掩盖，再度赤裸的暴露在烈日下，暴露在人前，暴露在他自己的眼底。不能了，他心中叫道。他不要再见日光，不要再见人，不要再看自己。"❷ 正是肉体的一夜欢愉才昭显

------

❶　白先勇：《寂寞的十七岁》，花城出版社2000年版，第202~203页。
❷　白先勇：《寂寞的十七岁》，花城出版社2000年版，第210页。

了吴汉魂在经历 6 年的放逐与追逐以后，旧的文化归属已失，新的文化认同仍未建立的真实生存处境。纯粹的欲望与意义势不两立，也因此更可以互证有无。一夜情让吴汉魂彻底陶醉，也同时诱发了其最为彻底的无意义之感，他的命运也就在这一夜之后得以注定："地球表面，他竟难找到寸土之地可以落脚。"❶　"一九六〇年六月二日凌晨死于芝加哥，密歇根湖。"❷

吴汉魂在异国他乡的"二度成长"之旅以失败告终，并付出了生命的惨痛代价，这样的悲剧结局在根本上由于其以一个真正自觉的意义主体的身份自命，文化认同被其抬高到超越其他一切生存维度的地位。小说家本人也在经历了短暂的文化阵痛以后，步入到更为成熟的小说创作阶段，《到摩天楼去》所叙述的正是阵痛的那一刻。

《到摩天楼去》中，玫宝自幼丧母，姐姐玫伦承担了母亲的责任，对她爱护有加："玫宝的头是姐姐洗的，玫宝的书桌是姐姐理的，玫宝的睡衣扣子掉了，不理它，姐姐只得钉，忘了放帐子，姐姐也只好替她放。跟在姐姐后头，玫宝乐得像个坐在塞满毛毯的摇篮里的胖娃娃，整日喜笑颜开，只要张口，就有大瓢大瓢的果汁奶浆送到口里来了。"❸ 以至于来美国密歇根大学读书的她"除掉她五呎六吋的身材外，通身还找不到一丝大学生的气派"。❹ 小说在过去时态的叙述中刻意强调了玫宝在台湾时对姐姐的依赖以及与其自身年龄

---

❶　白先勇：《寂寞的十七岁》，花城出版社 2000 年版，第 210 页。
❷　白先勇：《寂寞的十七岁》，花城出版社 2000 年版，第 211 页。
❸　白先勇：《寂寞的十七岁》，花城出版社 2000 年版，第 214 页。
❹　白先勇：《寂寞的十七岁》，花城出版社 2000 年版，第 213 页。

不相符合的孩童状态。玫宝来美国就是追随已先期两年赴美的姐姐玫伦，在忍受了孤身一人在台湾的两年生活以后现在终于站到了姐姐公寓的门前："姐姐，玫宝心中叫道，今天晚上让我们，你和我，爬上皇家大厦，站到世界最高的摩天楼顶上去。"❶希冀着重温台湾旧梦的玫宝在即将见到姐姐的那一刻做出了在异国他乡的第一个规划，与姐姐同游摩天大楼被其视为在美国生活的美好开端。但现实打碎了她的美好规划，姐姐为了与已经在谈婚论嫁的男友一起赶赴一场聚会而将她孤身一人留在公寓里，倍感失落的玫宝在一刹那作出了一个决定，她要一人去攀登那个摩天大楼。

　　一个人在一种社会机制中的真正长大成人正在于其对各式社会规范与文化观念的高度依赖与驯服，问题少年的问题也恰在于其无法将这样的规范与观念视为自身的行为准则，以致只能在社会正常的运行轨道之外游荡。玫宝在台湾所保持的一种近乎婴儿的生存状态看似极不成熟，但在文化意义解读的层面上这恰恰是一种已经顺利长大成人的表现，因为只有一个真正长大的社会个体才会在其所处的社会与文化母体中呈现出如婴儿般安宁的生存状态，完全没有自己的意志力与自主意识，一切行为完全听任这个强大他者的规划。在这种意义上，在台湾时玫宝与玫伦呈现的就是文化个体与其所属的文化母体之间的关系逻辑。也只有在这种意义上，《上摩天楼去》才超越了少女心事的题材限定，达到对一个文化个体在从自己的种族文化语境进入异族文化语境时不免惊慌失措的展现。小说并没有直接去呈现玫宝来到美国的任

---

❶　白先勇：《寂寞的十七岁》，花城出版社2000年版，第216页。

何文化不适感，但其不得不独自一人去攀登皇家大厦的巨大失落正隐喻了丧失了姐姐这个强大的文化母体庇佑之后其所产生的巨大的生存失据感受与文化认同危机。当然，这也完全可以是一个重新成长的开始，当玫宝在小说的结尾终于独自一人勇敢地爬上了那个世界最高的摩天楼顶，表明她已经顺利地踏上了她在异国他乡的二度成长之旅。

三、华人中产阶级生活写真——《安乐乡的一天》与《火岛之行》

白先勇在他的"纽约客"系列小说的头两篇作品中讲述了华人青年进入美国这样一个完全异质的文化情景时不得不进行二度成长的故事。《芝加哥之死》中的吴汉魂最终没能迈过这样的成长关口，以结束自己生命的方式走完了自己的异域之旅。《上摩天楼去》中的玫宝在经历了短暂的失落后勇敢地迈向了自己在异国他乡的生活征程。《安乐乡的一天》与《火岛之行》在相当大程度上讲述的正是"玫宝们"在美国的后传故事，在经历了一番艰苦的个人奋斗后，她（他）们终于成功地挤入了美国中产社会阶层，过上了俨然最地道的美国生活。

《安乐乡的一天》中一家三口的男主人伟成做股票经纪发了财，他们居住的安乐乡小城居民也一律是那些在纽约工作的中上阶级；女主人依萍每天的工作则是照顾丈夫女儿与操持一日三餐。在表面上这个安乐乡唯一的中国之家在小城内的五年生活过得就像所有其他美国中产阶级一样，富足而悠闲，一切都显得波澜不惊。这无疑正是一批又一批踏上美国国土的华人所梦寐以求的生活状态，每一个已经获得这种生活的人似乎都没有任何理由再作它求。小说在前半部分以概述的形式介绍了安乐乡与依萍一家的日常生活情形，竭力强调的是其作为无数美国中产阶层居住区与无数美国中产阶层家庭中的一分子的阶层特征。在这里，一切都规划严密，安排合理，所有不安定的因素与不安分的想法似乎都消失了，纽约哈林区的黑人暴动与华府要人的政治竞选也一律成为街边谈资，成为被消费的符号。伟成平日白天在纽约城股票市场上班，晚上回家安享一家三口的天伦之乐；到了周末，则带着女儿宝莉去享受户外活动的乐趣。这个在人生中途踏上美国国土的中国男人的身上消隐了所有中华文化的种族特征，对美国中产阶层生活方式的高度服膺让他心安理得地做起了美国人。在表面上，依萍的日常生活也是复制了所有美国中产阶层家庭主妇的生活模式，丈夫的精明能干让她只须在家相夫教女，家庭主妇的角色似乎让她更为天然地远离了由于东西文化冲突所可能引发的一切问题。

但问题却依然存在。对于伟成与依萍这些为了追求自由富足的生活而在人生中途踏上美国国土的中国人来说，如何过上这样的生活自然成为其在美国的第一要义，他们在美国的奋斗史就是竭力抑制自己的文化根性以求得更为纯粹的"美国生活"的历史，小说在前半部分对中产阶层生活情景绘声绘色的描写正是对其在生活理想达成后的一种生存呈现。但缺憾也往往在所谓圆满的时候才得以凸显，伟成、依萍在美国的成功在相当大程度上来自他们对自己种族文化身份的成功压抑，当他们过上了最地道的美国生活时，文化种属的问题也就成为其生存中新的困扰，这也正是小说后半部分的叙述主体。伟成、依萍的女儿宝珠出生在美国，她从小自觉建构的就是自己作为一个美国人的身份认同，而非一个华人后裔的身份，所以对于文化种族意识渐渐复苏的母亲向自己灌输的华人身份意识有一种本能的抵触。美国式的生活与美国文化的合一对宝珠来说不是一个问题，也不应是一个问题。依萍的行为在相当大程度上其实只是对自身在美国的生存历史所作的一种补偿性行为，中国人的文化身份维持问题始终是其在异国他乡生活的一个心结，虽然为了生计曾在相当长的时间内将此一度搁置，却在生活无恙之后得以爆发，在女儿身上重绘一家已经被世俗生存渐渐磨损的民族印记正是其为此作出的努力。小说最后，宝珠"妈妈坏！妈妈坏！"的叫喊仍依稀可闻，这也表明依萍对女儿种族意识灌输工作的落败。这个美国中产阶层家庭的此类矛盾在以后无疑还会继续；同样可以肯定的一点是，这个美国华人家庭也会一步步走向更加美国化的路途，依萍的中华情结也许在其踏上美国国土的那一刻起就已注定只能成为淤积于其内心深处的一种心结。

《安乐乡的一天》以家庭矛盾的形式呈现了文化身份认同的问题，同样是表现在美华人中产阶层生活的《火岛之行》则讲述了几个华人青年男女的一次夏季出游。主人公"林刚做事已经八年了，他在纽约一家理工学院得到硕士后，便找到一份高薪的差事，过着优游自在的单身生活"。[1] 林刚在纽约做事既久，对纽约日常生活的一切自然了如指掌，他的住所常常成为中国留学生歇脚的地方，接待各路来纽约观光找事的华人单身女孩儿更是其每年夏天的一项重要工作。林刚虽然在美国本土的身份是一个人生

---

[1] 白先勇：《寂寞的十七岁》，花城出版社2000年版，第245页。

中途赴美的华人移民，但对于比他更晚来美的华人来说他却是一个地道的美国公民，处处显示出主人的心态与做派。小说不断强调他的热情好客，并将之归因于他的生性慷慨，但从另一种意义上，这毋宁说是其为了获得一种身份感觉而作出的努力。林刚虽然来美多年，但与本土美国人之间的差异仍然巨大，只有面对那些更晚来美的华人的时候，他身上所具有的"美国性"才会被凸显出来，在身份上才更像一个美国人。这种以一种策略的方式获得的身份感觉无疑已经足以支撑林刚在美国的日常生活起居，他的"优游自在的单身生活"在平日过得确实也是波澜不惊，只是，同样是一些细微的日常生活事件凸显了这种身份建构的所有虚幻苍白，这次是"火岛之行"。

这次的火岛之行集合了林刚与杜娜娜、白美丽、金芸香三个从美国中西部来的女孩儿。林刚是主人，自然是责无旁贷地承担了导游的责任，满身负载出行用具让他本来就有些臃肿的身体行动更为迟缓，他身旁的女孩子却是一个个精力充沛，以致在与几个女孩儿的轮番水中打闹与追逐后，林刚终于晕厥在海水之中。林刚对自己华人同胞的"慷慨"虽已名声在外，但最喜欢与他结交的还是这些单身的华人女孩儿，因为林刚的一副娃娃脸与一脸天真的笑容让她们每一个人都觉得很有安全感，只是没有任何一个人打算将自己的终生托付给他。林刚每年都会收到几张结婚请帖，他还做过五六次伴郎，参加过十几次婚礼，但自己30多了还是孤身一人。小说在这里所设置的男女关系无疑仍然是一种文化隐喻。众多的单身女孩儿喜欢与林刚相识结交，是因为他在纽约能给她们提供切实的帮助，但她们从来都没有将其视为一个成熟的男性个体，"林妈妈"的戏称征显了她们与林刚的关系实质，林刚的形象也在文本叙述中屡屡被给予孩童化的修辞："林刚已经三十多了，蛋形的头颅已经开始脱顶，光滑的头皮隐隐欲现，可是他那圆胖的脸蛋，却像个十来岁孩儿的娃娃脸……"❶ "林刚穿着游泳裤有点滑稽，他的小腹凸得很高，游泳裤滑到了肚脐下面，拖拖曳曳，有点像个没有系稳裤带的胖娃娃。"❷ 而被他引领的三个女孩儿被刻意强调的却是她们近乎鼓胀的女性特征："杜娜娜是个矮小结实的香港女孩。……两个圆润的膀子合抱在胸前时，把她厚实的乳房挤得高涨起来。"❸ "白美丽是个高头大马的北方姑娘，一脸殷红的青春豆，上了大学还没爆完。她有一张显著的大嘴，笑起来时，十分放纵。"❹ "金芸香穿了一件浅蓝的泳衣，丰满的胴体箍成了三节。"❺ 林刚未能全然成熟的男性身体在这些女性身体的映衬下更显孱弱，作为男性个体的林刚对众多女孩子悉心照顾却从未能让其中任何人获得一种异性感受的尴尬处境，正隐喻了以纽约东道主自居的他身份未明的文化生存状态，其在火岛之行的最后晕厥是这种状态的极致化传达。小说的最后，经历了短暂晕厥重新苏醒过来的林刚在回纽约的路上又在满怀兴致地规划晚上如何招待三个女孩儿，也许只有在这种以一个东道主的姿态的不断给予中，林刚才能有效地逃避身份未明的尴尬。

❶ 白先勇：《寂寞的十七岁》，花城出版社 2000 年版，第 245 页。
❷ 白先勇：《寂寞的十七岁》，花城出版社 2000 年版，第 252 页。
❸ 白先勇：《寂寞的十七岁》，花城出版社 2000 年版，第 248 页。
❹ 白先勇：《寂寞的十七岁》，花城出版社 2000 年版，第 248 页。
❺ 白先勇：《寂寞的十七岁》，花城出版社 2000 年版，第 251 页。

四、《台北人》的家族叙述——《香港——一九六〇》《谪仙记》与《谪仙怨》

《香港——一九六〇》在白先勇的"纽约客"小说系列中是一个显得另类的作品。与"纽约客"小说系列的其他作品在题材上对海外华人生活的集体式书写不同,《香港——一九六〇》选取了香港作为小说故事的发生之地,小说女主人公余丽卿昔日师长夫人的身份也迥异于"纽约客"中的其他人物形象,却与小说家所塑造的"台北人"群像血脉相连。在《台北人》系列小说中,白先勇写了一群流落到台湾的大陆人的故事,《香港——一九六〇》则可称为这些故事的"香港版"。《台北人》虽以"台北人"命名,小说中的"台北"却在小说家的叙述中消隐了几乎所有的地域特征,这自然源于小说家在《台北人》中着力叙写的不过是一种超越时空的生命意识,一种流贯于中国千年文学史的存在感叹。大陆与台北、昔日与现在之间的落差所造成的势能构成了《台北人》进行文本叙述的最大动力,所以《台北人》既无法给人们提供大陆经验,也无法给人们提供台北经验,《台北人》中的"台北"最终只能沦为一个空洞的符号性存在。《香港——一九六〇》书写的则是另外一种类型的故事,虽然曾经贵为师长夫人,余丽卿所注重的却是活在现在的感觉,而不是像《台北人》中的"台北人"那样活在对昔日荣光的追忆之中:"你是说明天?可是妹子,你们这些教书的人总是要讲将来。但是我可没有为明天打算,我没有将来,我甚至于没有去想下一分钟。明天——太远了,我累得很,我想不了那么些。……明天—明天—明天。我只有眼前这一刻,我只有这一刻,这一刻,懂吗?"❶《台北人》中的"台北人"因为拒绝"台北人"的身份限定而漠视了"台北"作为一个现代都市的存在身份,沦落香港的余丽卿却以对香港的生命自觉投放凸显了香港的所有都市特征,余丽卿与香港之间表现出的是一种近乎生死与共的关联。小说开头展现的是一个在大旱面前慢慢枯萎的香港形象:"三十年来,首次大旱,报纸登说,山顶蓄水池降低至五亿加仑。三个月没有半滴雨水,天天毒辣的日头,天天干燥的海风,吹得人的嘴唇都干裂了。"❷"嗯,香港快要干掉了。天蓝得那么好看,到处都是满盈盈的大海,清冽得像屈臣氏的柠檬汽水,直冒泡儿。可是香港却在碧绿的太平洋中慢慢地枯萎下去。"❸这是典型的末世意象书写。《台北人》同样也是写一个时代的没落,是以一代人对繁华旧梦追忆的方式展现的;以一场近乎毁灭性的罕见大旱的末世意象开场的《香港——一九六〇》却在其整体的文本叙述中呈现了一个淫荡堕落、病态暧昧的末世香港形象:"她生过麻疯,他们说。她已经梅毒攻心了,他们说。她是中、西、葡、英的混杂种。她是湾仔五块钱一夜的咸水妹。"❹"香港女人,香港女人!有一天,香港女人都快变成卖淫妇了。两百块的,廿块的,五块钱一夜的。大使旅馆的应召女郎,六国酒店的婊子,湾仔码头边的咸水妹。"❺毁灭性的灾难意象与集体堕落的俗世景象都显露

❶ 白先勇:《寂寞的十七岁》,花城出版社2000年版,第228页。
❷ 白先勇:《寂寞的十七岁》,花城出版社2000年版,第224~225页。
❸ 白先勇:《寂寞的十七岁》,花城出版社2000年版,第225页。
❹ 白先勇:《寂寞的十七岁》,花城出版社2000年版,第227页。
❺ 白先勇:《寂寞的十七岁》,花城出版社2000年版,第227页。

出与《圣经》之间的血脉关联，也恰与《台北人》中国古典文学式的书写方式和主题意旨形成鲜明的对照。

　　具有相同身世的人物因为流落地点的不同而在其后半生展现出截然相反的价值取向与生存之道，白先勇《台北人》与《香港——一九六〇》的"双城记"为我们呈现了一种极具意味的叙述现象。如果以经典的现实主义批评方法去解读，问题或许会显得十分简单，可以说，小说中的人物深刻地受制于其所处的环境，因为20世纪60年代的台北与香港极为不同，所以在前半生具有相同身世的人在分别流落到台北与香港以后，其后半生有了截然不同的价值取向与生存之道。问题在于，不管是《台北人》还是《香港——一九六〇》，它们都可以说与经典的现实主义创作方法毫无关涉。《台北人》是以西方现代的叙述之道参悟中国古典的文学主题，作为小说故事发生地点的"台北"在其文本叙述中几乎隐藏了其全部的个性印记，《香港——一九六〇》则以《圣经》的意象模式喻写现代都市的生存境况，作为小说故事发生地点的"香港"也只是被当做末世景观的一个喻象，在两者中根本无法读出地域环境对人物的影响与改变。这种现实主义的解读方式也在最大程度上破坏了研究者对两篇小说进行细读时能够有新的意义发现的可能性。其实，小说家对这两类作品截然不同的叙述之道根源于其对"台北"与"香港"这两座城市截然不同的想象方式。"台北"是国民党政府兵败大陆后的苟延残喘之地，因此在深具"民国"情结的小说家眼中它就成了意义涣散之地，《台北人》中的那些"台北人"自然在"台北"找不到生存依托与生命快乐，只有依靠追忆自己在大陆的美好时光打发自己的后半生岁月，这样的"台北"想象也使"台北"在《台北人》的文本叙述中被有意地符号化了,仅仅成为一个空洞空间。"香港"却因为它的"半殖民"身份而使它在小说家的想象中成功地挣脱了政治束缚,成为一个纯粹的现代都市。现代都市生存的一个重要维度就是时间感的消失,余丽卿拒绝追忆过去和规划未来,只注重现在这一刻的生存之道正是对此维度的忠实践履;小说家对香港的生存景观所采取的末世喻写方式亦是秉承了西方现代文学的书写传统,西方现代文学最具代表性的作品如乔伊斯的《尤利西斯》、艾略特的《荒原》等都表现出与基督教精神和《圣经》叙述传统的深刻关联。

"纽约客"系列小说中,类似《香港——一九六〇》,与《台北人》之间存在某种程度的关联的是《谪仙记》与《谪仙怨》。如果说《香港——一九六〇》写的是"台北人"姊妹的故事,《谪仙记》与《谪仙怨》则是写"台北人"女儿的故事,这三篇小说一起构成了"纽约客"系列中的"台北人"家族叙述。

《谪仙记》在1989年曾被大陆导演谢晋改编成电影《最后的贵族》上演,这也是"纽约客"系列中唯一一篇被改编成电影的作品。与"纽约客"中的其他作品相比,《谪仙记》展现了相当丰富的叙述质素与戏剧情节,一个重要的表现就是,"纽约客"的其他作品都一律采取了"转折点"式的叙述方式,文本叙述的现在时间都被控制在了一天或者几个小时之内,并且绝大部分作品都没有讲述一个成型的故事,《谪仙记》则是典型的"展开"式的叙述文本,也是"纽约客"系列中唯一采取第一人称叙述方式的作品。小说的叙述者"我"的妻子黄慧芬是与主人公李彤1946年一同从上海赴美留学的好姐妹，李、黄二人与另外两位赴美的张嘉行与雷芷苓都出生在极显赫的家庭，其中又以李彤家里最为富有，她的父亲官做得也最大。但就在她们赴美不久，国内战事爆发，李彤一家人从上海逃难出来，乘太平轮到台湾，轮船中途出了事，李彤父母遇难，家当也被淹没了。李彤的性格从此发生了根本的变化，从一味的娇纵刁蛮变得玩世不恭，直至在威尼斯自杀身亡。

　　这无疑仍是一个充满了文化隐喻色彩的故事，并且是一个只有与"台北人"故事的相互佐读才能够将精彩完全呈现的故事。"台北人"们在时代巨变中丧失了家园，对家园的美好记忆已经足够支撑他们的流落余生，所以"台北人"们在"台北"活得虽然萧瑟却仍堪称坚强。虽然"台北人"的故事在相当大程度上可以说隐含了中国文化与"中华性"走向死亡的象征层面，有人就从这样的角度解读过《台北人》最具代表性的作品《游园惊梦》，但由于《台北人》的叙述格局是今昔对比，旧梦追忆，是一种身已退出、心却不服的错位状态，所以在更为准确的意义上，《台北人》写的不过是一种文化阵痛，是一群旧有文化秩序的坚守者在时代"转型期"的不舍情怀，并最终定格为一种存在感受的表达，"台北人"们虽然活得并不快乐但也不会选择死亡，其根本原因正在于有关他们的故事讲述并没有最终指向"中华性"衰亡的象征层面。承载了这样的任务的是《谪仙记》。

　　在这篇小说开场，李彤便获得了这种象征体系中的身份认定："李彤说她们是'四强'——二次大战后中美英俄同被列为'四强'。李彤自称是中国，她说她的旗袍红得最艳。"❶ 家世最为显赫、外貌气质最为出众、风头也最劲的李彤争抢并最终获得的却是国势显然与另外的"三强"都不在一个档次的"中国"称号，其中所蕴含的文化象征意味显而易见。这也可以解释为什么与《台北人》之间存在诸多渊源的《谪仙记》会被写进讲述海外华人生活的"纽约客"系列，因为小说家意欲在他者化的叙述情景中凸显"中华性"与中国文化的衰亡。小说伊始对以"中国"自命的李彤在美国在读学校的风光无限极尽渲染之能事，这可以解读为衰亡事件的序幕，因为曾经绚烂无比的事物最终走向死亡才是最可哀痛，也往往被认为是最富含意义的。李彤父母的死亡事件是其中的转折之点。这种血亲断裂对李彤造成了最为致命的打击，也正隐喻了根基意义的丧失对"中华性"与中国文化所造成的致命伤害，并最终导致其无可避免地走向衰亡。失去双亲后的李彤由不可一世走向玩世不恭，不可一世的生存状态来自一种强大的意义支撑，玩世不恭亦恰好彰显了这种意义资源的失去。小说对失去双亲后李彤的生活主要从两个方面进行叙述，一是其在情感上的游戏态度，二是其对赌博的沉溺表现，这也是小说的文本叙述主体，两者也最好地诠释了一种意义根基丧失的存在悬浮状态。李彤最后因为无法承受失去意义根基的生命之轻而在威尼斯自杀身亡，小说也以此完成对"中华性"与中国文化走向衰亡的隐喻式书写。

　　《谪仙怨》里的黄凤仪与"台北人"之间的渊源关系更

---

❶ 白先勇：《寂寞的十七岁》，花城出版社2000年版，第257页。

加直接。《谪仙记》里的李彤父母在从上海到台湾的途中遇难身亡，他们失去了成为"台北人"的机会。黄凤仪则是地地道道的"台北人"的女儿，并且出身官宦之家，是昔日尊贵的贵族小姐，后来父亲去世才家道中落，到美国后也是因为家境艰难才放弃了学业，在酒吧做了全职吧女。这篇小说并没有讲述一个成型的故事，其文本在结构上由两部分组成，第一部分是主人公写给在台湾的母亲的一封长篇家书，占了小说一多半的篇幅，其内容主要是回忆过往；第二部分是现在时态的文本叙述部分，只是对主人公在酒吧的一个单一的场景呈现。第一部分在逻辑上只是第二部分的次生叙述层面，事实上是第一部分表现了更为曲折有致的叙述品格以及小说的内容主题，这使小说在相当大程度上成为一个颠倒的分层叙述文本，即第一部分构成了小说的主叙述，第二部分不过是后补的超叙述层面，仅仅充当了第一部分的叙述情景。

以家书的形式呈现的小说第一部分表现出与《台北人》最为直接的主题关联，许多文字几乎就是《台北人》文本叙述的直接移植："你不到舅妈家，又叫你到哪里去呢？你从前在上海是过惯了好日子的，我也知道，你对那段好日子，始终未能忘情。大概只有在舅妈家——她家的排场，她家的京戏和麻将，她家来往的那些人物——你才能够暂时忘忧，回到从前的日子里去。"❶ 如此《台北人》化的内容主题由这样一种家书的形式和直接向"台北人"倾诉的语气叙述出来，使《谪仙怨》在相当大程度上成为一篇"纽约客"向

---

❶ 白先勇：《寂寞的十七岁》，花城出版社 2000 年版，第 278～279 页。

"台北人"致敬的作品。

身份问题一直是包括"纽约客"系列大多数作品在内的众多海外华人小说的书写主题之一，这些作品大都表现了小说人物在东西方文化的夹缝中身份失据的生存状态与困境，几乎成为海外华人文学最为显赫的主题叙述模式。《谪仙怨》在身份问题的主题层面，却显示出不尽相同的主题意旨。黄凤仪在那封具有"纽约客"向"台北人"致敬意味的家书中可谓极为清楚地表达了对"台北人"生存之道的体谅与尊重。"台北人"以回忆过往来支撑现实的生存之道表现出一种自我身份的执着，他们对于昔日叱咤疆场的民国英雄、风光无限的交际明星、养尊处优的贵族夫人的身份认定与固守使他们终其一生都没有在内心里取得"台北人"的身份认同。黄凤仪虽对父辈在大陆的繁华岁月亲炙不多，表现出的却同样是一种深度迷恋：

　　有一天，几个朋友载我到纽约近郊 Westchester 一个阔人住宅区去玩。我走过一幢花园别墅时，突然站住了脚。那是一幢很华丽的楼房，花园非常大，园里有一个白铁花棚，棚架上爬满了葡萄……我一个人在棚子下面一张石凳上坐着，竟出了半天的神，直到那家的一头大牧羊犬跑来嗅我，才把我吓了出来。当时我直纳闷，为什么那幢别墅竟那样让我着迷。回到家中，我才猛然想起，妈妈，你还记得我们上海霞飞路那幢法国房子，花园里不也有一个葡萄藤的花棚吗？你看，妈妈，连我对从前的日子，尚且会迷恋，又何况你呢？❶

---

❶ 白先勇：《寂寞的十七岁》，花城出版社 2000 年版，第 279 页。

　　与自己的父辈一样迷恋过去的好日子的黄凤仪并没有走上以回忆过往来支撑现实的生活道路，在相当大程度上是因为她没有留在台北做一个"台北人"，而是来到美国成了一个"纽约客"。做一个"台北人"与做一个"纽约客"的最大不同，黄凤仪体会颇深："淹没在这个成千万人的大城中，我觉得得到了真正的自由：一种独来独往，无人理会的自由。……在纽约最大的好处，便是渐渐忘却了自己的身份。"❶ 欲以遗忘身份的方式来达到身份问题的解决，《谪仙怨》的身份书写也由此划清了与其他海外华人小说的界限，并与《台北人》的某些主题意旨取得了关联。这里所说的黄凤仪在纽约才得以忘却的主体身份正是"台北人"们一直留恋着的昔日在大陆的荣耀身份，是靠一段繁华岁月维系的身份感觉。虽然作为"纽约客"的黄凤仪与其父辈"台北人"对这种身份采取了截然不同的处理态度，但在根底上却一起指向了对昔日身份的固守与执着。"台北人"在追忆中重获在现实中已经丢失的身份，比之于父辈，黄凤仪显示了更为清醒的人生态度，自己在内心所留恋的身份既然在现实中已不可得，干脆就不如尽力去遗忘，纽约作为一个对大陆的繁华旧梦全然他者化的文化语境使这样的遗忘得以完美实现。小说家也以此实现了对"台北"与"纽约"不同的文化想象与叙述，在小说家的想象中，在地理上游离于中国大陆的"台北"被视为中国文化残梦的寄存之地，所以"台北人"才把梦想当现实，不把"台北"当"台北"，"纽约"却被视为一切新梦成长的地方，小说最后渐渐遗忘了昔日身份的

---

　　❶　白先勇：《寂寞的十七岁》，花城出版社 2000 年版，第 280 页。

黄凤仪就以"东方公主"的全新身份出现在酒吧客人面前。

第二节 陈若曦海外华人生活
题材小说创作研究

一、陈若曦海外华人生活题材小说创作概述

以"文革"题材的小说创作建立国际声誉的女作家之一的陈若曦在大陆同样以"文革"作为写作题材的"伤痕文学"与"反思文学"渐成风气之时,果断地停止了此类题材的小说创作,她以此为契机转入海外华人生活题材的小说创作阶段,并迎来自己的小说创作生涯中最为高产的一个时期。这样的题材转向也进一步彰显了陈若曦内心深处挥之不去的现实主义情结。从早年台大时期的乡土书写到"文革"叙述,再到这次重返海外后的海外华人生活题材创作,陈若曦每一次小说类型的建立都紧紧跟随其现实生活。这种朴素的现实主义创作观念使陈若曦所谓的现实主义小说创作区别于西方 19 世纪的经典现实主义以及后来的社会主义现实主义的创作模式,最终成为小说家对自身现实关照与中国情结的叙述化呈现方式。

陈若曦海外华人生活题材的小说创作经历了自己的不同创作阶段:在早期采取的是短篇小说的形式,虽然除了个别作品,小说的故事发生地点都被安排在了海外,但小说的叙述内容却处处充满了对"文革"后大陆社会形势的描写与判

断，小说中的人物也主要是从大陆出访国外和从国外意欲回归的两类人。这些小说所具有的过渡痕迹显而易见；从1983年开始，她转向主要采用长篇小说的形式，1983～1986年接连发表了《突围》《远见》《二胡》与《纸婚》等四部长篇小说创作，在思想内容与主题意旨上也转向对更为全面、更为纯粹的海外华人生活状况的书写与观照。虽然"文革"经验与"文革"想象一直贯穿于陈若曦海外华人生活题材小说创作的始终，但1983年以后这类作品已不再像早期那样止于对政治主题的直接探讨与浮面表达，而能够将其化为小说文本戏剧情景中的有机因子，使其成为将海外华人复杂生活情形进行文学再现的有效功能体。在陈若曦大部分的海外华人生活题材的小说创作中，政治主题与个人情感的穿插与纠缠是最为主要的文本叙述方式，陈若曦也以此建立了海外华人文学创作中独具一格的"政治＋恋爱"的叙述模式。由于出身台湾、后留学美国、再回归大陆、复又移居海外的特殊生活际遇，与对社会主义由情感渴求、到行动追寻、又最终幻灭的复杂思想经历，陈若曦在其海外华人生活题材的小说创作中对台湾地区、大陆及美国进行了极富意味的想象与叙述，成为认取陈若曦小说创作的重要标志。

二、"文革"与陈若曦海外华人生活题材小说创作

虽然由于诸方面的原因，陈若曦在1979年以后放弃了"文革"题材的小说创作，全面转向海外华人生活题材，但"文革"并没有因此在其小说创作中失去影踪，相反几乎出现在其所有以海外华人生活为题材的小说创作中。其早期在海外华人生活的题材表象下直接描写与探讨大陆"后文革"时代的"文革"遗迹，与"文革"的纠缠自不待言；其后期

以《突围》为起始的四部长篇小说创作虽然在思想主题上或展示海外华人的情感及生存"围城"状态；或表现两岸知识分子在异国他乡的家国情愫与民族情怀；或书写身背历史重负的一代大陆知识分子长达数十年，遍及大陆、台湾地区与美国的崎岖心路历程；或礼赞一种寄生在一个畸形的现代文明环境中却超越了东西方文化藩篱的人类良善，"文革"仍然在其文本叙述中担负了极为重要的叙述功能，是小说家进行海外故事讲述最为重要的想象资源之一。这样的叙述现象也彰显了"文革"经历对小说家本人所产生的巨大生命效应，以致成为她后半生写作生命中挥之不去的情意之结。那些早期的小说创作因为在叙述方式上过于直露的特点而对小说中"文革"想象与书写的戏剧性张力造成了巨大的损伤，也因而在相当大程度上失去了被进行深度分析的价值可能性。下面就主要以《突围》《远见》《二胡》与《纸婚》四部长篇小说为例来读解陈若曦海外华人生活题材小说中的"文革"想象与叙述。

在显在的主题意旨层面与"文革"并无直接关涉的这四部长篇小说作品是以一种什么样的方式对"文革"展开想象与叙述，并使之成为小说进行主题构筑的有效因子？这是有关"文革"的印记几乎在每篇作品中都有所显露的陈若曦海外华人生活题材小说叙述的一个极为关键的问题。虽然由于小说中的"文革"书写与小说显在主题意旨的不直接相关性使这样的解读与分析在某种程度上增加了难度，但正因为此，笔者可以从中读到更多关于小说家海外华人生活题材小说创作中的叙述隐秘。

这四部长篇小说的故事发生时间都在"文革"以后，

"文革"是以作为小说视角人物兼主要人物或者单一的小说人物的身世背景的方式进入小说叙述的。作为《突围》主要人物兼视角人物之一的李欣，在"文革"的艰险环境中曾经为骆翔之年迈的母亲代笔家书寄给远在美国的骆翔之，"文革"后李欣在骆翔之的帮助下来美留学，并与后者很快陷入热恋；作为《远见》主要人物之一的应见湘在"文革"中惨遭迫害，婚姻也因此屡生变故，"文革"后以访问学者的身份来美，与从台湾来的廖淑贞产生了一种介于朋友与恋人之间的微妙感情；《二胡》中的"二胡"——叔叔胡为恒的妻子梅玖与侄子胡景汉的妻子绮华都曾忍受过与自己的丈夫长达数十年的分居生活，"文革"时期更是由于这种海外关系而受到牵累，终于熬到"文革"结束，梅玖在见到回国探亲的丈夫的第二天去世，绮华为了换得儿子的出国机会而主动提出与丈夫离婚；《纸婚》中本是上海人的叙述者"我"——尤怡平在中学时代正赶上"上山下乡"运动，一生中的青春美好时光只好在新疆度过，患难中建立的爱情也没有抵挡住知青返乡的浪潮侵袭；"文革"后来美，为了一纸绿卡与一位美国同性恋男子建立了一场形式婚姻，这名叫项的男子却因为艾滋病很快死去。

以展示海外华人的情感及人生"围城"状态作为思想主题的《突围》是以骆翔之作为中心人物展开叙事的。骆翔之是旧金山某大学东方语言系的比较文学教授，第一任妻子是美国人，现任妻子美月是台湾人，婚外恋女友李欣是大陆人。骆翔之早年因为美月而毅然与第一任妻子离婚，兴趣也一度转向台湾，现在却因为李欣而与妻子美月陷入家庭冷战。小说以骆翔之暂别李欣重返家中收场，他与两位女性的情感纠葛仍处于悬而未决的状态。小说也正是依赖于骆、李之间无法走向婚姻的恋情为骆翔之最后冲出情感及人生的"围城"状态保留了希望。在骆翔之的眼中，李欣汇集了几乎所有女性的优点，他与李欣的恋情也因此被其视为在情感与人生的道路上寻觅了大半生的最后归宿。具有"文革"经历的李欣也在小说这样的叙述格局中取得了一种超越于其单纯的恋爱中女性的身份意味，成为医治与拯救海外华人畸形生存的价值良方。

《远见》的中心人物则是廖淑贞，曾经在台湾接受过高等教育的她为了帮助自己的丈夫吴道远获得一张绿卡而被迫选择在美国做女佣的屈辱生活，唯一值得安慰的是她在这里结识了从大陆来美访学的应见湘，并受到后者的特别关照。廖淑贞因为死去妻子的男主人李大伟的求婚而被迫返台，回到台湾后却意外获悉自己的丈夫在其去美国以前就已经与人在外偷偷同居，并生了小孩。小说最后，廖淑贞毅然选择了再度赴美，这次她是要操办一件完全属于她自己的事情。《远见》中设置的人物关系结构与《突围》有许多雷同之处。与《突围》一样，《远见》中与小说中心人物有着复杂的情感纠葛的三个人在地域上也分属于台湾地区、大陆与美国，只是《突围》中的男性改为了女性；并且中心人物也是在经历与两个地域的人士长达半生的情感纠缠后，最终将一位具有"文革"经历的大陆人士作为情感的最后投靠之地；小说中心人物与这位具有"文革"经历的大陆人士之间的感情在小说叙述中也同样被赋予了极其浓重的理想意味，甚至于那些在《突围》中不断出现的性爱成分也被完全抹去，而只剩下纯粹精神与心灵的呼应与交融。无疑，在这样的小说叙述格局中，应见湘取得了与《突围》中的李欣同样的隐喻意味，成为拯救价值根基沦丧的现代文明生存的一种象征性存在。

《二胡》小说的中心故事讲述了"二胡"胡为恒、胡景汉与几位女性长达数十年的情感纠葛。"二胡"出身名医之家，早年都曾为反抗父命而逃离家庭，后来胡为恒去了美国，胡景汉去了台湾，他们的妻子儿女则被留在了大陆。"二胡"虽关系为叔侄，在做人上却大相径庭。叔叔胡为恒秉承"五四"个性解放的精神理念，在情感生活上也表现得放荡不羁，在抗战的烽火中还曾追求上司的妻子，在美国的华人圈子中更是以风流成性而著称，完全置在大陆苦苦守候的妻子而不顾；侄子胡景汉在台湾一呆 30 年，却无时无刻不在盼望与留在大陆的妻儿团聚，虽然后来为客观情势所迫而与杨力行真诚相恋，却因此陷入负罪的深渊，饱受情感背叛的精神折磨。对婚姻情感忠贞不贰并保持终生的是"二胡"的妻子梅玖与绮华，在自己的丈夫远离大陆数十年杳无音信时，她们都选择了苦苦等候，"文革"时因为丈夫的海外关系而备受牵累，身心都遭到极大摧残，但夫妻团聚的念想却始终不曾消减。梅玖在见到自己的丈夫的第二天安然去世，绮华却在为丈夫牺牲了几十年之后再次选择了为儿子牺牲，为让儿子出国而毅然放弃了在美国与丈夫团聚的机会。对于这两场长达数十年，同样是涉及大陆、台湾地区与美国的情感纠缠中，小说隐指作者在其中所植入的褒贬态度显而易见。以"五四之子"与自由理念"传人"自命的胡为恒，在因行为背叛妻子而陷入深深忏悔的侄子胡景汉眼中，不过是一个自私冷酷、心思肮脏的小人。"二胡"在婚姻情感方面，因为在思想上不肯固守而遭受的同伴批判与因为在行动上的无法固守而作出的自我批判，最后都指向了对两位刚刚经历了"文革"磨难仍坚守信念的女性的深深礼赞。小说也以此像《突围》与《远见》一样达到了以具有"文革"经历的人物来承负人类最后的价值信念的叙述目的。

相比于《突围》《远见》与《二胡》，《纸婚》在"文革"书写上发生了重大的叙述转移，前者中具有"文革"经历的人在小说叙述中都并没有居于中心的位置，《纸婚》中拥有昔日知青身份的尤怡平却是小说的叙述者兼主人公。虽然在《突围》《远见》与《二胡》中，具有"文革"经历的李欣、应见湘与梅玖、绮华身上所承负的精神气质与价值信念最终被视为隐指作者心目中人类精神维系的最后希望所在，但由于这些人物在文本叙述中的主体性残缺，使这些小说的主题意旨并没有最终指向对这种精神气质与价值信念的礼赞，而《纸婚》中具有知青身份的尤怡平在小说文本叙述中叙述者与主人公双重身份的获得，使小说对这种精神气质与价值信念的礼赞成功地转化为小说的主题意旨。尤怡平最初答应与一位美国的同性恋男子形式结婚目的十分明确，就是为了延长在美国的居留时间，并最终能够获得一张绿卡，但在随后的相处中完全超越了这种纯粹的利害关系。小说对于现代文明生存所持的批判态度仍然显而易见，项所表现出的性向错乱被视为现代文明的畸形表现，但小说的重心却是呈现在这场短暂的形式婚姻中人类无法泯灭的良善本性。尤怡平自始至终都没有将在美国逐渐蔓延的同性恋现象视为一种社会常态，但这种不理解并没有让她在道德上对项有过任何歧视，相反却真诚地欣赏项作为一个有修养的现代美国绅士身上所具有的人格魅力，项的同性恋行为也只是被当做一个畸形社会的牺牲。这种巨大的包容在项患上艾滋病以后无疑达到极致，小说最后项在遗嘱上郑重写下"我谨把房子、汽车、房子和债务遗留给我亲爱的妻子怡平·尤·墨非"❶时，小说也成功地完成了在一个病态的社会环境中分属不同文化意义系统的人仍然凭借着人类基本的良善本性在精神上相濡以沫的主题意旨的建构。项在这场人性赞歌中虽然表现出耀眼的人性光辉，但其身上所具有的所谓"病态"的现代文明印记仍无可抹去，其最后不治身亡的命运也大有为一种文明形态赎罪的文化象征意味，而能够最完美地承负最后的人性良善的仍是饱经"文革"磨难却仍保留了宽厚的胸怀与纯正的美德的小说叙述者兼主人公的尤怡平。《纸婚》也以此接通了小说家在前面几部长篇小说中所坚持的海外华人生活题材小说创作的"文革"书写理路，这也显示了陈若曦海外华人生活题材的小说创作在叙述理念上所保持的连贯性。

　　陈若曦海外华人生活题材小说的叙述时间都是 20 世纪80 年代初期，与"文革"结束的 1976 年相距只有短短几年，对于小说中那些曾经亲身经历过"文革"的人来说，"文革"可能还恍若在眼前。这些小说对"文革"本身所持的态度与小说家的"文革小说"创作并无二致。如《远见》对应见湘在"文革"中婚姻悲剧的叙述，就着眼于"文革"对一种正常的情感与生活状态的摧残，具有意味的一点是，这场中国历史上史无前例的人类运动却在这些海外华人生活题材的小说创作中成为催生人类精神维系的最后希望的天然

---

　　❶ 陈若曦：《纸婚》，中国文联出版公司 1987 年版，第 277 页。

土壤。在《圣经》叙述中，基督在走向十字架后复生，并成为人类的终极意义载体。陈若曦海外华人生活题材的小说创作让在刚刚结束的一场人类运动中历经磨难的人来承载一种人类终极意义的叙述方式正是对《圣经》的忠实复写。

三、陈若曦海外华人生活题材小说创作中的中国大陆、台湾地区与美国

早年出生于台湾地区、成年后留学于美国，继而回归于大陆却又在人生中年重返美国，陈若曦大半生的经历堪称一部现代传奇，这样的人生经历在相当大程度上决定了陈若曦海外华人生活题材的小说创作在主题意旨与写作路数上的与众不同，小说家在这些小说中对于大陆、台湾地区与美国三地分别作出的极具意味的地域想象与叙述就是一个重要的方面。陈若曦早期的小说创作主要书写她对于台北郊区的乡土经验与记忆；"文革小说"则专职于大陆"文革"事件的叙述；在这种意义上，重返美国后的小说家创作的这些集合了大陆、台湾地区与美国三地人、事的小说似乎就是她为自己前半生的小说创作所作的一次创作总结。

陈若曦海外华人生活题材的小说创作在数量上堪称巨大，同时也塑造出了形色各异的人物形象。这些小说的故事发生地点虽然绝大部分都被安置在了美国，但小说很少正面写到美国的原住民的人事，只有《纸婚》等极少的作品算是例外，小说家似乎也正是以此来确保这些海外华人生活题材小说的题材纯正性。这种美国原住民的人事的基本缺席并不一定意味"美国性"在小说叙述中处于缺席的状态，相反，对"美国性"的书写仍是这些小说主题意旨建构不可或缺的叙述手段，这些被标明了属于海外华人生活题材小说的创作

注定书写的既不是纯正的"中国性",也不是纯正的"美国性",而是两种文化意义系统杂糅融会后的一种人类生存状态。无可否认,小说中这些不管是从大陆还是从台湾来美的华人大部分都是为了取得一张绿卡,做一个国别意义上的美国人,陈若曦这些海外华人生活题材的小说作品如果用一种简练的形式概括就是它们讲述了一群取得绿卡的华人和一群未取得绿卡的华人之间相互纠缠的故事。本书把那些取得绿卡的华人简称为"美国人",把那些未取得绿卡的华人简称为"大陆人"和"台湾人",所以这些小说可说是讲述了一群大陆人、台湾人与美国人之间相互纠缠的故事,而这些小说也正是通过这三个地域人士的形象塑造分别对大陆、台湾地区与美国作了极具意味的地域想象与叙述。

不管是大陆人、台湾人还是美国人,或者说不管是取得绿卡的华人还是未取得绿卡的华人,在美国的国土上就要过一种美国式的生活,陈若曦海外华人生活题材小说创作的内容主体是展现一种美国的日常生存状态,所有主题意旨建构也都根基于对这种生活状态的展示。而对于美国原住民生活处于基本缺席的小说创作来说,那些取得绿卡身份的华人就成为这种日常生活状态及其所蕴含的价值意念的主要呈示者,其小说的美国想象也主要通过对这些人的故事讲述与命运书写来实现的。

相当长时间以来,在全世界人的眼中,年轻的美国就是自由富足的象征,一批又一批的华人纷至沓来的原因正在于此,但陈若曦在她的海外华人生活题材的小说创作中呈现的是美国因为过于自由富足而生出的另一副面孔。在陈若曦绘制的这幅全景式的美国日常生活图像中,被外界自由富足的生存环境宠坏的美国人不断陷入一种自制的生存牢笼之中，他们感受到的是一种生命不能承受之轻的生存苦痛，他们的日常生存也由此不断走向扭曲和畸形，《突围》中那个患有自闭症的小女孩小琴就是这种日常生存状态最为形象化的象征呈现。自闭症作为一种心理疾病，其最大的病理反应就是无法走出自我封闭的生存状态，更无法走向广大的社会认同。自闭症患者看似极为自我，但这种自我因为缺乏他者化的确认而只能处于一种零碎漂浮的状态，最终无法形成真正的自我认同。按照拉康的镜像理论，一个人在其儿童时期只有顺利经过镜子阶段的自我确认，才能走向一个有形象的、自然的（指肉体的）与符号相结合的文化性主体。一个从小的自闭症患者其实是一个在婴儿时期没有顺利获得镜子阶段的自我确认的人。美国作为一个历史短暂的移民国家虽然长期以来都以国势的强大而号称世界第一强国，但其贫乏的历史文化积淀也向来为人诟病。这种历史文化积淀的贫乏所带来的一个直接后果就是在文化价值意义上的根基缺失与身份不明，并因此导致了国民日常生存的无所适从与畸形变态。陈若曦在其海外华人生活题材的小说创作中以国民日常生活的形式呈现的美国形象，就犹如一个在镜子阶段没有成功获得自我确认的自闭症患者，在貌似最为自由广阔的空间里因为身份的暧昧不明而走向生存的自闭困境。

陈若曦海外华人生活题材小说创作的叙述外壳大多是讲述了一个婚姻情感故事，作为这些婚姻情感关系一方的美国人无一例外地陷入一种困境和走向一种生命畸形。《突围》中的骆翔之虽拥有美国著名大学比较文学教授的身份，其大半生的情感生活却都处在一种漂浮状态与寻觅当中，自由变更的婚姻不过是一座座自造的生命围城。骆翔之与其第二任妻子美月的婚姻并不缺乏爱情的成分，只是从来没有拥有过互爱的时刻。当骆翔之对妻子爱得如痴如醉的时候，妻子还沉浸在失去初恋男友的悲痛之中，因而对骆翔之的示爱无动于衷；而当妻子对他逐渐产生感觉时，他却移情别恋。不管是骆翔之，还是其妻美月都因为缺乏对方他者的确认而使自己对对方的情感无法走向圆满，并最终导致双方婚姻的名存实亡。

《纸婚》作为陈若曦极少数以美国原住民作为主人公的海外华人生活题材的小说创作，其对美国的想象书写也理应被认为更加贴近"美国实际"。项在青年时代曾以学生领袖的身份领导参加过一系列为获取更大的自由民主而举行的学生运动，这些学生运动构成了20世纪六七十年代重要的"美国经验"。项这种昔日自由民主运动学生领袖的身份，由其来代言自由富足的"美国性"因之显得更加名副其实。在小说中一味崇尚自由并认为美国现实尚远远不够自由的项由此走向一种生存的畸形状态。在这里，生存仍然是以情感与性的形式来彰显的。项本身拥有极高的学识与堪称高贵的人格修养，却在性取向上走向了正常人的反面，以致最后死于艾滋病。虽然现在人类对同性恋的属性判断正逐步走出一种病态的认识误区，但《纸婚》的隐指作者仍将其归于一种精神病态，并最终指向对美国现代自由文明的批判。

陈若曦海外华人生活题材小说创作中的台湾想象与书写彰显的却是台湾之于小说家本人所具有的纯故乡身份。陈若曦海外华人生活题材的小说创作并不缺乏个性鲜明的男性形象，如《突围》中的骆翔之、《远见》中的应见湘、《二胡》

中的"二胡"胡为恒与胡景汉以及《纸婚》中的项，只是这些男性无一例外地不是来自于大陆就是生于美国。这些小说的台湾想象与书写在相当大程度上是通过一些女性形象的塑造来达到的，不管是《突围》中的美月，还是《远见》中接受过高等教育却甘做家庭主妇的廖淑贞，抑或是《二胡》中精明能干的现代企业管理人才杨力行，这些台湾女人无一不表现出对情感忠贞与信守的传统美德。相比于男性，女性特别是具有传统道德风范的女性无疑与故乡有更为亲缘的关系，在遍及中外古今的文学创作中，正是故乡、大地与母亲一起构筑了人类的原乡修辞谱系。陈若曦这些小说的文本叙述并没有刻意去强调这些台湾女人的母性气质，但这种女性性别身份本身与传统的品行表现以及她们在小说整个叙述格局中所处的位置，都表明了小说关于她们故事的讲述最终都指向了对台湾的原乡式想象与书写。《远见》中曾经受过高等教育的廖淑贞本无意长居美国，只是因为受命于丈夫的绿卡之托而不得不在美国委曲求全地做起了职业保姆，但所操职业的低贱并没有使其温婉、贤淑、贞烈的品质受到丝毫损伤，她不但在与同性的摩擦冲突中尽显风范，而且成为两位情感婚姻受尽磨难的异性的最后情感维系。来美访学的大陆学者应见湘在"文革"中先后遭到两任妻子的背叛，事业成功的李大伟在家与妻子过的是像演戏一样的婚姻生活，他们都在廖淑贞身上发现了一种已经在现代世界难以寻觅的纯粹东方女性气质与品格。这种气质与品格在大陆因为"文革"的摧残而丧失殆尽，在美国因为异质的文化环境与过于现代的时代气候而更难寻觅，台湾地区似乎成为能够培植它的唯一合适的土壤。让自己的出生之地台湾来承载一种已经在别处绝难寻觅的纯粹民族气质与品格，小说家也以此完成了《远见》中对台湾的原乡式想象与书写。

陈若曦海外华人生活题材小说的大陆书写远比于美国与台湾地区的书写要复杂和歧义难辨。她可以对美国作出立场鲜明的批判，可以对台湾作出单纯的诗化想象，却无力对大陆作出任何价值单一的评判。其1966年的回归大陆之举本来就集合了太多层面的意义，政治、种族与文化的意味可谓一应俱全，并且这些层面的意义在价值取向上是高度一致的，它们合力促成了陈若曦的最后回归行为。但小说家7年的大陆"文革"生活使这些层面的意义之间发生了严重的错位，陈若曦对种族与文化意义上的大陆从来都没有失去挚爱之心，却不再对政治意义上的大陆拥戴如昔，这同时使大陆在其心目中的形象更加暧昧难辨。

上文已经讨论过，"文革"与陈若曦海外华人生活题材小说故事叙述之间所具有的深度关联，这些小说中的"文革"书写仍是小说大陆书写的重要组成部分。那些在"文革"中受尽磨难的人在大陆书写中成为人类精神维系的最后承载者，也正是在这样的叙事逻辑基础上，"文革"后的大陆成了一片等待被拯救的土地，充当拯救资源的不但有在"文革"中被激发出来的中国传统价值理念，还有现代科学和民主的理念。

陈若曦海外华人生活题材小说中的大陆人被简单地分成两类，一类是经历过"文革"的人，一类是没有经历过"文革"的人，前者被叙述成全人类的救世主，后者在等待着中国传统价值理念与现代科学和民主理念的双重拯救。在陈若曦此类题材的小说创作中，"回归"事件被一再讲述，只是与小说家本人当年的"回归"行为大异其趣。陈若曦当年是带着一种朝圣的心态回归自己在青年时代就不断遥想的"故乡"大陆，而她小说中的人却成了现代科学和民主价值理念在大陆的"布道者"。《向着太平洋彼岸》中出生于台湾的美国华人法学权威乔健年之所以选择要去大陆讲学而不是去台湾，理由是台湾法学界人才济济，并不需要法律人才，大陆则是百废待兴，求贤若渴。但等待着被现代科学和民主价值理念拯救的大陆也仅仅是陈若曦海外华人生活题材小说大陆书写的一个层面，"文革"以后一心奔赴"四个现代化"的大陆人所表现出的更深层面的价值缺失与伦理混乱才是其更为侧重的书写对象。在陈若曦海外华人生活题材的小说创作中，在"文革"中受尽磨难的大陆人成为人类精神的"救世主"，后"文革"时代的大陆新一代却将现代文明的价值理念直接简化成一种实用主义，对物质利益的疯狂追求成为他们生存的全部，他们还亟需另一种价值理念的拯救。作为以海外华人生活为主要表现对象的陈若曦海外华人生活题材的小说创作，一心奔赴美国去寻找他们梦寐以求的现代生活的大陆人充斥在几乎所有小说的文本叙述中。《二胡》中的健丰在爷爷回国探亲时的最大愿望就是希望其带他到美国去，忍受了几十年相思之苦的绮华对丈夫的唯一要求就是希望其满足儿子的出国愿望。虽然大陆已经以一种近乎飞跃的姿态走在现代化的路途中，但在许多对现代化抱着一种近乎宗教热情的大陆人看来犹嫌速度太慢、过程太长，不如直接投入象征自由与富足的美国的怀抱之中来得更为干脆和痛快淋漓。

陈若曦海外华人生活题材的小说创作对"文革"后大陆

在政治、经济等社会运作和实践系统与文化意义系统双重贫乏的认定与揭示，以及给其开出的现代科学和民主价值理念与中国传统价值理念的"药方"，表明了小说家在面对中国问题时的思想理路仍然深陷在对整个中国近现代史产生深远影响的"中体西用"的思想框架之中。陈若曦海外华人生活题材的小说创作绝大部分完成于整个 20 世纪 80 年代，这个时期的大陆思想文化界正以恢复"西体西用"的"五四"传统为己任；1989 年以后的大陆现实发生了巨大的变化，在整体的社会运作上也更接近"中体西用"的思想理路。而对于一向以现实批判作为自己的创作立场的陈若曦来说，若其再一次来讲述她的"文革"后大陆故事，无疑其中的大陆书写只会是另外一种风光。

四、"政治+恋爱"——陈若曦海外华人生活题材小说创作的叙述模式

在《远见》自序中有这样一段话："在大会堂演讲及接受各报记者访问时，都谈到我近年来写作题材转变的问题，即放弃反映政治现状的小说，改写婚姻故事。这与个人生活环境及经验有关，其实也是颇自然的事。许多读者发现，以《突围》和《远见》两篇近作而言，仍然嗅得出强烈的政治气息。人是政治动物，我相信，这是本性难移。"❶ 陈若曦的这番"夫子自道"在相当大程度上揭示了其海外华人生活题材小说创作的基本叙述理路。她在这里所谓的政治现状题材和婚姻故事题材不过是其海外华人生活题材小说创作的另外一种命名方式，也最终隶属于海外华人生活的题材范畴，因

---

❶ 陈若曦：《远见·自序》，中国友谊出版公司 1985 年版，第 1 页。

为不管是这些小说中的政治现状反映还是婚姻故事讲述都是以海外华人日常生活的形式来呈现的。笔者在前面已经指出,其《突围》以前的海外华人生活题材的小说创作在海外华人生活的题材表象下直接反映某些政治现状及探讨某些政治主题,在小说叙述上的缺失是显而易见的。在《突围》以后,其则更注重以一种戏剧化的方式来达到对某种主题意旨的传达目的,这也是小说家所自称的在写作题材上的转变。但也正如小说家自认为的那样,即使是包括《突围》与《远见》在内的那些看似通篇都在讲述婚姻故事的小说创作仍有强烈的政治信息传达。其实,"政治 + 恋爱"构筑了陈若曦绝大部分海外华人生活题材小说创作的基本叙述模式,她也正是以此建立了在整个海外华人小说写作中独具一格的叙述品格。下文主要以代表了陈若曦整个海外华人生活题材小说创作艺术水平的《突围》《远见》《二胡》与《纸婚》四部长篇小说为例来解析以"政治 + 恋爱"为基本叙述模式的陈若曦海外华人生活题材小说创作的叙述之道。

虽然,这四部长篇小说中恋爱与政治的成分都同样明显,但两者在各小说的文本叙述中所处的地位截然不同,也承担了极为不同的叙述功能。《突围》以后的陈若曦海外华人生活题材的小说创作之所以被认为采用了婚姻故事题材,原因在于在故事外形上这些小说都讲述了男女之间的婚姻恋爱故事,这些故事构成了小说叙述的情节主干,对这些故事的讲述也构成了小说戏剧性的张力源泉。《突围》前后的陈若曦海外华人生活题材的小说创作在政治书写上并无二致,《突围》以前的作品所欠缺的是对一种以婚姻恋爱故事为形式的戏剧化情景的营造,这些缺少了必要的文本叙述张力的作品最终也就只剩下赤裸裸的政治命意传达，所以，这些作品才会被认为是一种在题材上反映了政治现状的小说创作。作为叙述性作品，戏剧性的缺失对作品的艺术内涵造成了最为致命的伤害，同时也使这些作品在形式解读上的价值被大大降低了，本书在这里之所以舍弃这些作品作为求证以"政治＋恋爱"为基本叙述模式的陈若曦海外华人生活题材小说创作叙述之道的例证，原因正在于此。

虽然《突围》以后的陈若曦海外华人生活题材的小说创作基本采用的是"政治＋恋爱"的叙述模式，但这些小说的主题意旨并没有最终指向单一的婚姻爱情主题或者政治主题。如《突围》虽然也具有情感"围城"状态呈现的主题意旨，但更为主要的仍然是对一种生存困境的呈示；《远见》中的两位中心人物廖淑贞与应见湘之间的关系甚至还只是徘徊在精神相知与男女情感之间，其主题意旨正是表现两岸知识分子之间在异国他乡环境中的一种心灵与精神呼应状态以及对"中国性"的传达；《二胡》是陈若曦海外华人生活题材小说创作中最具历史感的作品，小说的主题重心放在了对大陆一代知识分子长达半个世纪遍及大陆、台湾地区与美国的崎岖心路历程的呈现上；而《纸婚》中两位主人公的婚姻关系更是只止于一种形式，这也使其主题意旨更为快捷地转向了对超越了东西方文化藩篱的人类美好品质的歌颂上。构成小说故事戏剧性情节主干的婚姻情感、在文本叙述中不断流溢而出的政治情怀以及小说别有寄托的主题意旨设定，这三者在小说文本叙述中的纠结与缠绕构筑了陈若曦海外华人生活题材小说创作别样的叙述景观，而对三者关系的解析无疑也成为揭示陈若曦海外华人生活题材小说创作叙述理路的关键所在。

　　陈若曦海外华人生活题材小说创作的文本叙述虽然基本上是围绕着小说中心人物与小说其他人物的婚姻情感纠葛展开的，这种婚姻情感纠葛却被置入一种弥漫着浓重的政治氛围的历史背景与外部环境之中。前面已经论述过，虽然"文革"从来都没有成为陈若曦海外华人生活题材小说创作的内容重心，但它在其整体文本格局中充当了极为关键的叙述功能体，以小说人物昔日经历的形式进入小说文本叙述的"文革"也因此成为小说主体故事发生极为重要的背景。"文革"本身所拥有的政治意蕴自然显而易见，因此"文革"书写成为小说政治性维度构筑的关键一环。陈若曦海外华人生活题材小说创作现在时态的文本叙述更是处处充满了政治性事件与政治性话题："文革"后大陆的政治转向、洋溢着民族主义热情的"保钓"运动、充满了自由意志与专制统治对抗色彩的陈映真事件、作为 20 世纪六七十年代重要美国经验的自由主义学生运动等一起构成了小说现在时态文本世界的政治维度。小说中的这些政治性事件与政治性话题一方面是以小说中心人物的人际环境的形式进入小说文本叙述之中，如《突围》中心人物骆翔之的妻子美月就是一个"台独"主义者，其初恋男友更是把宣传"台独"作为自己的职业，直至车祸身亡，她与另外一个狂热的"台独"主义者黄华的交往也是小说重要的叙述内容；另一方面这些事件与话题构成了小说人物对话与人物心理活动的重要内容，如《远见》中男女主人公之间的对话不见任何的情爱话语，"文革"等政治性话题却随处可见。历史背景与人际环境的高度政治化彰显了政治之于小说人物所具有的命运性，而小说人物对话与人物心理活动高度的政治倾向则显示了小说人物本身对政治所拥有的充分自觉，小说也以此成功地实现了小说家所谓的"人是政治动物"的文学性建构。

在故事类型上讲述了一系列完整的婚姻情感故事的陈若曦海外华人生活题材的小说创作，对小说历史背景、人际环境及小说人物对话与人物心理活动所具有的政治维度的单纯呈现，在相当大程度上还只是一种文学性修辞手段，尚不足以说明"政治"之于小说叙述的功能，这种功能的彰显仍然有赖于对政治与作为小说故事主干的婚姻情感纠葛的关系解析。陈若曦海外华人生活题材的小说创作既然在故事情节上主要讲述海外华人的婚姻情感故事，以婚姻情感的形式来呈示小说人物的命运无疑是题中应有之义，但在小说具体而微的文本叙述中小说人物的婚姻情感表现出与政治的息息相关性，人物的命运最终也受制于政治的规划。如《突围》中骆翔之曾经因为爱美月而把兴趣一度转向美月的出生地台湾，而美月作为一个"台独主义者"长时间无法从初恋男友的情感中走脱出来，对骆翔之的示爱无动于衷，这也使他们之间的婚姻最后不得不以悲剧收场。

如果说，所有的叙述性作品都是关于政治与性的，陈若曦海外华人生活题材小说创作中作为小说文本叙述主线的婚姻情感故事，在相当大程度上只不过充当了文学修辞的功能，它们只保证了这些小说之为小说，对于政治性的传达才是小说家的真正兴趣所在。而小说最后走向的那些主题意旨，则不过是小说家对于作为"政治动物"的人的各式日常生存困境的揭示以及最后的精神救赎。

20世纪30年代，在中国"左翼"文学中曾兴起过一股

"革命＋恋爱"的小说创作风习，一向被认为与中国现代"左翼"文学传统具有血脉关联的陈若曦，也再次以她的"政治＋恋爱"式的海外华人生活题材的小说创作以及其中恋爱最终被政治规训的叙述理路证明了这种血脉相关性。

第四章

一种题材的两种写法——白先勇《孽子》
与陈若曦《纸婚》比较研究

在1971年完成《台北人》的最后一篇作品《国葬》以后，在长达6年的时间里，白先勇再也没有小说作品问世。1977年，白先勇小说创作生涯中唯一的长篇小说作品《孽子》开始连载于《现代文学》复刊号第1期，并于1983年出版单行本。之后，白先勇致力于对其父白崇禧将军的传记资料收集与写作，其小说创作也就永久性地终止了。

白先勇自1958年发表短篇小说《金大奶奶》，在长达十数年的时间里一直致力于短篇形式的小说创作，并结集为《寂寞的十七岁》《纽约客》与《台北人》出版。这三部短篇小说集也将白先勇的短篇小说创作生涯分成三个阶段。前面三章已经对白先勇小说创作的前三个阶段作了具体而微的解读研究。《孽子》作为白先勇20余年的小说创作生涯中唯一的长篇小说作品，其在白先勇小说创作中所具有的独特性地位自然毋庸置疑。如果说，《寂寞的十七岁》《纽约客》与《台北人》一起建构了白先勇短篇小说家的形象，《孽子》却向世人显示了白先勇驾驭长篇小说的功力。同样是历经三个短篇小说创作阶段的鲁迅也曾经筹划过长篇小说的写作，最后却无果而终，给他的小说创作生涯及整个中国现代小说史留下了永久的遗憾。被认为在短篇小说创作上可堪媲美鲁迅的白先勇，长篇小说《孽子》也正有一种为其一生的小说创作作总结之意，同时使其整体的小说创作拥有了更为绰约的风姿。

《孽子》与白先勇前面某些小说创作之间所具有的密切关联在前文已经有所提及。其早期的小说作品《寂寞的十七岁》书写一个叫杨云峰的问题少年的成长烦恼与父子冲突，《孽子》故事最主要的发生之地台北新公园也成为杨云峰逃避日常生活烦恼的地方，并在那里有一次后来在《孽子》中被写之不已的同性性经历。在《寂寞的十七岁》中，杨云峰并没有在经历了一系列成长的烦恼之后正式长大成人，相反在小说结尾他却面临着被自己的父亲驱赶出家门的命运，这在情节上衔接了《孽子》开头李青被父亲驱赶出家门的描写，所以在这种意义上，《寂寞的十七岁》就是《孽子》的前传性作品。《台北人》中的《那满天里亮晶晶的星星》写的是一群游荡在台北新公园夜色里的"孽子"的故事，许多场景、人物与情节都被直接移植到《孽子》之中，《那满天里亮晶晶的星星》也是与《孽子》关系最为直接与密切的，在某种程度上，《孽子》正是《那满天里亮晶晶的星星》的扩充版。

仅就小说所具有的同性恋层面而言，这类小说创作还可追溯到白先勇更早的一些小说作品《玉卿嫂》《月梦》与《青春》以及《台北人》中的《孤恋花》。《玉卿嫂》中叙述者容哥儿对于庆生身体的好奇与欣赏、《月梦》与《青春》中主人公对那些青春美少年肉体的痴迷与爱恋，以及《孤恋花》中叙述者对于两位同行小姐妹的关爱与呵护都具有极为浓烈的同性恋色彩。小说家在《孽子》前面的小说创作中对于同性恋持之以恒的关注与书写，使在故事类型上主要是讲述同性之间的一系列恩怨情仇的《孽子》成为更为确切意义上的集大成之作。

与《孽子》一样，《纸婚》也是陈若曦某种意义上的收尾之作。在前文已经指出，《突围》《远见》《二胡》与《纸婚》在陈若曦整个海外华人生活题材小说创作中所占的重要位置，可以说，正是这四部长篇小说作品显示了陈若曦海外华人生活题材小说创作所能达到的成就，因此作为陈若曦海外华人生活题材长篇小说殿后之作的《纸婚》的完成，也在相当大程度上意味着陈若曦海外华人生活题材小说创作的完结。1995 年，陈若曦返台定居，其小说创作也进入了又一个新阶段。其新一阶段的小说创作主要书写一种暮年回归的澄澈心境，流露出浓厚的佛教气息，社会影响也大大减弱，在某种意义上，这些小说作品更接近于小说家本人的自娱之作。

在这里《纸婚》被拿来与《孽子》一起进行解读更重要的原因，还在于《纸婚》对于同性恋现象主题的涉及与进入。但也正如同许多人对《孽子》所认为的那样，《纸婚》同样也非一部准确意义上的同性恋题材作品。两部小说都对作为一种人类存在方式的同性恋现象进行了某种程度的书写，却又同样走向了对某些更为复杂的人类生存境况与文化主题的观照。这一章的研究重心正在于解析这两部小说是如何在同一的同性恋题材表象下以不同的叙述路径来达到对某些更为深广的人性与文化的关照。

第一节　《孽子》研究

《孽子》的题记："写给那一群，在最深最深的黑夜里，独自彷徨街头，无所依归的孩子们。"❶ 这个题记标识了小说的故事主角是一个处在社会边缘的少年群体。其实，小说中的这个少年群体就是一群男妓，所以《孽子》在更为准确的意义上就是书写了一系列关于一群男妓的故事。小说的叙述者李青正是这个群体中的一员，以第一人称的叙述手法来呈现一群男妓的喜怒哀乐、悲欢离合，无疑是将这样一个被伦理道德规范妖魔化的社会特殊群落回复为正常的最佳叙述策略。

《孽子》全篇共分为四章：第一章，放逐；第二章，在我们的王国里；第三章，安乐乡；第四章，那些青春鸟的行旅。其实，作为小说叙述主体的只有中间的两章，第一章"放逐"以一个场景（被父亲驱赶）与一个布告（被学校开除）的形式宣告了叙述者李青失去了作为一个少年学生仅有的两大生存空间，其以后的命运不得不奔向一个对他来说全然陌生的所在。李青在被学校开除和被父亲驱逐后奔向的正是第二章被称之为"我们的王国"的台北新公园，这也是《孽子》的第一个重要的文本叙述空间，许多的"孽子"故事都在这里发生或者酝酿，并终于演化成一桩桩风化大案。第三章"安乐乡"中的安乐乡是因为有伤风化而被从新公园驱逐后的"孽子"们的又一个聚集之地，成为上演一系列"孽子"故事的新舞台。只是，莲花池头（台北新公园里种植有许多的莲花）风雨骤，安乐乡中仍然无法日月长（"莲花池头风雨骤，安乐乡中日月长"是万年青电影公司董事长盛公送给同志酒吧"安乐乡"的一副对联），安乐乡因为受

---

❶ 白先勇：《孽子》，花城出版社2000年版，第1页。

到不良小报的骚扰最后也不得不以停业告终，"孽子"们又重新开始了各自的漂泊之旅，这也正是第四章"那些青春鸟的行旅"中所交代的内容。可以看出，小说基本上是按照一种自然的时空顺序来展开小说的故事叙述，故事的时间延展伴随着一个又一个的空间转换。小说叙述者兼主人公李青从被父亲从家中驱逐，中经"在我们的王国里"的身份依归与在安乐乡的短暂安居乐业后，却仍不得不重新陷入漂泊之中，小说以清晰的叙述路线生动地呈现了一个边缘人群的精神彷徨与追寻以及漂泊之于他们所具有的命定性。

但也正如以前众多研究者所发现的那样，《孽子》的思想内容与主题意旨远非只是一群男妓的生存呈现。前人对《孽子》曾作出一系列的小说思想主题认定，比较有代表性的有同性恋说、父子关系说、问题少年说、精神救赎说与政治影射说等。这些观点都从一个角度或一个层面去解读《孽子》的思想主题意旨，无疑精彩与偏颇俱在，但也显示了《孽子》作为一部优秀的长篇小说作品所具有的超凡的叙述张力与复杂的文本内蕴。笔者在这里将不再孜孜以求于所谓《孽子》新的主题发现，而是力求去解析其多重的思想内容是如何在文本中被叙述及相互纠缠的，并呈现它们在《孽子》文本空间中各自所处的位置。

一、"孽"与父法

作为一部具有深广的人性悲悯的小说作品，《孽子》在价值意念上对"孽子"群落的正常人性回复目的显而易见，因此"孽子"之"孽"被顺理成章地视为一种来自父法之名的宣判，小说的叙述目标也被认定为是一味致力于以一种对"孽子"的人性化呈现，并以此来对抗父法之名，并最终为

"孽子"去污。父子冲突在《孽子》文本叙述中所处的重要地位毋庸置疑，小说开场叙述者李青被父亲从家中驱逐的场景叙述，就是这种关系冲突的第一次精彩呈现，这样的小说开场方式再加上"孽子"的小说标题，已经在相当大程度上指示了父子关系冲突在小说中所具有的强大叙述地位。《孽子》在整个文本叙述中主要呈现了三对父子关系：李青与父亲、王夔龙与父亲王尚德、傅卫与父亲傅老爷子。这三位父亲都是军人出身，更为准确地说，都是曾经在大陆拥有过辉煌战功的民国军官，他们都曾经对儿子宠爱异常，期待亦高，所不同者只是三人的身份职位有着高低之分：王尚德是不折不扣的国民政府要人，连死后都得以享受国葬殊荣；傅老爷子傅崇山在军事生涯中曾官至副师长，赴台后退役经商，是成功的商人；李青的父亲虽然在大陆的战争岁月也当上了团长，但因为有被俘的经历，赴台后的生活已只能用潦倒称之。三位父亲赴台后差异极大的身份地位也决定了王夔龙、傅卫与李青的出身分属上等、中等与下等生活阶层。将这三位出身差异极大的人连在一起的是他们所共同拥有的同性恋者身份以及因为这种身份而被自己的父亲视为孽子的命运，王夔龙被父亲驱赶出国，傅卫自杀身亡，李青被赶出家门。小说也以对于这三对分属不同阶层却仍有血脉关联的父子关系的呈现彰显了"孽子"命运的共同性征，使小说的主题书写更具一种人类的普遍性质。

这三对父子关系中的父亲无疑与《台北人》中的"台北人"同类，所以在此意义上，"孽子"就是"台北人"的"孽子"。如果说，以"台北人"为主角的《台北人》是一部从繁盛走向衰亡的民国史诗的话，那么以"台北人"的

"孽子"们作为主角的小说作品书写的就理应是这部史诗沦亡后的价值失序与道德沦丧状态，因为一个家族的沦落往往不是由于其家长走向衰老，更多地是因为出现了一批"孽子"。结合小说要回复"孽子"作为凡人的一面的叙述目的，而凡人生存在《台北人》中却被用来征显民国的衰落事实，所以在这种意义上，《孽子》被某些学者所诟为"天马行空，不知从何说起"的"政治影射说"就不再仅仅是一种牵强附会，而理应被视为对《孽子》的有效解读方式之一。可以为这种解读方式进一步提供依据的是，《孽子》不但写了一系列《台北人》中"民国英雄"式的一类人物，同时还写了几乎是从《台北人》中的《满天里亮晶晶的星星》直接移植进小说的盛公。对于《满天里亮晶晶的星星》与《孽子》的血脉关联前文已经不止一次提及，在这里需要强调的是，同样是"孽子"群落一员的盛公却时时陷落于对大陆的繁华旧梦的追忆之中（他曾是上海20世纪30年代红极一时的电影小生），作为"孽子"的现在与作为"当红小生"的历史在其价值意念中的位置高下立判。如果说，《孽子》的一个重要叙述目标是要将"孽子"的生存回复为一种正常形态，那么"孽子"自身的价值意念则表明了这种凡夫俗子的生存状态之于民国盛世不能不说是一种堕落，这使《台北人》的主题意旨被成功融入《孽子》的思想主题框架当中，"政治影射说"以一种《台北人》式的主题意旨框架来解读《孽子》的方式也由此显示出其可行性。

在"五四"时期，父子冲突就是小说写作的显赫主题之一，巴金的《家》《春》《秋》系列为读者贡献了最为经典的父子冲突意象。"五四"时期的小说创作对于父子关系冲突的书写大都植入了一种现代性思想的价值先念，这使小说中的父子关系丧失了必要的生存维度，并最终沦为传统与现代之间思想文化冲突的符号性意指。由于这些小说鲜明的现代思想价值倾向被直接派给了这些父子关系中的子辈，所以虽然这种父子冲突也大多是以子辈的离家而告终，但其离家行为拥有一种绝对的主动性。他们从传统的家中自动出走，以期能够投奔那个不断在想象中建构的现代自由国度，这样的行为被消隐了所有的悲剧色彩，完全成为现代思想的一路高歌。《孽子》的父子冲突书写是要回复父法本身的强大及彰显其中所蕴含的生存质素。三位父亲对自己最心爱的儿子的驱逐都堪称决绝，这直接影响到儿子以后的人生命运，小说极力强调的却是这种驱逐行为本身所蕴含的生存维度与命运质地。父亲的驱逐对儿子造成了最为致命的伤害，但这种驱逐行为同时伴随着父亲自身更深的伤痛，父亲所拥有的父法与父亲的双重身份因为儿子的"孽行"再也无法统一于一身。虽然父亲在得知儿子犯下"孽行"后都毫不犹豫地执行了父法，但其所具有的父亲的身份使这样的父法执行成为一把双刃剑，而且首先挥向了父亲自己："但是你以为你的苦难只是你一个人的吗？你父亲也在这里与你分担着呢！你愈痛，你父亲更痛！"❶ 傅老爷子傅崇山由此陷入一生的痛悔之中，儿子傅卫的惨死逐渐销蚀了父法的尊严，尽管老爷子并不是圈子里的人，却给了这个圈子最大的关爱与呵护，小说正是通过对这种父法尊严与父子深情的纠缠性书写成功地还原了父子冲突本身所具有的生存质素与命运质地。

---

❶ 白先勇：《孽子》，花城出版社 2000 年版，第 272 页。

二、"孽"的母系承传

《孽子》中的父子冲突书写，因为小说叙述本身对之所作的鲜明提示以及小说家本人的提及而更多地被研究者所讨论，"孽子"之"孽"也因此被认定为只不过是一种父法判断，小说的叙述目的正是为此去污，但这些讨论将小说对于"孽子"之"孽"的另一种层面呈现忽视了。实际上，"孽子"之"孽"在小说叙述中除了具有父法规定的意义层面之外，还具有佛家思想中"孽根"的意义层面。并且不同于父法规定意义的被反抗，"孽根"的意义层面是被作为小说本身价值意念的重要组成部分进入小说叙述的，小说对于这种意义层面的呈现很大一部分来自对"孽子"母亲的书写。小说主要写到的"孽子"母亲也有三个：叙述者李青的母亲、小玉的母亲、阿凤的母亲。她们的生活命运无一例外地与"孽"相伴而行：李青的母亲在李青被驱逐出家门以前就与人私奔，后染恶疾而死；小玉母亲的身份是妓女，小玉是她与一个日本嫖客有了感情以后生下的儿子；阿凤的母亲则"天生哑巴，又有点痴傻，见了男人，就咧开嘴憨笑"，❶ 因此时常遭人欺负与凌辱，阿凤也由此得来。另一位"孽子"吴敏的母亲虽然在小说中只被简单提及，但被提及的也同样是一种"孽行"——偷人。如果说，父法的判罚所指向的"孽"只是一种社会规定，母亲"孽行"中的"孽"之于"孽子"们就是一种命运前定，也因此令人无从反抗："我毕竟也是她这具满载着罪孽、染上了恶疾的身体的骨肉。"❷

---

❶　白先勇：《孽子》，花城出版社2000年版，第72页。

❷　白先勇：《孽子》，花城出版社2000年版，第52页。

"这是你们血里头带来的……你们的血里头就带着这股野劲儿，就好像这个岛上的台风地震一样。"❶《孽子》书写父子冲突是要为被妖魔化的"孽子"群落去污，但又以对"孽子"母亲的书写强调了"孽"之于这个社会特殊群落的命运前定性。这种对"孽"的歧义性建构，也是《孽子》获得丰富复杂的文本内蕴的重要源泉之一。

《孽子》对"孽子"之孽这种"孽根"意义层面的呈现，使小说的"孽子"生存书写增添了更为浓重的命运意味，也因此再一次表现出它与《台北人》的深度叙述关联。本书在前面曾经论述过"孽"在《台北人》"风尘系列"小说中所具有的重要叙述功能，在这个小说系列中，"孽"也同样呈现出对立于历史理性主义的佛家思想维度，《孤恋花》中对杀人疯癫的主人公娟娟"母亲疯癫，又遭父亲乱伦"的身世书写，采用了与《孽子》通过母亲"孽行"书写来呈现"孽子""孽根性"同样的叙述理路。更为重要的一点是，那些处处彰显孽质的"孽子"母亲无一例外地被派定了台湾本土身份，与"孽子"父亲的集体民国英雄身份形成鲜明的对照。小说叙述者李青是小说中唯一父子关系冲突与母亲事迹都被重点叙述的，为了使他的父母符合这种"父""母"格局，两人的年龄硬是被拉开了二十几年的差距。小说也以此显示了，父法虽然残酷，但仍代表着一种尊严，所以只有那些作为"台北人"同类的民国英雄们才有资格担当；那些虽然在"孽行"上与"台北人"中的风尘女性相通却又丧失了风华气质的台湾本土女人只是成为"孽"的承载者与培育

❶ 白先勇：《孽子》，花城出版社 2000 年版，第 77 页。

者，其间所具有的《台北人》式的价值意念已昭然若揭。

三、《孽子》文本叙述中的"传奇"维度

身背父法与母亲两重命运"符咒"的"孽子"们只有在台北新公园里找寻身份依归，在"安乐乡"酒吧里求得生存依托，但最后仍不得不再次陷入颠沛流离之中，呈现这个社会特殊群落内部的悲欢离合与喜怒哀乐正是《孽子》最为重要的叙述内容。也依赖于这种呈现，《孽子》成功地回复了"孽子"们身上所具有的正常人性维度。只是，对正常人性与生存凡俗性的过于强调，也使这种叙述呈现在很大程度上失去了能够对其进行深度解析的文本潜质。不管是"父子关系说""政治影射说"，还是"精神救赎说"，这些能够对"孽子"形成有效解读的观念视角都没有或者极少依赖于对小说中"孽子"日常凡俗生存叙述内容的解析，此现象并非偶然。幸好，"孽子"还有自己的传奇。正是依赖于这样的传奇书写，《孽子》进一步靠拢了《台北人》。

在"政治影射说"的解读中，台北新公园代表了"今日台湾"，并进一步被视为民国衰亡的象征性存在，实际上，在《孽子》的小说叙述中，今日"新公园"与昔日"新公园"有着近乎天壤的差别，以至于"我"刚到"新公园"，"我们那几位白发苍苍的元老，对我们提起从前那些斑斑往事来，总是颇带感伤而又不免稍稍自傲的叹息道：'唉，你们哪里赶得上那些日子。'"❶

那是一些"发生过不少可歌可泣，不足与外人道的沧桑

---

❶　白先勇：《孽子》，花城出版社2000年版，第6页。

痛史"❶ 的日子，在那些日子里，"新公园"还长着"实在美得动人"的"鲜红的莲花"，有"四大金刚"（杂种仔桃太郎、小神经涂小福、野凤凰阿凤与赵无常）与他们的奇行异迹，更主要的，"新公园"还生长出惊天动地的"龙凤"（王夔龙与阿凤）故事。小说在"在我们的王国里"一开场就概述性地呈现了"新公园"的昔日荣光，其后，对"新公园"昔日荣光的追述不断穿插于小说那些主要用来呈现今日"孽子"生活形态的现在时态叙述中，恰似《台北人》的叙述格局。

承载着"新公园"昔日荣光的"实在美得动人"的"鲜红的莲花"如今早已被一拔而光，"四大金刚"中的三个在经历了各自近乎癫狂的爱恋后或死或疯，只剩下一个赵无常在对昔日荣光的追忆中残度余生，现在活跃在"新公园"里的已是以男妓作为谋生行当的"四小金刚"（《孽子》现在时态的文本部分主要是讲述叙述者李青、小玉、吴敏与老鼠的男妓生存故事），"龙凤"的故事更是在今日的"新公园"里演化成一个遥不可及的神话传说。小说在对昔日"四大金刚"故事与今日"四小金刚"故事的对照性讲述中，呈现了台北"新公园""孽子"群落生存的沧桑变迁以及由奇异趋于平庸的盛衰演化。

四、《孽子》中的"王夔龙"形象

在《孽子》中，除了组织了整部小说的叙述并贯穿了整个小说情节始终的小说叙述者李青外，"龙凤传奇"的主角王夔龙是另一个至关重要的人物，在某种意义上，甚至可以

---

❶ 白先勇：《孽子》，花城出版社 2000 年版，第 6 页。

说他是整部小说唯一的灵魂人物，正是依赖于他的存在，小说才成功超越了对"孽子"群体生存本相的单一呈现，达至一种深广的主题意旨建构。前文已经指出，如果在小说中过于强调一种正常人性与生存的凡俗性，会使小说在很大程度上失去被进行深度解析的文本潜质。王夔龙作为"龙凤传奇"的缔造者，又不断出现于以呈现"孽子"日常生存作为主要叙述内容的现在文本叙述中，对于其昔日传奇的讲述与由其参与其中的"孽子"现在生存呈现的穿插构成《孽子》极为重要的叙述现象。王夔龙在"传奇"与现实之间的不断游走，使"传奇"不再只是"传奇"，而具有某种生命质地，同时也使现实获得了丰富的历史与文化维度。

作为小说重要叙述主题的父子冲突，虽然在小说中是由三对父子关系来承载的，但王夔龙与王尚德父子之间的关系冲突是其中最为关键的一环，小说这一层面的主题意旨在相当大程度上就是由此建构而成的。叙述者李青被父亲驱赶出家门的场景叙述虽然引领了小说的开场，之后其对昔日家庭生活的追忆也不断进入叙述小说当中，但父亲因为儿子的所谓龌龊事体在暴怒之下将其驱赶的行为并没有被继续追问其中的思想文化含义；实际上，两人的父子冲突也始终没有成为叙述的重心，相反，小说对其家庭其他事体的叙述稀释了父子两人冲突在小说叙述中的功用。傅卫与傅崇山傅老爷子之间的父子关系冲突也是因为儿子的一次所谓龌龊行为而引发，但这场父子冲突也因傅卫的旋即自杀而很快告终，傅老爷子主要是以一个忏悔者的形象呈现于小说文本叙述之中。只有王夔龙与王尚德之间的父子关系冲突延续长达 10 年之久，终父亲的一生都未得和解，并且，两人的关系冲突也成了王龙家庭生活的全部内容。小说中父子冲突的主题阐发主要依赖于王龙与傅老爷子的谈话，父子之间的爱恨情仇都在王龙充满极度痛楚的表情与语言中得到淋漓尽致的呈现：

> "我知道"，王龙惨笑道，"我们王门不幸，出了我这么个妖孽子，把爹爹一生的英名都给拖累坏了。"
>
> ……………
>
> 王龙冷笑了两声，突然间他抬起头来。他那双深坑的眼睛炯炯发光，苍白的面颊变得赤红，激动的喊道：
>
> "……我等了十年，就在等他那一道赦令。他的那一句话，就好像一道符咒，一直烙在我的身上，我背着他那一道放逐令，像一个逃犯，在纽约那些不见天日的摩天大楼下面，到处流窜。十年，我逃了十年，他那道符咒在我背上，天天在焚烧，只有他，只有他才能解除。可是他一句话也没留下，就入了土了，他这是咒我呢，咒我永世不得超生——"❶

而小说中的父子关系冲突书写也以"安乐乡"一章最后王龙在傅老爷子坟前的一场恸哭而走向终结："陡然间，扑通一声，他那高大嶙峋的身躯，竟跪跌在傅老爷子墓前。他全身匍伏，顶额抵地，开始放声恸哭起来。他那高耸的双肩，急剧地抽搐着，一声比一声大，一声比一声凶猛。他的呼嚎，愈来愈高亢，愈来愈凄厉，简直不像是人发出来的哭

---

❶ 白先勇：《孽子》，花城出版社 2000 年版，第 270～271 页。

声，好似一头受了重创的猛兽，在最深最深的黑夜里踞在幽黯的洞穴口，朝着苍天，发出最后一声穿石裂帛痛不可当的悲痛来。"❶ 小说也以此完成了其主体内容叙述。

第二节 《纸婚》研究

与《孽子》一样，《纸婚》也并非一部标准意义上的同性恋题材的小说创作，且更多地远离了这种标准，因为《孽子》的内容主体毕竟还是在写一群同性恋男子之间悲欢离合的故事，《纸婚》则只能说是涉及了一个同性恋的男子，同性恋群体的生存故事既不是小说的叙述重心，也不是小说价值意念化的对象。在更为准确的意义上说，《纸婚》只不过是借重于一个同性恋男子，进入一种对人类文明与人类精神的思考当中，最终构筑其批判与救赎的双向主题意旨。

《纸婚》采用的是日记体的小说体裁形式，小说叙述者兼主人公尤怡平以日记的形式记述她与一位叫项的美国同性恋男子短暂的形式婚姻过程，"纸婚"的小说标题由此得来。《纸婚》虽然与《孽子》一样采用了第一人称的叙述方式，但因为《孽子》的叙述者是"孽子"群体的内部人士，所以这样的叙述方式使小说的整体叙述更为便捷地走向对这样一个另类群体的正常人性回复，而《纸婚》的叙述者的同性恋

---

❶ 白先勇：《孽子》，花城出版社2000年版，第328~329页。

圈外人士的身份，则只使这个群落的生存本相被更深地包裹起来，并急剧滑向另有寄托的主题意旨构筑。所以，《纸婚》日记体的体裁形式采用，本要去铆定一种真实，但这种真实性追求已不是对于同性恋群体的生存形态呈现。

似乎是为了匹配这种日记体的体裁形式，《纸婚》通篇都没有讲述一个成型的故事。前文已经指出，陈若曦海外华人生活题材小说创作的叙述模式大体是在婚姻爱情的故事题材表象下执着于某些政治命意的传达，在《纸婚》中这种婚姻题材的被表象化倾向无疑达到极点，因为小说叙述中的尤怡平与项的婚姻本身就是一种形式。既然只是一种形式的婚姻关系，两人之间也就不存在婚姻家庭与两性情感所惯有的复杂纠缠。实际上，在项艾滋病发以前，两人的日常生活并无实质性的交集，无非是在同一个屋檐下生活，尤怡平交往的都是一些华裔人士，项则独自去同性恋的圈子中交游；并且前者在小说中是被正面详细呈现的，后者则只是浮光掠影地被提及而已。在项发病以后，项与外界的交往几乎中断，尤怡平的日常生活重心也转向对项的悉心照料。也是依赖于小说后半段的叙述，小说走向精神救赎主题的构筑，与小说上半段对同性恋现象的忧思性批判构成有机的连接。

在小说叙述篇幅上占了相当大比例的、以尤怡平为中心的华人生存情状呈现，提供了丰富的问题讯息，如在美华人的婚姻情感问题、在美华人家庭的代沟问题以及尚未取得美国永久居留权者的绿卡问题（尤怡平与项的形式婚姻正是项为了帮助即将被赶出美国的尤怡平申请到绿卡而采取的一种策略）。只是这些问题都没有被转化成小说主题意旨构筑的有效质素，它们在小说中的最大叙述功用也仅仅是营造了叙述者兼主人公尤怡平的日常生活空间。作为小说叙述者兼主人公的尤怡平的生活关注中心却指向了在小说叙述中并没有被正面呈现的、以同性恋为中心的美国社会问题现象，这也是陈若曦海外华人生活题材小说创作一贯的叙述理路：文学性情景的营造只为小说人物提供一种客观情势，小说的价值意念构筑更多地依赖于小说叙述者不断的评论干预或者小说人物的心理呈现及小说人物之间的对话。尤怡平对以同性恋为中心的美国社会问题现象的忧思与批判几乎贯穿了《纸婚》的文本始终，且以极高的频率不断出现："这么聪明的女子，怎么会有不正常心理？谁的责任，社会还是家庭？"[1]"我想，这和民族无关，多半是这个社会哪个环节出了纰漏，才滋生出了这么多问题，像家庭破裂、吸毒、犯罪、同性恋……现在又加上艾滋病。"[2]并借牧师之口对此作了具有宗教意味的审判：

　　他（牧师）张开双臂向听众呼吁："神的子女们，你们听啊！信仰的必领福分，违背的必受惩戒。天网恢恢，疏而不漏；不是不报，时候未到！吸毒和性变态所带来的艾滋病，正是不折不扣的天谴！"

　　牧师说，神按自己的形象创造了人，赋予人体有抵抗力、保护力与复合力，这就是对病菌的免疫力。现在医学之治疗，不过是加强、恢复这种神所赐予的本能。如今收回这种本能，正是神怒的最大证明。圣经上充斥着这类警告和

---

[1]　陈若曦：《纸婚》，中国文联出版公司1987年版，第28页。
[2]　陈若曦：《纸婚》，中国文联出版公司1987年版，第182页。

教训。

所多玛城便为同性恋所毁灭……❶

《纸婚》对同性恋现象所持的这种批判立场，与《孽子》中对同性恋群体生存的复杂体认与人性悲悯形成鲜明的对照。但《纸婚》与社会普遍对同性恋群体所进行的道德伦理宣判不同的地方在于，它只是在一种社会文化层面及终极意义上对同性恋现象展开批判，作为同性恋者的个体不但没有被在道德伦理上恶意丑化，相反，被极力彰显的首先是其品德上的良善与美好。在尤怡平走投无路的时候，是项主动伸出援手，以两人假结婚的形式避免了尤怡平被驱赶出美国的命运，并最终使后者顺利拿到绿卡。小说还极力呈现了项在日常生活中的翩翩风度、优雅谈吐、深厚人文素养与严谨生活作风，在其病发以后甚至以耶稣喻之："他坐禅般，蓝眼虬髯凝视上空，目光如冰似炭，悲愤幽悯，宛若正倾其全力与冥冥中的主宰打交道。一刹那间，我记起一张宗教画中那背十字架的人。"❷

同性恋作为一种社会现象的堕落与同性恋者品德的完美，同性恋在宗教意义上的罪恶与对于同性恋者的基督喻指之间的对照，构成了《纸婚》中最具意味的叙述现象，这使《纸婚》再一次走向对《圣经》的重写。前文已经对"文革"在陈若曦海外华人生活题材小说创作的整体文本叙述中如何取得一种"末世"意象的叙述理路进行过详细的解析，

---

❶ 陈若曦：《纸婚》，中国文联出版公司 1987 年版，第 197 页。
❷ 陈若曦：《纸婚》，中国文联出版公司 1987 年版，第 130 页。

在这样的叙述理路之下，在"文革"中受尽磨难的人最终成为人类精神信念的最后拯救者；美国的社会现实也正等待着他们的拯救，因为同性恋与艾滋病等美国现代文明堕落正使美国陷入灭顶之灾，这是《纸婚》中又一个"末世"时代。在品德上近乎完美、在气质上神似基督的项，却领承了作为美国现代文明堕落重要表现的同性恋者与艾滋病患者的所有痛苦与罪恶，取得了基督在上帝面前为全人类赎罪的行为意味，其最后的病死，也就像基督最后走上十字架。

《纸婚》借助于对有问题的人的书写，走向对有问题社会的批判的叙述理路，在相当大程度上秉承了中国现代"左翼"文学的写作传统，像曹禺的《日出》、老舍的《骆驼祥子》等就是其中的经典之作，但《纸婚》与这些作品的不同也是显而易见的。不管是《日出》中的陈白露，还是《骆驼祥子》中的祥子，在他们各自所属的文本世界里都走了一条从本来的天性淳朴到最后生活堕落的人生路线，借助这样一个前后反差，作品达到了对有问题的社会的批判目的；这些作品都强调了社会环境之于作品人物的命定性，在这样的叙述逻辑下，个人堕落的责任就被转移到社会身上。与陈白露、祥子们在根本上受制于社会环境的生存境况不同，《纸婚》中的项在个人命运的选择上拥有绝对的主动性。项是美国20世纪60年代自由主义学生运动的参与者与领导者，在一个以自由为标签、也因为过于自由而引发集体精神危机的国度里他犹嫌不够自由。在这种意义上，项就是以"自由"作为重要价值维度的"美国性"的象征，《纸婚》通过项这样一个"有问题"的象征体的书写达到对现代美国社会的批判。从上面的分析可以明显看出，虽然一样走的是社会批判的路子，但与中国现代"左翼"经典文学创作在典型环境中塑造典型人物的现实主义书写策略不同，《纸婚》在书写策略上更类于以个人命运象征性地呈示社会生存的小说书写传统。

结　　论

　　1981 年，《孽子》在新加坡《南洋商报》全文连载完毕，白先勇的文学生涯进入一个"后小说"时期。在其后相当长的时间内，他将很大一部分时间和精力都用于其父白崇禧将军的传记资料搜集与写作。这部被取名为"仰不愧天"、计划 50 余万字的长篇人物传记至今只完成 30 余万字，写作过程一如白先勇过去的精雕细琢与呕心沥血。虽然从小说到传记发生了文学体裁上的重大转换，但两者之间所具有的深度关联仍显而易见。《台北人》本身就是一部"纪念先父母以及他们那个忧患重重的时代"的小说创作，《台北人》与白崇禧将军参与其中并对之产生重要影响的民国史的血脉关联也早已是学界共识，其中"英雄系列"中的《梁父吟》与《国葬》中的某个人物更是明显地闪现着白崇禧将军的影子。白先勇这次重写民国英雄及民国史的行为在相当大程度上正可看做其在《台北人》创作中坚持不已的史诗情结的进一步坐实。

　　白先勇在他的"后小说"时代的另一个重要工作就是对中国传统戏曲的重写与推广，他也以 21 世纪以来在青春版《牡丹亭》上的辛苦劳作与巨大成绩拥有了小说家外的另一个重要身份——"昆曲义工"。其实早在 1983 年，白先勇就曾经对被他称为"传奇中的国色天香花中之后"的中国传统戏曲的经典之作《牡丹亭》进行过改编。1992 年，白先勇邀请上海昆剧团的"当家"花旦华文漪等当代昆曲名家在美国与台湾演出了简版《牡丹亭》，演出的巨大成功使他把"编演一部呈现全貌精神的《牡丹亭》"作为了新的追求。2001 年 5 月 18 号，"联合国教科文组织"公布了首批 19 项"人类口述非物质文化遗产"名单，中国的昆曲高居榜首，这样的消息无疑激励了白先勇致力于中国传统戏曲重写与推广的信心和勇气。2004年4月，由白先勇任总策划的青春版《牡丹亭》在台北首演，成为台湾当年最具轰动性的文化事件。随后，青春版《牡丹亭》又相继在香港、内地与澳门轰动上演，同时引发了两岸的"青春版《牡丹亭》热"；其后在美国西部的演出更是将这种热潮推向了海外华人群落，至2007年9月，青春版《牡丹亭》已经整整演出了109场。比之文学创作上的小说到传记的体裁转换，白先勇由"当代短篇小说家中少见的奇才"到"昆曲义工"的角色转换无疑堪称巨大，但也正如同民国史诗情结串联起了其小说创作与传记创作，白先勇对中国传统戏曲的巨大热情与透析掌握也同样在其小说创作中早有显露。《台北人》最为杰出的作品《游园惊梦》（"游园"、"惊梦"是汤显祖《牡丹亭》最为著名的两折戏）讲述的就是昔日昆曲名伶的故事，而小说在文本叙述结构上对于"游园""惊梦"的仿写与重构，更是成为《游园惊梦》十分突出的叙述现象。1982年，白先勇将小说《游园惊梦》改编成舞台剧上演，并将部分昆曲和平剧的身段与音乐融入其间，正可以看做其角色转换过程中的衔接性步骤。

进入20世纪90年代，陈若曦的海外华人生活题材小说创作也进入收尾阶段，而在这时，陈若曦也又一次开始筹划她的回归行动。1994年1月，陈若曦赴香港担任《星期天周报》的顾问编辑，这可以看做此次回归的先声。1995年春，《星期天周报》停刊。8月，陈若曦正式返台定居。在经历了30余年的漂泊生活之后，陈若曦终于返回其出生故土的怀抱之中。相比于其1966年的"回归"大陆之举，这一次

无疑才是真正意义上的回归行为，陈若曦堪称传奇的人生征
途也以这次的回归而得以定格。

　　返台后，陈若曦受聘为"中央大学"的驻校作家以及慈
济医学院的兼职教授，讲授"中国当代小说阅读和习作"课
程。其小说创作也在赴台后发生了重大的主题转向，《慈济
人间味》《慧心莲》与《重返桃花源》等长篇小说洋溢着佛
家气息的标题本身已在相当大程度上标识了这种转向。纵观
陈若曦30余年的小说创作历程，前三个阶段的小说创作渗
入了强烈的社会问题意识与批判立场，这种自觉的介入情怀
也是其小说创作赢得巨大的社会反响的关键所在，并帮助作
家本人成功地跻身于"中国极少数赢得国际声誉的女作家"
的行列。而陈若曦返台后的小说创作则以一种对于佛家生活
理念的呈现有意躲避了社会现实的侵扰，在这种意义上，陈
若曦的小说创作至此走向了一个"断裂"时期，这些小说创
作中社会关怀维度的消隐最终使这些小说创作在发表以后再
也无法复现其"文革小说"那般的社会轰动效应。不过，返
台后的小说作品在社会现实中的命运对此时的陈若曦来说，
也许已经不是一件十分重要的事情。陈若曦返回台湾后，其
价值信念逐步向佛教靠拢，并成为一个虔诚的佛教徒，其返
台后的小说创作就是其价值信念转向佛教后的人生体验结
晶。陈若曦在其小说初创时期书写其早年乡土经验；在经历
"文革"后书写其"文革"经验；从大陆返回海外后书写其
海外生活经验；在返台皈依佛教后又书写其作为一个佛教徒
的人生体验，她的每一次小说创作上的题材转换都可谓紧随
其现实人生的变迁，所以在此意义上，其30余年的小说创
作历程显示出惊人的连贯性，并从根本上实践了其朴素的现

实主义小说创作观念。

于 1957 年一同进入台湾大学外文系读书并且同班的白先勇与陈若曦，在小说创作上几乎同时起步。从两人入学到"现代文学"社成立的两人小说创作的"前现代文学"阶段中，当时更为确切的身份还只是文学青年的白先勇与陈若曦就以他们略为稚拙的文字为其以后漫长的文学征程奠定了坚实的根基。白先勇在这个阶段共发表了《金大奶奶》《我们看菊花去》与《闷雷》三篇作品，除过于散文化的《我们看菊花去》以外，他在其他两篇小说中所展示出来的与中国传统小说的血缘关系，以及依赖于小说叙述者与小说非主人公之间的对话与共谋来讲述小说主人公故事的叙述策略，在其以后的作品中得到了持续的呈现。陈若曦在这个阶段同样发表了三个短篇：《周末》《钦之舅舅》与《灰眼黑猫》，其在大半生的小说创作中持续表现出的与"五四"新文学，特别是 20 世纪 30 年代"左翼"文学的谱系关联也在其中得到初步显露。1960 年 3 月，以白先勇、王文兴、欧阳子与陈若曦为基本成员的"现代文学"社的创办在白先勇与陈若曦的小说创作生涯中是一个重要事件。"现代文学"社倡导西方现代文学的创作方法与创作理念，在当时一片荒芜的中国文坛出现，正有一种"兴灭继绝"的意义，对于身为倡导者的白先勇与陈若曦的小说创作也同样产生了巨大影响，他们在"现代文学"社创办后发表的第一篇作品《月梦》与《巴里的旅程》也成为他们各自一生的小说创作中最具现代意味的作品之一。白先勇与陈若曦其后的早期小说创作，则是将其"前现代文学"阶段所积累的小说创作经验与刚接受的西方现代小说的创作理念不断磨合，以找寻属于自己独有的小说表达

式的过程，这也为他们各自一生中最具代表性的小说作品
"台北人"小说系列与"文革小说"系列的写作奠定了基
础。这两个小说系列以其深广的社会历史场景呈现、丰厚的
思想文化内蕴以及独具一格的叙述方法成为整个中国现代小
说史上的经典之作，同时也成为寻求 20 世纪中国乃至全世
界思潮演化的路标式存在。在《台北人》中，白先勇以中国
古典文学的气质格调融化西方现代文学的叙述技法，挽歌式
地书写了一代人的繁华旧梦；在"文革小说"中，陈若曦则
以其强烈的社会问题意识与批判立场书写了社会主义实践在
大陆的艰难历程；两位小说家"最后的贵族"与"最后的左
派"的文学史形象由此铸成。在《台北人》之前与"文革小
说"之后，白先勇与陈若曦还分别创作了一系列描写海外华
人生活的小说作品，这些作品成为长期旅居海外的两位小说
家在某种意义上的身份写照。

　　在大陆各种版本的台湾文学史中，白先勇与陈若曦一向
以他们"现代文学"社"主将"的身份而被视为台湾当代文
学"现代派"小说创作的标志性人物，这样的文学史界定也
在最大程度上掩盖了白、陈在中国现代文学史上的真实位置
与独特作用。白先勇与陈若曦小说创作在整个中国现代文学
史上的经典性，其实恰恰因为他们在"现代派"写作上的非
典型性，"台北人"小说系列与"文革小说"系列都以融会
个人印记的中国化方式，深刻呈现处在转型期的现代国人的
生存处境与意义追寻才得以成为经典，两位小说家当年对西
方现代文学创作方法与创作理念的倡导不过是其应对国人生
存困境与释放自身生存焦虑的一种策略化手段；两人在晚年
分别皈依的中国传统戏曲的审美意境与佛教的价值理念，则

是他们所寻找到的最后安身立命之所。白先勇与陈若曦从懵懂的文学青年起步，到对西方现代文学的自觉投靠，中经将西方现代文学的创作方法及理念与中国文学经验及个人生存体验的有机融会，最后向着中国传统文化的全然皈依。这样的运行路线成为处在转型期的现代国人在新与旧、现代与传统、西方与中国之间不断进行意义追问与寻求的最好生存写照。

主要参考文献

一、作家著作

[1] 白先勇. 谪仙记 [M]. 台北：文星书店，1967.

[2] 白先勇. 游园惊梦 [M]. 台北：仙人掌出版社，1968.

[3] 白先勇. 台北人 [M]. 台北：晨钟出版社，1971.

[4] 白先勇. 纽约客 [M]. 香港：文学书局，1976.

[5] 白先勇. 寂寞的十七岁 [M]. 台北：远景出版事业公司，1976.

[6] 白先勇. 孽子 [M]. 台北：远景出版事业有限公司，1983.

[7] 白先勇. 寂寞的十七岁 [M]. 台北：允晨出版公司，1989.

[8] 白先勇. 白先勇散文集 [M]. 上、下. 上海：文汇出版社，1999.

[9] 白先勇. 白先勇文集 [M]. 五卷. 广州：花城出版社，2000.

[10] 白先勇. 牡丹还魂 [M]. 上海：文汇出版社，2004.

[11] 白先勇. 姹紫嫣红牡丹亭 [M]. 台北：远流出版事业股份有限公司，2004.

[12] 陈若曦. 尹县长 [M]. 台北：远景事业出版公司，1976.

[13] 陈若曦. 陈若曦自选集 [M]. 台北：联经出版公司，1976.

[14] 陈若曦. 老人 [M]. 台北：联经出版公司，1978.

[15] 陈若曦. 归 [M]. 香港：明报出版社，1979.

[16] 陈若曦. 文革杂忆 [M]. 台北：洪范出版社，1979.

［17］陈若曦.城里城外［M］.台北：时报出版公司，1981.

［18］陈若曦.生活随笔［M］.台北：时报出版公司，1981.

［19］陈若曦.突围［M］.北京：中国友谊出版公司，1983.

［20］陈若曦.远见［M］.北京：中国友谊出版公司，1985.

［21］陈若曦.二胡［M］.北京：中国友谊出版公司，1987.

［22］陈若曦.纸婚［M］.北京：中国文联出版公司，1987.

［23］陈若曦.天然生出的花枝［M］.天津：百花文艺出版社，1987.

［24］陈若曦.贵州女人［M］.北京：时事出版社，1996.

［25］陈若曦.域外传真［M］.北京：人民文学出版社，1996.

［26］陈若曦.慈济人间味［M］.台北：远流出版事业公司，1996.

［27］陈若曦.女儿的家［M］.台北：探索文化事业公司，1999.

［28］陈若曦.生命的轨迹［M］.成都：四川人民出版社，2000.

［29］陈若曦.慧心莲［M］.台北：九歌出版社，2001.

二、中文论著

［1］董小英.叙述学［M］.北京：社会科学文献出版社，2001.

［2］陈晋.当代中国的现代主义［M］.北京：中国文联出版社公司，1988.

［3］陈旭光.中西诗学的汇通：20世纪中国现代主义诗学研究［M］.北京：北京大学出版社，2002.

［4］格非.小说叙事研究［M］.北京：清华大学出版社，2002.

［5］何欣.当代台湾作家论［M］.台北：东大图书股份公司，1983.

［6］胡河清.灵地的缅想［M］.上海：学林出版社，1994.

［7］黄重添，等.台湾新文学概论［M］.厦门：鹭江出版社，1986.

［8］黄重添.台湾长篇小说论［M］.福州：海峡文艺出版社，1990.

［9］黄子平.灰阑中的叙述［M］.上海：上海文艺出版社，2001.

［10］梁若梅.陈若曦创作论［M］.北京：中国华侨出版公司，1992.

［11］黎湘萍.台湾的忧郁［M］.北京：三联书店，1994.

［12］李欧梵.现代性的追求［M］.上海：三联书店，2000.

［13］李维屏.英美现代主义文学概观［M］.上海：上海外语教育出版社，1998.

［14］李泽厚.中国近代思想史论［M］.天津：天津社会科学院出版社，2003.

［15］李泽厚.中国现代思想史论［M］.天津：天津社会科学院出版社，2003.

［16］梁工.圣经叙事艺术研究［M］.北京：商务印书馆，2006.

［17］林幸谦.生命的反思［M］.台北：麦田出版社，1994.

［18］刘登翰，等，主编.台湾文学史［M］.福州：海峡文艺出版社，1991.

[19] 刘登翰. 文学薪火的传承与变异 [M]. 福州：海峡文艺出版社，1994.

[20] 刘禾. 跨语际实践 [M]. 北京：三联书店，2002.

[21] 刘俊. 悲悯情怀 [M]. 广州：花城出版社，2000.

[22] 刘象愚，等，主编. 从现代主义到后现代主义 [M]. 北京：高等教育出版社，2002.

[23] 刘小枫. 拯救与逍遥 [M]. 上海：三联书店，2001.

[24] 刘小枫. 现代性社会理论绪论 [M]. 上海：三联书店，1998.

[25] 刘小枫. 圣灵降临的叙事 [M]. 北京：三联书店，2003.

[26] 罗钢. 叙事学导论 [M]. 昆明：云南人民出版社，1994.

[27] 吕周聚. 中国现代主义诗学 [M]. 北京：人民文学出版社，2001.

[28] 欧阳子. 王谢堂前的燕子 [M]. 台北：尔雅出版社，1976.

[29] 孟悦，戴锦华. 浮出历史地表 [M]. 北京：中国人民大学出版社，2004.

[30] 南帆. 文学的维度 [M]. 上海：三联书店，1998.

[31] 南帆. 敞开与囚禁 [M]. 济南：山东教育出版社，1999.

[32] 南帆. 隐蔽的成规 [M]. 福州：福建教育出版社，1999.

[33] 彭瑞金. 台湾新文学运动四十年 [M]. 台北：自立晚报社，1994.

［34］ 钱中文.现实主义与现代主义［M］.北京：人民文学出版社，1987.

［35］ 申丹.叙述学与小说文体学研究［M］.北京：北京大学出版社，1998.

［36］ 盛宁.人文困惑与反思［M］.北京：三联书店，1997.

［37］ 孙彩霞.西方现代派文学与·圣经［M］.北京：中国社会科学出版社，2005.

［38］ 孙玉石.中国现代主义诗潮史论［M］.北京：北京大学出版社，1999.

［39］ 汤淑敏.自愿背十字架的人［M］.北京：作家出版社，2006.

［40］ 唐小兵.英雄与凡人的时代［M］.上海：上海文艺出版社，2001.

［41］ 汪晖.死火重温［M］.北京：人民文学出版社，2000.

［42］ 汪晖.现代中国思想的兴起［M］.北京：三联书店，2004.

［43］ 汪晖.汪晖自选集［M］.桂林：广西师范大学出版社，1997.

［44］ 王德威.阅读当代小说［M］.台北：远流出版公司，1991.

［45］ 王德威.想象中国的方法［M］.北京：三联书店，1998.

［46］ 王德威.现代中国小说十讲［M］.上海：复旦大学出版社，2003.

［47］ 王德威.当代小说二十家［M］.北京：北京大学出版社，2006.

[48] 王晋民.台湾当代文学［M］.南宁：广西人民出版社，1986.

[49] 王晋民.白先勇传［M］.香港：华汉文化事业公司出版社，1992.

[50] 王晓明，主编.二十世纪中国文学史论［M］.上海：东方出版中心，1997.

[51] 王晓明，主编.批判空间的开创——二十世纪中国文学研究［M］.上海：东方出版中心，1998.

[52] 王攸欣.选择·接受·疏离［M］.北京：三联书店，1999.

[53] 夏志清.新文学的传统［M］.台北：时报文化出版事业有限公司，1982.

[54] 许纪霖，编.二十世纪中国思想史论［M］.上下卷，东方出版中心、中国出版集团，2000.

[55] 许子东.为了忘却的集体记忆［M］.北京：三联书店，1999.

[56] 许子东.呐喊与流言［M］.上海：上海文艺出版社，2004.

[57] 叶如新.台湾作家选论［M］.台北：远流出版公司，1981.

[58] 叶维廉.中国现代小说风貌［M］.台北：晨钟出版社，1970.

[59] 叶维廉.解读现代·后现代［M］.台北：东大图书股份有限公司，1992.

[60] 袁良骏.白先勇论［M］.北京：新华出版社，2001.

[61] 袁良骏.白先勇小说艺术论［M］.长春：吉林大学出版

社，1991.

[62] 袁可嘉，编.现代主义文学研究［M］.北京：中国社会科学出版社，1989.

[63] 袁可嘉.欧美现代派文学导论［M］.上海：上海文艺出版社，1993.

[64] 赵毅衡.文学符号学［M］.北京：中国文联出版公司，1990.

[65] 赵毅衡.苦恼的叙述者［M］.北京：北京十月文艺出版社，1994.

[66] 赵毅衡.窥者之辩［M］.长春：时代文艺出版社，1996.

[67] 赵毅衡.当说者被说的时候［M］.北京：中国人民大学出版社，1998.

[68] 赵毅衡.礼教下延之后［M］.上海：上海文艺出版社，2001.

[69] 赵毅衡."新批评"文集［M］.天津：百花文艺出版社，2001.

[70] 张素贞.细读当代小说［M］.台北：东大图书出版公司，1986.

[71] 张诵圣.文学场域的变迁［M］.台北：联合文学出版社，2001.

[72] 张新颖.20世纪上半期中国文学的现代意识［M］.北京：三联书店，2001.

[73] 张新颖.栖居与游牧之地［M］.上海：学林出版社，1994.

[74] 张新颖.文学的现代记忆［M］.台北：三民书局，2003.

［75］张新颖.双重见证［M］.南京：江苏教育出版社，2005.

［76］张旭东.批评的踪迹［M］.北京：三联书店，2003.

［77］张学军.中国当代小说中的现代主义［M］.济南：山东大学出版社，2005.

［78］郑永孝.陈若曦的世界［M］.台北：书林出版公司，1985.

［79］朱传誉.陈若曦传记资料［M］.台北：天一出版社，1981.

［80］朱立立.知识人的精神私史［M］.上海：生活・读书・新知三联书店，2004.

［81］朱双一.近二十年台湾文学流脉［M］.厦门：厦门大学出版社，1999.

三、译著

［1］［美］阿瑟・丹图.叙述与认识［M］.周建漳，译，上海：上海译文出版社，2007.

［2］［美］爱德华・W.萨义德.知识分子论［M］.单德兴，译，北京：三联书店，2002.

［3］［美］戴卫・赫尔曼，主编.新叙事学［M］.马海良，译，北京：北京大学出版社，2002.

［4］［美］弗雷德里克・R.卡尔.现代与现代主义［M］.陈永国，傅景川，译，中国人民大学出版社，2004.

［5］［美］华莱士・马丁.当代叙事学［M］.伍晓明，译，北京：北京大学出版社，2005.

［6］［美］James Phelan 等主编.当代叙事理论指南［M］.申

丹，等，译，北京：北京大学出版社，2007.

［7］［法］罗兰·巴尔特.符号学原理［M］.李幼蒸，译，北京：三联书店，1988.

［8］［英］迈克尔·莱文森编.现代主义［M］.田智，译，沈阳：辽宁教育出版社，2002.

［9］［荷］米克·巴尔.叙述学—叙事理论导论［M］.谭君强，译，中国社会科学出版社，1995.

［10］［法］尤瑟夫·库尔泰.叙述与话语符号学［M］.怀宇，译，天津：天津社会科学院出版社，2001.

［11］［美］James Phelan 等主编.当代叙事理论指南［M］.申丹，等，译，北京：北京大学出版社，2007.

［12］［英］马克·柯里.后现代叙事理论［M］.宁一中，译，北京：北京大学出版社，2003.

［13］［法］热拉尔·热奈特.叙事话语 新叙事话语［M］.王文融，译，北京：中国社会科学出版社，1990.

［14］［美］苏珊·S.兰瑟.虚构的权威［M］.黄必康，译，北京：北京大学出版社，2002.

读博期间科研成果

	时间	论文题目	刊物名称
发表论文	2008 年第 1 期	诗性在历史的旷野中坠落	宁夏社会科学（cssci）
	2008 年第 2 期	现代性与中国现代小说叙事	中华文化论坛（全国中文核心）
	2009 年第 3 期	隔海犹唱后庭花	西南民族大学学报（cssci）
	2009 年第 3 期	"现代文学"的歧路	社会科学研究（cssci）

后　记

青春的流逝最可让人哀痛。当我在这个春末夏初的日子，欲为我的这本小书写下一些后记性的文字时，就更加深刻地体会到了这一点。但我又何其有幸，在自己的青葱岁月渐行渐远之时，尚留有这样一份灌注了往昔生命气质的记录。它也使过去不再只是依赖于记忆才能够复活，历史在现实的生命中永远在场。

三年前进入四川大学跟随赵毅衡先生攻读博士学位在我的人生征途中无疑是一个重要时刻。遥想 2001 年初入湖南师范大学跟随王攸欣先生攻读硕士学位之时，自己就像一个误闯入某一陌生之地的孩童，常常在近乎莽苍的学术森林里迷失了方向。攸欣先生才华既高，品行又极为高洁，在他的言传身教下，我才得以渐渐寻觅到一条条的林中之路。赵毅衡先生也正是这些道路中的一个。在湖南师大研读先生的《礼教下延之后》成为我的学术道路上极为重要的环节。我的硕士论文弥散着的叙述学气息为此提供了最为生动的记录。但那时的我犹不敢想有一天会拜在先生门下，能够常常当面聆听先生的教诲。作为新时期以来中国大陆最具代表性的学者之一，先生的学术研究无疑已经构成中国大陆学界极为重要的记忆，他在符号学、叙述学研究上的巨大成就以及在中国当代文学与文化方面发表的重要言论为后进学人树立了永远的标尺。而作为先生的受业弟子，我更是有机会亲身感受先生的潇洒不羁与卓尔不群。对于这一切，我感到万分庆幸。

在这里首先要感谢的就是赵毅衡与王攸欣两位先生，没有他们的悉心教导与不断鼓励，这本书的写作几乎就是不可能的。还有曹顺庆老师、冯宪光老师、毛迅老师、吴兴明老师、陈波老师，从他们身上我同样受益良多。也感谢一起度过美好读书时光的许多同窗好友，他们让我在人生路途中感受到了兄弟姐妹般的温暖。同时感谢我的家人，是他们的支持与爱护才让我有勇气在学术的道路上走向更远的前方。

尤作勇

2014 年 7 月